STAR WARS™

Die Rückkehr der Jedi-Ritter

James Kahn

Das Star-Wars-Universum im Blanvalet Verlag in chronologischer Reihenfolge:

Michael Reaves: Darth Maul – Der Schattenjäger (35592)
Terry Brooks: Episode I. Die dunkle Bedrohung (35243)
Greg Bear: Planet der Verräter (35494) [= Übergang zur Episode II]
R. A. Salvatore: Episode II. Angriff der Klonkrieger (35761)

George Lucas: Krieg der Sterne (35248) [= Episode IV]
Donald F. Glut: Das Imperium schlägt zurück (35249) [= Episode V]
James Kahn: Die Rückkehr der Jedi-Ritter (35250) [= Episode VI]

Timothy Zahn: Erben des Imperiums (35251) · Die dunkle Seite der Macht (35252) · Das letzte Kommando (35253)

Alan Dean Foster: Skywalkers Rückkehr (25009)

Kevin J. Anderson (Hrsg.): Sturm über Tatooine (24927) · Palast der dunklen Sonnen (24928) · Kopfgeld auf Han Solo (25008)

Brian Daley: Han Solos Abenteuer.
Drei Romane in einem Band (23658)
L. Neil Smith: Lando Calrissian – Rebell des Sonnensystems.
Drei Romane in einem Band (23684)

X-Wing: 1. Michael Stackpole: Angriff auf Coruscant (24929) · 2. Michael Stackpole: Die Mission der Rebellen (24766) · 3. Michael Stackpole: Die teuflische Falle (24801) · 4. Michael Stackpole: Bacta-Piraten (24819) · 5. Aaron Allston: Die Gespensterstaffel (35128) · 6. Aaron Allston: Operation Eiserne Faust (35142) · 7. Aaron Allston: Kommando Han Solo (35197) · 8. Michael Stackpole: Isards Rache (35198)

Kevin J. Anderson & Rebecca Moesta: Young Jedi Knights: 1. Die Hüter der Macht (24873) · 2. Akademie der Verdammten (24874) · 3. Die Verlorenen (24875) · 4. Lichtschwerter (24876) · 5. Die Rückkehr des Dunklen Ritters (24877) · 6. Angriff auf Yavin 4 (24878)

Das Erbe der Jedi-Ritter: 1. R. A. Salvatore: Die Abtrünnigen (35414) · 2. Michael Stackpole: Die schwarze Flut (35673) · 3. Michael Stackpole: Das Verderben (35620)

Weitere Bände sind in Vorbereitung.

STAR WARS™

Die Rückkehr der Jedi-Ritter

James Kahn

Roman nach der Geschichte von George Lucas
und dem Drchbuch von Lawrence Kasdan und
George Lucas

Deutsch von
Tony Westermayr

BLANVALET

Die Originalausgabe erschien unter dem Titel
Star Wars: Return of the Jedi
bei Ballantine Books, New York

Umwelthinweis:
Alle bedruckten Materialien dieses Taschenbuches
sind chlorfrei und umweltschonend.
Das Papier enthält Recycling-Anteile.

Blanvalet Taschenbücher erscheinen im Goldmann Verlag,
einem Unternehmen der Verlagsgruppe Random House GmbH.

Deutsche Taschenbuchausgabe 8/99

Umschlaggestaltung: Design Team München
Umschlagillustration: © 1997, 1999 by Lucasfilm Ltd. & ™/Drew Struzan
Satz: IBV Satz- und Datentechnik, Berlin
Druck: Elsnerdruck, Berlin
Titelnummer: 35250
V. B. · Herstellung: Sabine Schröder
Printed in Germany
ISBN 3-442-35250-9
www.blanvalet-verlag.de

3 5 7 9 10 8 6 4

Vor langer Zeit,
in einer fernen Galaxis …

Die tiefsten Tiefen des Weltraums. Da waren Länge und Breite und Höhe, und dann krümmten sich diese Dimensionen hinein in eine verzerrende Dunkelheit, meßbar nur an den glitzernden Sternen, die durch die Leere taumelten, bis in die Unendlichkeit hinein schrumpfend. Bis in die tiefste Tiefe.

Diese Sterne bezeichneten die Augenblicke des Alls. Es gab alternde Orangeglut, blaue Zwerge, gelbe Doppelriesen. Es gab zusammenstürzende Neutronensterne und zornige Supernovae, die in die eisige Leere hinausfauchten. Es gab kreißende Sterne, atmende Sterne, pulsierende Sterne und sterbende Sterne. Es gab den Todesstern.

Am nebelgefiederten Rand der Galaxis schwebte der Todesstern in stationärer Umlaufbahn über dem grünen Mond Endor – ein Mond, dessen Mutterplanet vor langer Zeit an einem unbekannten Desaster zugrunde gegangen und in unbekannten Reichen verschwunden war. Der Todesstern war die gepanzerte Kampfstation des Imperiums, beinahe zweimal so groß wie sein Vorgänger, den Rebellenstreitkräfte vor so vielen Jahren vernichtet hatten – beinahe zweimal so groß, aber mehr als doppelt so mächtig. Dabei erst halb fertig.

Eine halbe stahldunkle Kugel, hing er über der grünen Welt Endor. Tentakel unvollendeter Deckaufbauten krümmten sich dem lebenden Begleiter entgegen wie die tastenden Beine einer tödlichen Spinne.

Ein Stern-Zerstörer des Imperiums näherte sich mit Reisegeschwindigkeit der riesigen Raumstation. Er war gigantisch – eine Großstadt für sich –, bewegte sich aber mit bedächtiger Anmut wie eine ungeheure Seeschlange. Begleitet war er von Dutzenden Zwillings-Ionenmotor-Jägern – schwarzen, insektengleichen Kampfflugzeugen, die um das Schlachtschiff herum hin- und herfegten, aufklärend, sondierend, andockend, ständig neu sich gruppierend.

Lautlos öffnete sich die Hauptbucht des Schiffes. Ein kurzer Zündungsblitz, als eine Raumfähre des Imperiums aus der Dunkelheit des Inneren in die Dunkelheit des Weltraums glitt. Sie fegte mit ruhiger Zielbestimmtheit auf den halbfertigen Todesstern zu.

Der Fährenkapitän und sein Kopilot nahmen im Cockpit letzte Messungen vor und überwachten Sinkflugfunktionen. Eine Folge von Tätigkeiten, die sie schon tausendmal hinter sich gebracht hatten; trotzdem lag eine gewisse Anspannung in der Luft. Der Kapitän betätigte den Sendeschalter und sprach in sein Minimikrophon.

»Kommandostation, hier ST 321. Codefreigabe Blau. Wir beginnen mit dem Anflug. Sicherheitsabschirmung abschalten.«

Aus dem Lautsprecher Rauschen und Knacken, dann die Stimme des Hafenmeisters: »Sicherheits-Ablenkschild wird abgeschaltet, wenn wir Bestätigung für Ihre Codemeldung haben. Bleiben Sie auf Empfang...«

Wieder herrschte Stille im Cockpit. Der Fährenkapitän biß sich in die Wangenschleimhaut, lächelte seinen Kopiloten nervös an und murmelte: »So schnell es geht, bitte – es darf nicht lange dauern. Er ist nicht in der rechten Stimmung, um zu warten...«

Die beiden vermieden es, nach hinten ins Passagierabteil der Fähre zu blicken, wo das Licht für das Landemanöver jetzt gelöscht war. Das unverwechselbare Geräusch des mechanischen Atmens aus dem Schatten des Abteils erfüllte die Kabine mit schreckenerregender Spannung.

Im Kontrollraum des Todessterns unter ihnen bewegten sich Lotsen an den Steuertafeln hin und her, überwachten den gesamten Raumverkehr im Gebiet, genehmigten Flugabläufe, teilten bestimmten Fahrzeugen bestimmte Flugbereiche zu. Der Schildkontrolleur erschrak bei einem Blick auf seinen Monitor; der Sichtschirm zeigte die Kampfstation selbst, den Mond Endor und ein Energiegeflecht – den Ablenkschirm –, das sich vom grünen Mond hinauserstreckte und den Todesstern einhüllte. Aber nun begann das Sicherheitsnetz sich aufzulösen, zurückzuziehen, eine klare

Gasse zu bilden, einen Kanal, durch den der Punkt, die Fähre des Imperiums, unbehindert auf die titanenhafte Raumstation zuflog.

Der Schildkontrolleur rief über den Bildschirm rasch seinen Vorgesetzten, ungewiß, wie er weiter verfahren sollte.

»Was gibt es?« fragte der Offizier scharf.

»Die Fähre hat eine Prioritätseinstufung Klasse Eins.« Er versuchte die Furcht in seiner Stimme durch Ungläubigkeit zu ersetzen.

Der Offizier warf nur einen kurzen Blick auf den Bildschirm, bevor er begriff, wer sich in der Fähre befand, und sagte halblaut zu sich selbst: »Vader!«

Er eilte am Sichtfenster vorbei, wo die Fähre schon im Anflug zu sehen war, und machte sich auf den Weg zur Andockbucht. Er wandte sich an den zuständigen Mann.

»Teilen Sie dem Kommandeur mit, daß Lord Vaders Fähre eingetroffen ist.«

Die Fähre lag still, zwergenhaft in den Gewölbeweiten der riesigen Andockbucht. Hunderte Soldaten hatten unten an der Fährrampe zu beiden Seiten Aufstellung genommen – die weißgepanzerten Sturmtruppen des Imperiums, Offiziere in grauen Uniformen, die rotgewandete Eliteeinheit der Imperiumsgarde. Sie standen stramm, als Moff Jerjerrod hereinkam.

Jerjerrod – hochgewachsen, mager, arrogant – war der Kommandeur des Todessterns. Er ging ohne Eile die Reihen der Soldaten entlang zur Fährrampe. Hast kannte Jerjerrod nicht, denn sie bedeutete den Wunsch, anderswo zu sein, und er war ein Mann, der ganz entschieden genau dort war, wo er sein wollte. Große Männer zeigten niemals Eile, pflegte er mit Vorliebe zu sagen; große Männer sorgten dafür, daß *andere* sich beeilten.

Trotzdem war Jerjerrod nicht ohne Ehrgeiz, und der Besuch einer Persönlichkeit wie dieses Großen Schwarzen Lords durfte nicht zu leichtgenommen werden. Er blieb deshalb an der Fährenöffnung stehen und wartete – mit Respekt, aber ohne Hast.

Plötzlich ging die Ausstiegsluke der Fähre auf. Die angetretenen Soldaten standen noch strammer. Zuerst nur Dunkelheit, dann kamen Schritte; man hörte die charakteristischen elektrischen Atemzüge wie das Schnaufen einer Maschine; und endlich trat Darth Vader, Lord der Sith, aus der Dunkelheit.

Vader schritt die Rampe hinunter und betrachtete die Versammlung. Er blieb stehen, als er Jerjerrod erreichte. Der Kommandeur neigte den Kopf und lächelte.

»Lord Vader, das ist ein unerwartetes Vergnügen. Eure Gegenwart ehrt uns.«

»Wir können auf die Höflichkeiten verzichten, Kommandeur.« Vaders Stimme hallte wie aus der Tiefe eines Schachts. »Der Kaiser macht sich Sorgen um Ihre Fortschritte. Ich bin hier, um Sie in den Zeitplan zurückzubringen.«

Jerjerrod erblaßte. Solche Nachrichten hatte er nicht erwartet.

»Ich versichere Euch, Lord Vader, meine Leuten arbeiten, so schnell sie können.«

»Vielleicht kann ich ihre Fortschritte mit Methoden fördern, auf die Sie noch nicht gekommen sind«, knurrte Vader. Er hatte natürlich seine Methoden, das wußte man. Ganz bestimmte Methoden.

Jerjerrod zwang sich zur Ruhe, obwohl tief in seinem Inneren ein Anflug von Hast seine Kehle zuzuschnüren begann.

»Das wird nicht notwendig sein, Mylord. Ich sage Euch, die Station wird ohne Frage zum festgesetzten Zeitpunkt einsatzfähig sein.«

»Ich fürchte, der Kaiser teilt Ihre optimistische Einschätzung der Lage nicht.«

»Ich fürchte, er verlangt das Unmögliche«, meinte der Kommandeur.

»Vielleicht können Sie ihm das erklären, wenn er eintrifft.« Vaders Gesicht hinter der tödlich schwarzen Maske, die ihn schützte, blieb unsichtbar, aber die Boshaftigkeit in der elektronisch modulierten Stimme war unverkennbar.

Jerjerrods Gesicht wurde noch fahler.

»Der Kaiser kommt hierher?«

»Ja, Kommandeur. Und er wird mit Mißvergnügen quittieren, daß Sie hinter dem Zeitplan immer noch herhinken, wenn er ankommt.« Er sprach sehr laut, um die Drohung an alle weiterzugeben, die ihn hören konnten.

»Wir werden unsere Bemühungen verdoppeln, Lord Vader.« Er meinte es ernst. Legten nicht manchmal auch große Männer Eile an den Tag, zu Zeiten, wo es unvermeidbar war?

Vader senkte die Stimme wieder.

»Das hoffe ich, Kommandeur, um Ihretwillen. Der Kaiser wird keine weitere Verzögerung bei der endgültigen Vernichtung der gesetzlosen Rebellen hinnehmen. Und wir haben nun geheime Nachrichten.« Er sprach so leise weiter, daß nur Jerjerrod ihn verstehen konnte. »Die Rebellenflotte hat ihre gesamten Kräfte zu einer einzigen, riesigen Armada vereinigt. Der Zeitpunkt ist da, zu dem wir sie gnadenlos mit einem einzigen Schlag zermalmen können.«

Für den Bruchteil einer Sekunde schien Vaders Atmung sich zu beschleunigen, dann nahm sie ihren gemessenen Rhythmus wieder auf, als wehe ein kalter Wind.

1

Um die kleine Lehmhütte heulte der Sandsturm wie ein Tier, das nicht sterben wollte, in Todesqualen. Im Inneren klangen die Geräusche gedämpfter.

Es war kühler in der Hütte, stiller und dunkler. Während die Bestie draußen tobte, arbeitete hier in diesem Raum der Nuancen und Schatten eine verhüllte Gestalt.

Gebräunte Hände, geheimnisvolle Werkzeuge umfassend, ragten aus den Ärmeln eines Kuttengewandes. Die Gestalt kauerte arbeitend am Boden. Vor ihr lag eine scheibenförmige Apparatur fremdartigen Aussehens. Aus einem Ende ragten Drähte, in die glatte Oberfläche waren Symbole eingeritzt. Der Mann in der Kutte schloß das verdrahtete Ende an einem röhrenförmigen, glatten Griff an, zog einen organisch aussehenden Stecker hindurch und schraubte ihn mit einem anderen Werkzeug fest. Er winkte einem Schatten in der Ecke, der sich auf ihn zubewegte.

Zögernd rollte die undeutliche Erscheinung auf die verhüllte Gestalt zu.

»Wrrr-dit dwiit?« fragte das kleine R2-Gerät schüchtern, als es herankam und einen halben Meter vor dem Kuttenmann mit dem seltsamen Gerät stillstand.

Der Verhüllte winkte den Droiden noch näher heran. Artoo Detoo rollte blinkend das letzte Stück, und die Hände griffen nach seinem kleinen Kuppelkopf.

Der dünne Sand fauchte über die Dünen von Tatooine. Der Wind schien aus allen Richtungen gleichzeitig zu blasen, wirbelte an manchen Stellen wie ein Taifun, schnürte sich dort zu Windhosen, verharrte irgendwo regungslos, ohne Sinn, ohne Zweck.

Durch die Ockerwüste schlängelte sich eine Straße. Ihr Aussehen veränderte sich fortwährend. In diesem Augenblick unter Verwehungen ockergelben Sandes, im nächsten reingefegt oder von der Hitze der über ihr wabernden Luft wild verzerrt. Eine Straße, mehr Luftspiegelung als Wirklichkeit, aber trotz allem ein Weg, dem es zu folgen galt. Denn nur auf ihm war der Palast von Jabba, dem Hutt, zu erreichen.

Jabba war der übelste Gangster der ganzen Galaxis. Er hatte seine Finger überall, Schmuggel, Sklavenhandel. Mord; seine Helfershelfer waren über die Sterne verstreut. Er sammelte und erfand Abscheulichkeiten, sein Hof war eine Höhle unaussprechlicher Verrohung. Manche behaupteten, Jabba hätte sich Tatooine nur deshalb als Residenz ausgesucht, weil er nur auf diesem wasserlosen Schmelztiegel von Planeten Hoffnung haben konnte, seine Seele vor dem endgültigen Verrotten zu bewahren – hier mochte die ausgedörrte Sonne seine Körpersäfte zu schwärender Lauge verdicken.

Wie auch immer, es war ein Ort, von dem nur wenige Leute guter Gesinnung wußten, geschweige denn auf den Gedanken kamen, sich ihm zu nähern. Es war ein Ort des Bösen, wo auch der Tapferste unter dem ansteckenden Blick von Jabbas Verderbtheit seine Kräfte schwinden fühlte.

»Puut-wIHt biDUU uhbel DIHp!« erklärte Artoo Detoo.

»Natürlich mache ich mir Sorgen«, sagte See Threepio nervös. »Und du solltest es auch tun. Der arme Lando Calrissian ist von hier nie wiedergekehrt. Kannst du dir vorstellen, was man mit ihm angestellt hat?«

Artoo pfiff schüchtern.

Der goldene Droid watete steifbeinig durch einen wandernden Sandhügel und blieb plötzlich stehen, als Jabbas Palast in einiger Entfernung düster aufragte. Artoo prallte beinahe mit ihm zusammen und rutschte hastig zur Seite.

»Paß doch auf, Artoo.« See Threepio ging weiter, aber mit langsameren Schritten, während sein kleiner Freund neben ihm herrollte. Im Gehen sprach er aufgeregt weiter. »Warum konnte Chewbacca die Botschaft nicht selbst überbringen? Nein, immer, wenn es einen unmöglichen Auftrag gibt, kommen sie zu uns. Keiner macht sich Gedanken über Droiden. Manchmal frage ich mich ehrlich, warum wir uns das alles gefallen lassen.«

Und so plapperte er weiter auf dem letzten trostlosen Straßenstück, bis sie endlich die Palasttore erreichten, massive Eisentüren, höher, als daß Threepio hätte hinaufblicken können – Teil einer Folge von Stein- und Eisenmauern, aufgetürmt zu gigantischen Zylindertürmen, die aus einem Berg von dichtgepreßtem Sand aufzuragen schienen.

Die beiden Droiden hielten an den bedrohlichen Toren furchtsam Ausschau nach Anzeichen von Leben oder irgendeinem Signalgerät, mit dem sie ihre Anwesenheit kundtun konnten. Da sie von alledem nichts entdecken konnten, raffte Threepio seine ganze Entschlußfreudigkeit zusammen – diese Funktion war ihm vor langer Zeit einprogrammiert worden –, klopfte dreimal vorsichtig an das dicke Metalltor, drehte sich rasch nach Artoo um und sagte: »Scheint niemand da zu sein. Wir kehren um und sagen es Master Luke.«

Plötzlich öffnete sich in der Tormitte eine kleine Luke. Ein dünner Automatenarm schnellte heraus. An ihm war ein großer, elektronischer Augapfel befestigt, der die beiden Droiden unverhüllt anstarrte. Der Augapfel begann zu sprechen.

»Ti tschuta hhat yadd!«

Threepio richtete sich stolz auf, obwohl in seinen Schaltungen manches bebte. Er blickte das Auge an, zeigte auf Artoo und dann auf sich selbst.

»Artoo Detoowha bo Seethrepiosha i tuta Ott mischka Jabba du Hutt.«

Das Auge blickte rasch von einem Roboter zum anderen, zog sich dann durch das kleine Fenster zurück und warf die Luke zu.

»Bu-dIHp gaNUUng«, flüsterte Artoo sorgenvoll.

Threepio nickte.

»Ich glaube nicht, daß sie uns hineinlassen, Artoo. Wir gehen lieber.« Er wandte sich ab, während Artoo ein widerstrebendes Viertonsignal piepte.

Daraufhin entstand ein entsetzliches knirschendes Kreischen, und das massive Eisentor stieg in die Höhe. Die beiden Droiden sahen einander skeptisch an und starrten in die gähnende schwarze Höhlung, die sich vor ihnen auftat. Sie blieben stehen, wagten nicht einzutreten und nicht zurückzuweichen.

Aus der Dunkelheit brüllte die fremdartige Stimme des Auges sie an: »Natt tscha!«

Artoo piepte und rollte hinein in die Finsternis. Threepio zögerte noch, dann hastete er seinem untersetzten Freund nach.

»Artoo, warte auf mich!« Sie blieben gemeinsam im klaffenden Eingang stehen, während Threepio rügte: »Du verirrst dich noch!«

Die Riesentür fiel mit einem gigantischen Knall, der durch die dunkle Höhle hallte, hinter ihnen zu. Einen Augenblick lang standen die beiden erschrockenen Roboter da, ohne sich zu bewegen, dann traten sie stockend vor.

Im nächsten Augenblick hatten sie Gesellschaft – drei große Gamorrer-Wachen, ungeschlachte, Schweinen ähnliche Gestalten, deren tiefverwurzelter Haß auf Roboter allgemein bekannt war. Die Wachen führten die beiden Droiden durch den dunklen Korridor, ohne ihnen auch nur ein Nicken zu gönnen. Als sie den ersten schwach beleuchteten Flur erreichten, grunzte einer von ihnen einen Befehl. Artoo piepte Threepio nervös fragend an.

»Das willst du gar nicht wissen«, erwiderte der goldene Droid bedrückt. »Teil du nur Master Lukes Botschaft mit und sieh zu, daß wir hier schnell wieder hinauskommen.«

Bevor sie einen weiteren Schritt tun konnten, näherte sich aus der Dunkelheit eines Quergangs eine Gestalt. Bib Fortuna, der wenig elegante Majordomus von Jabbas verkommener Hofhaltung. Er war ein hochgewachsenes, humanoides Geschöpf mit Augen, die nur sahen, was notwendig war, und einem wallenden Gewand, das alles verhüllte. Aus seinem Hinterkopf ragten zwei dicke greifarmähnliche Fortsätze, die zu verschiedenen Zeiten Greif-, Sinnes- und Wahrnehmungsfunktionen übernehmen konnten. Er trug sie entweder dekorativ über die Schultern gebreitet oder ließ sie, wenn die Gleichgewichtslage es erforderte, hinter sich wie einen Doppelzopf gerade herabhängen.

Er lächelte mit schmalen Lippen, als er vor den beiden Robotern stehenblieb.

»Die wanna wanga.«

Threepio gab sich amtlich.

»Die wanna wanga. Wir überbringen eine Nachricht für deinen Herrn, den Hutt Jabba.« Artoo piepte einen Zusatz, worauf Threepio nickte und hinzufügte: »Und ein Geschenk.« Er dachte kurz nach, blickte so verwirrt, wie es einem Droiden möglich war, und flüsterte Artoo laut zu: »Geschenk, was für ein Geschenk denn?«

Bib schüttelte heftig den Kopf.

»Nee Jabba no schlechta. Me tschade su Gutie.« Er streckte Artoo die Hand hin.

Der kleine Droid wich zurück, protestierte aber anhaltend.

»bDuuu II NGrwrrr Op dbuDIHup!«

»Artoo, gib es ihm!« drängte Threepio. Artoo konnte ja wirklich manchmal *zu* binär sein.

Daraufhin wurde Artoo entschieden trotzig und piepte Fortuna und Threepio an, als sei *beiden* die Programmierung gelöscht worden.

Threepio nickte schließlich, kaum zufrieden mit Artoos Antwort. Er lächelte Bib bedauernd an.

»Er sagt, auf Anweisung unseres Herrn dürfen wir es nur Jabba persönlich übergeben.« Bib erwog die Frage kurz, während Threepio mit seiner Erklärung fortfuhr. »Es tut mir schrecklich leid. Ich fürchte, er ist in diesen Dingen ungemein störrisch.« Es gelang ihm, einen geringschätzigen und doch liebevollen Ton in seine Stimme zu legen, während er den Kopf zu seinem kleinen Begleiter hinüberneigte.

Bib bedeutete ihnen mit einer Geste, ihm zu folgen.

»Natt tscha.« Er ging zurück in die Dunkelheit, die Droiden auf den Fersen, während die drei Gamorrer hinterherstapften.

Als See Threepio in die Dunkelheit hineinschritt, murmelte er dem stummen R2-Gerät zu: »Artoo, ich habe da ein ganz schlechtes Gefühl.«

See Threepio und Artoo Detoo standen am Eingang des Thronsaals und schauten hinein.

»Das ist unser Untergang«, jammerte Threepio und wünschte sich zum tausendsten Mal, die Augen schließen zu können.

Der Saal war von Höhlenwand zu Höhlenwand mit dem tierischen Abschaum des Alls gefüllt. Groteske Wesen aus den verkommensten Sternsystemen, trunken von gewürztem Alkohol und ihren eigenen stinkenden Ausdünstungen. Gamorrer, verkrümmte Menschen, Jawas – alle den niedrigsten Lüsten frönend oder lauthals bösartige Taten diskutierend. Und an der Vorderseite des Saales, auf einem Podest mit Blick auf die Lasterhöhle, lag Jabba, der Hutt.

Sein Schädel hatte die drei-, wenn nicht vierfache Größe eines Menschenkopfes. Seine Augen waren gelb und reptilhaft – seine Haut glich der einer Schlange und war zusätzlich mit einer dünnen Schmierschicht bedeckt. Hals hatte er keinen, sondern nur eine Folge von Kinnen, die sich schließlich hinauswölbten zu einem gewaltigen, aufgedunsenen Leib, bis zum Platzen mit gestohlenen Leckerbissen vollgestopft. Verkümmerte, beinahe nutzlose Arme ragten aus seinem Oberkörper, die klebrigen Finger seiner linken Hand umfaßten träge den Saugstiel seiner Wasserpfeife. Er hatte keine Haare. Sie waren ihm durch eine Kombination von Krankheiten ausgefallen. Er besaß keine Beine – sein Rumpf verschmälerte sich einfach zu einem langen, dicken Schlangenschwanz, der sich wie eine Rolle Sauerteig über die ganze Länge des Podiums erstreckte. Sein lippenloser Mund war breit und reichte fast von Ohr zu Ohr. Unaufhörlich rann sein Speichel. Er war ganz und gar widerlich.

An ihn gekettet mit einem Halsband war ein trauriges, hübsches Tanzmädchen, eine Angehörige von Fortunas Gattung, mit zwei trockenen, wohlgeformten Anhängseln, die aus ihrem Hinterkopf ragten und verlockend an ihrem nackten, kräftig gebauten Rücken herabhingen. Sie hieß Oola. Mit verlorenem Blick saß sie so weit entfernt, wie ihre Kette das zuließ, am anderen Ende des Podests.

In der Nähe von Jabbas Bauch kauerte ein kleines, affenähnliches Reptil namens Salacious Crumb, der alles auffing, was an Essen und Klebrigem aus Jabbas Händen oder Mund fiel, und es mit ekligem Gekicher verschlang.

Lichtstrahlen von oben beleuchteten teilweise die trunkenen Höflinge, als Bib Fortuna durch den Saal zum Podest ging. Der Saal bestand aus einer endlosen Folge von Nischen in Nischen, so daß vieles von den Vorgängen doch nur als Spiel von Schatten und Bewegungen wahrzunehmen war. Als Fortuna den Thron erreichte, beugte er sich geziert vor und flüsterte ins Ohr des sabbelnden Monarchen. Jabbas Augen verengten sich zu Schlitzen... dann winkte er mit einem irren Lachen, man möge die beiden entsetzten Droiden heranbringen.

»Bo schuda«, keuchte der Hutt und überließ sich einem Hustenanfall. Obschon er eine Reihe von Sprachen beherrschte, war es für ihn Ehrensache, nur Huttisch zu sprechen. Seine einzige Ehrensache.

Die bebenden Roboter huschten vor den abstoßenden Herrscher, wiewohl er in höchstem Maß gegen ihre zutiefst einprogrammierten Empfindungen verstieß.

»Die Nachricht, Artoo, die Nachricht«, drängte Threepio.

Artoo pfiff kurz. Ein Lichtstrahl zuckte aus seinem Kuppelkopf und ließ ein Hologramm von Luke Skywalker entstehen, das vor ihnen auf dem Boden stand. Rasch wurde das Licht Bild mehr als drei Meter groß, bis der junge Jedi-Krieger die versammelte Menge überragte. Im Saal wurde es schlagartig still, als Lukes riesenhafte Erscheinung sich Geltung verschaffte.

»Sei gegrüßt, Erhabener«, sagte das Hologrammbild zu Jabba. »Erlaubt, daß ich mich vorstelle. Ich bin Luke Skywalker, Jedi-Ritter und Freund von Kapitän Solo. Ich suche nach um eine Audienz bei Eurer Erhabenheit und möchte um sein Leben verhandeln.« Auf diesen Satz hin brach der ganze Saal in Gelächter aus, das Jabba mit einer knappen Handbewegung unterbrach. Luke schwieg nicht lange. »Ich weiß, daß Ihr mächtig seid, gewaltiger Jabba, und Euer Zorn auf Solo ebenso mächtig sein muß. Ich bin aber sicher, daß wir zu einer Abmachung gelangen können, die zu unserer beider Vorteil gereicht. Als Zeichen meines guten Willens biete ich Euch als Geschenk – diese beiden Droiden.«

Threepio zuckte zurück, als hätte er sich verbrannt.

»Was?! Was hat er gesagt?«

Luke fuhr fort: »...Beide sind fleißig und werden Euch gute Dienste leisten.« Damit verschwand das körperlose Hologramm.

Threepio wackelte verzweifelt mit dem Kopf.

»O nein, das kann nicht sein. Artoo, du mußt die falsche Nachricht abgespielt haben.«

Jabba lachte und sabberte.

Bib sagte auf huttisch: »Verhandeln, statt zu kämpfen? Er ist kein Jedi.«

Jabba nickte bestätigend. Noch immer breit grinsend, fauchte er Threepio an: »Nichts wird verhandelt. Ich habe nicht die Absicht, auf meine Lieblingsdekoration zu verzichten.« Mit einem grausigen Kichern blickte er zu der schwach beleuchteten Nische neben dem Thron hinüber; dort hing flach an der Wand die karbonisierte Gestalt Han Solos; Gesicht und Hände ragten aus dem kalten, harten Block, als greife eine Statue in einem Meer aus Stein hinaus.

Artoo und Threepio marschierten bedrückt durch den muffigen Tunnel, angetrieben von einem Gamorrer. Zu beiden Seiten reihten sich Verliese aneinander. Die unbeschreiblichen Schreie der Qual, die aus dem Inneren drangen, als die Droiden vorbeigingen, hallten vom Gestein wider und verklangen in den endlosen Katakomben. Von Zeit zu Zeit schoben sich eine Hand, eine Kralle, ein Greifarm zwischen den Gitterstäben hindurch, um nach den unglückseligen Droiden zu greifen.

Artoo piepte elend. Threepio schüttelte nur den Kopf.

»Was kann über Master Luke nur gekommen sein? Habe ich irgend etwas falsch gemacht? Er hat nie erkennen lassen, daß wir mit meiner Arbeit nicht zufrieden war...«

Sie näherten sich einer Tür am Ende des Korridors. Sie glitt automatisch zur Seite, und der Gamorrer stieß die beiden vorwärts. Im Inneren wurden sie von ohrenbetäubenden Maschinengeräuschen mißhandelt – knarrende Räder, knallende Zylinderköpfe, Wasserhämmer, Motorengeheul – während unaufhörlich wabernde Dampfschwaden die Sicht einschränkten. Das mußte entweder der Kesselraum sein oder die programmierte Hölle.

Ein gepeinigtes elektronisches Kreischen, als zerreiße ein Getriebe, lenkte ihre Aufmerksamkeit in eine Ecke des Raumes. Aus dem Nebel trat EV-9D9, eine dünne, menschenähnliche Roboterin mit einigen beunruhigend menschlichen Bedürfnissen. In der Düsternis hinter Ninedenine konnte Threepio sehen, wie einem Droiden auf einem Streckbett die Beine abgerissen wurden, während ein zweiter Droid, mit dem Kopf nach unten hängend, rotglühende Eisen an den Füßen erdulden mußte; das elektronische Kreischen war von ihm ausgegangen, als die Sensorschaltungen in seiner Metallhaut in Todesqual zerschmolzen. Threepio krümmte sich bei dem Laut; seine eigene Verdrahtung knisterte mitfühlend vor statischer Elektrizität.

Ninedenine blieb vor Threepio stehen und hob erwartungsvoll die Zangenhände.

»Ah, Neuerwerbungen«, sagte sie mit tiefer Befriedigung. »Ich bin Eve Ninedenine, Chefin der Kyborg-Abteilung. Du bist ein Protokoll-Droid, nicht wahr?«

»Ich bin See Threepio, Mensch-Kyborg-Re-«

»Ja oder nein genügt«, sagte Ninedenine eisig.

»Hm, ja«, antwortete Threepio. Dieses Roboterwesen würde ein Problem werden, soviel stand schon fest – eine jener Droidinnen, die immer wieder beweisen mußte, daß sie an Droidentum alle anderen übertraf.

»Wie viele Sprachen sprichst du?« fuhr Ninedenine fort.

Na, da kann ich dienen, dachte Threepio. Er ließ sein würdevollstes, offizielles Vorstellungsband laufen.

»Ich beherrsche fließend mehr als sechs Millionen Arten der Kommunikation und kann –«

»Ausgezeichnet!« unterbrach ihn Ninedenine freudig. »Wir sind ohne Dolmetscher, seitdem der Herr in Zorn geraten ist bei einer Äußerung des letzten Protokolldroiden und ihn zerblasen hat.«

»Zerblasen!« rief Threepio klagend. Alles Protokollmäßige war von ihm abgefallen.

Ninedenine wandte sich an einen Schweineaufseher, der plötzlich aufgetaucht war.

»Der da wird ganz nützlich sein. Verpaß ihm einen Zähmungsbolzen und bring ihn wieder hinauf in den großen Audienzsaal.«

Der Aufseher grunzte und stieß Threepio grob zur Tür.

»Artoo, laß mich nicht allein!« rief Threepio, aber der Bewacher packte ihn und riß ihn mit; dann war er verschwunden.

Artoo stieß einen langgezogenen, klagenden Schrei aus, als Threepio verschleppt wurde. Dann drehte er sich zu Ninedenine herum und stieß viele wutentbrannte Pfeiflaute hintereinander aus.

Ninedenine lachte.

»Du bist ja ein lebhafter kleiner Kerl, wirst aber bald Respekt lernen. Ich kann dich auf dem Segelschiff des Herrn brauchen. Mehrere unserer Astrodroiden sind in letzter Zeit verschwunden – wohl gestohlen zum Ausschlachten. Ich glaube, da paßt du gut hinein.«

Der Droid auf dem Streckbett stieß einen gellenden Hochfrequenzschrei aus, Funken sprühten auf, dann war er stumm.

Der Hof von Jabba, dem Hutt, wand sich in bösartiger Ekstase. Oola, das wunderschöne, an Jabba gekettete Geschöpf, tanzte in der Mitte des Saales, während die betrunkenen Ungeheuer sie anfeuerten und mit obszönen Angeboten überhäuften. Threepio hielt sich argwöhnisch hinter dem Thron, bemüht, möglichst wenig aufzufallen. Von Zeit zu Zeit mußte er sich wegducken, um einer in seine Richtung geschleuderten Frucht zu entgehen, oder er mußte einem wegrollenden Körper ausweichen. Die meiste Zeit blieb er im Hintergrund, so gut es ging. Was sollte ein Protokoll-Droid anderes tun, wo von Protokoll so wenig die Rede war?

Jabba feixte lüstern durch den Rauch seiner Wasserpfeife und winkte Oola zu sich. Sie hörte sofort zu tanzen auf, einen angstvollen Ausdruck auf dem Gesicht, und wich kopfschüttelnd zurück. Offenbar hatte sie derartige Aufforderungen schon früher bekommen.

Jabba war wütend. Er zeigte in unmißverständlicher Weise auf einen Platz neben sich auf der Estrade.

»Da itha!« knurrte er.

Oola schüttelte heftiger den Kopf, ihr Gesicht war eine Maske des Entsetzens.

»Na tschuba negaton. Na! Na! Natuta...«

Jabba geriet außer sich. Aufgebracht zeigte er auf Oola.

»Boscka!«

Jabba drückte auf einen Knopf, während er Oolas Kette löste. Bevor sie fliehen konnte, klappte eine knirschende Falltür im Boden hinunter, und sie stürzte in die Grube darunter. Die Falltür klappte augenblicklich wieder zu. Ein Augenblick der Stille, gefolgt von einem gedämpften, grollenden Brüllen, gefolgt von einem Entsetzensschrei, dem wieder Stille folgte.

Jabba lachte, bis der Speichel verstärkt rann. Ein Dutzend Zecher stürzte zum Gitter, um den Tod der schönen Tänzerin zu beobachten.

Threepio schrumpfte noch mehr zusammen und suchte eine Stütze in der Karbonitgestalt Han Solos, die als Halbrelief über dem Boden hing. Da war nun wirklich ein Mensch ohne jede Empfindung für Protokollgerechtes, dachte Threepio wehmütig.

Seine Versonnenheit wurde unterbrochen von einer unnatürlichen Stille, die sich plötzlich über den Saal legte. Er hob den Kopf und sah Bib Fortuna durch die Menge gehen, begleitet von zwei

Gamorrern, gefolgt von einem brutal aussehenden Kopfjäger mit Umhang und Helm, der seine Beute an der Leine führte: Chewbacca, der Wookie.

Threepio ächzte fassungslos.

»O nein! Chewbacca!« Die Zukunft sah wahrlich trostlos aus.

Bib murmelte einige Worte in Jabbas Ohr und zeigte auf den Kopfjäger und seinen Gefangenen. Jabba lauschte aufmerksam. Der Kopfjäger war ein Humanoid, klein und brutal. Um sein Wams war ein Patronengurt geschlungen, und ein Augenschlitz in seiner Helmmaske erweckte den Eindruck, er könne durch alles hindurchblicken. Er verbeugte sich tief und begann in fließendem Ubeso zu sprechen.

»Sei gegrüßt, Majestätischer. Ich bin Boushh.« Es war eine metallisch klingende Sprache, gut geeignet für die verdünnte Atmosphäre des Heimatplaneten, auf dem diese Nomadengattung sich entwickelt hatte.

Jabba antwortete in derselben Sprache, wenn auch sein Ubeso gestelzt und stockend klang.

»Endlich hat mir jemand den gewaltigen Chewbacca gebracht...« Er wollte fortfahren, stolperte aber über das Wort, das er gebrauchen wollte. Mit brüllendem Lachen wandte er sich an Threepio. »Wo ist mein Sprechdroid?« dröhnte er und winkte Threepio heran. Widerstrebend gehorchte der würdevolle Roboter.

Jabba befahl ihm jovial: »Begrüße unseren Söldnerfreund und frag ihn nach seinem Preis für den Wookie.«

Threepio übersetzte für den Kopfjäger. Boushh hörte aufmerksam zu, während er gleichzeitig die wilden Wesen im Saal in Augenschein nahm, mögliche Ausgänge, mögliche Geiseln, wunde Punkte. Vor allem fiel ihm Boba Fett in der Nähe der Tür auf, der Söldner mit der Stahlmaske, der Han Solo zur Strecke gebracht hatte.

Boushh nahm das alles in einem einzigen Augenblick zur Kenntnis, dann sagte er in seiner Muttersprache gleichmütig zu Threepio: »Ich verlange fünfzigtausend, nicht weniger.«

Threepio dolmetschte halblaut für Jabba, der auf der Stelle einen

Wutanfall bekam und mit einem einzigen Hieb seiner Schwanzpartie den goldenen Droiden vom Thronpodest fegte. Threepio krachte klappernd auf den Boden, wo er kurz liegenblieb, ungewiß, wie eine solche Situation protokollarisch zu behandeln sei.

Jabba tobte in kehligem Huttisch weiter, Boushh rückte seine Waffe zurecht. Threepio seufzte, stieg mühsam auf die Estrade zurück, faßte sich und begann Boushh in freier Übertragung zu vermitteln, was Jabba von sich gab.

»Fünfundzwanzigtausend, mehr will er nicht bezahlen...« teilte Threepio mit.

Jabba winkte seinen Schweineaufsehern, Chewbacca zu ergreifen, während zwei Jawas Boushh in Schach hielten. Auch Boba Fett hob die Waffe. Jabba fügte ergänzend zur Übertragung durch Threepio hinzu: »Fünfundzwanzigtausend und dazu sein Leben.«

Threepio dolmetschte. Alles war still geworden, angespannt, unsicher. Schließlich sagte Boushh mit leiser Stimme zu Threepio: »Sag dem aufgedunsenen Müllsack, daß er mehr bieten muß, sonst puhlen sie sein Stinkfell aus allen Ritzen hier im Saal. Ich habe eine Thermalbombe in der Hand.«

Threepio richtete den Blick plötzlich scharf auf die kleine Silberkugel, die Boushh halb verdeckt in der linken Hand hielt. Sie ließ ein leises, bedrohliches Summen hören. Threepio blickte nervös auf Jabba; dann sah er wieder Boushh an.

Jabba fauchte den Droiden an: »Also? Was hat er gesagt?«

Threepio räusperte sich.

»Euer Hoheit, er, ääh... Er –«

»Heraus damit, Droid!« brüllte Jabba.

»O je«, entfuhr es Threepio. Er bereitete sich innerlich auf das Schlimmste vor, dann sprach er Jabba in makellosem Huttisch an. »Boushh bekundet höflich sein Nichteinverständnis mit Eurer Herrlichkeit und bittet Euch, den Betrag neu zu überdenken... oder er wirft die Thermalbombe, die er in der Hand hält.«

Augenblicklich ging ein erregtes Raunen durch den Saal. Alles wich einen Meter zurück, ganz so, als bringe das Schutz. Jabba starrte die Kugel in der Hand des Kopfjägers an. Sie begann zu leuchten. Die Zuschauer erstarrten.

Jabba blickte lange Sekunden bösartig auf den Kopfjäger. Dann ging langsam ein befriedigtes Grinsen über seinen riesigen, häßlichen Mund. Aus der Kloake seines Bauchs blubberte Lachen wie Gas aus einem Sumpf.

»Dieser Kopfjäger ist Abschaum, wie er mir behagt. Furchtlos und erfinderisch. Sag ihm fünfunddreißigtausend, nicht mehr – und er soll es nicht zu weit treiben.«

Threepio fühlte sich angesichts dieser Wendung der Dinge gewaltig erleichtert. Er übersetzte für Boushh. Alles starrte gebannt auf den Kopfjäger, um seine Reaktion zu verfolgen; Schußwaffen waren in Bereitschaft.

Dann ließ Boushh einen Druckschalter an der Thermalbombe los, und sie erlosch.

»Sihbass«, sagte er mit einem Nicken.

»Er ist einverstanden«, sagte Threepio zu Jabba.

Die Menge jubelte; Jabba atmete auf.

»Komm, mein Freund, mach mit bei unsrem Fest. Ich finde vielleicht noch andere Aufträge für dich.«

Threepio dolmetschte, während die Festlichkeit in ihr wüstes Treiben zurückfiel.

Chewbacca knurrte halblaut, als die Gamorrer ihn fortführten. Er hatte gute Lust, ihnen die Köpfe aneinanderzuhauen, nur, weil sie so häßlich aussahen, oder um alle Anwesenden daran zu erinnern, was ein Wookie war – aber in Türnähe entdeckte er ein bekanntes Gesicht. Hinter einer Halbmaske aus Grubeneberzähnen verbarg sich ein Mensch in der Uniform eines Skiffsaufsehers – Lando Calrissian. Chewbacca ließ sich nichts anmerken und leistete auch keinen Widerstand, als der Bewacher ihn hinauszerrte.

Lando war es vor Monaten gelungen, in dieses Madennest einzudringen, um zu erkunden, ob es möglich sei, Solo aus Jabbas Händen zu befreien. Er hatte das aus mehreren wichtigen Gründen getan.

Erstens deshalb, weil er – zu Recht – das Gefühl hatte, es sei seine Schuld, daß Han sich in dieser mißlichen Lage befand, und er das wieder gutmachen wollte, freilich stets vorausgesetzt, daß er dabei nicht selbst zu Schaden kam. Hier aber unterzutauchen und wie einer der Piraten selbst zu wirken, war für Lando jedoch kein Problem – es gehörte zu seinem Lebensstil, als das aufzutreten, was er nicht war.

Zweitens wollte er sich mit Han Solos Freunden an der Spitze der Rebellenallianz zusammentun. Sie legten es darauf an, das Imperium zu schlagen, und er hatte sich in seinem ganzen Leben nie etwas dringlicher gewünscht als dies. Die Imperiumspolizei war ihm einmal zu oft in die Quere gekommen, also galt es, sich endlich zu revanchieren. Außerdem war Lando gerne mit Solos Verein im Bunde, weil diese Leute immer genau da zu stehen schienen, wo gegen das Imperium vorgegangen wurde.

Drittens hatte Prinzessin Leia ihn um Hilfe gebeten, und einer Prinzessin konnte er nichts abschlagen. Ganz abgesehen davon, daß man nicht wissen konnte, auf welche Weise sie eines Tages ihren Dank abstatten mochte.

Schließlich hätte Lando alles darauf verwettet, daß es nicht möglich sei, Han hier herauszuholen – und die Wette, der Lando hätte widerstehen können, war noch nicht erfunden.

So brachte er seine Tage damit zu, möglichst viel im Auge zu behalten und zu planen. Das tat er auch jetzt, als Chewie fortgeführt wurde – er schaute zu und tauchte dann unter.

Die Kapelle begann zu spielen, geleitet von einem blauen Heuler namens Max Rebo, der Schlappohren hatte. Tanzpaare strömten hinzu. Die Höflinge überbrüllten einander und schütteten noch mehr in sich hinein.

Boushh lehnte an einer Säule und besah sich die Vorgänge. Sein Blick ging gelassen durch den ganzen Saal, erfaßte die Tänzer, die Raucher, die Säufer, die Spieler... bis er auf einen ebenso kühlen Blick von der anderen Seite des Saales stieß. Boba Fett beobachtete ihn.

Boushh verlagerte ein wenig das Gewicht und wog die Waffe, die wie ein kleines Kind in seinen Armen lag. Boba Fett blieb regungslos, ein arrogantes Hohnlächeln hinter der unheimlichen Maske.

Schweinewachen führten Chewbacca durch den unbeleuchteten Verliesgang. Ein Greifarm schob sich aus einer der Gittertüren und berührte den sinnierenden Wookie.

»Rriiiarr!« brüllte er auf, und der Greifarm schoß in die Zelle zurück.

Die nächste Tür stand offen. Bevor Chewie sich umsah, wurde er von den Bewachern gemeinsam mit Schwung hineingeschleudert. Die Tür fiel krachend zu, er war allein im Dunkeln.

Er hob den Kopf und ließ einen langgezogenen, klagenden Heullaut ertönen, der hinaufgetragen wurde durch den ganzen Berg aus Eisen und Sand bis zum unendlich geduldigen Himmel.

Der Thronsaal war still, dunkel und leer. Die Nacht schob sich in die unratübersäten Ecken. Blut, Wein und Speichel befleckten den Boden, zerfetzte Kleidung hing an Lampen, Bewußtlose lagen zusammengekrümmt unter zerschlagenem Mobiliar. Das Fest war vorbei.

Eine dunkle Gestalt huschte lautlos durch die Schatten, verhielt hier an einer Säule, dort an einem Standbild. Der Mann schlich an den Wänden entlang durch den Raum, stieg einmal über eine schnarchende Yakfratze. Man hörte nie ein Geräusch. Das war Boushh, der Kopfjäger.

Er erreichte den verhängten Alkoven, neben dem der Block, der Han Solo war, getragen von einem Kraftfeld an der Wand hing. Boushh schaute sich verstohlen um, dann legte er einen Hebel nicht weit neben dem Karbonsarg um. Das Summen des Kraftfelds sank tiefer, der schwere Monolith glitt langsam auf den Boden hinab.

Boushh trat näher heran und betrachtete das erstarrte Gesicht des Raumpiraten. Er berührte Solos karbonversteinerte Wange verwundert wie einen seltenen, kostbaren Edelstein. Kalt und hart wie ein Diamant.

Einige Sekunden lang studierte er die Regler an der Seite des Blocks, dann betätigte er eine Reihe von Schaltern. Schließlich, nach einem letzten, zögernden Blick auf die lebende Statue vor sich, kippte er den Dekarbonisierhebel.

Das Gehäuse gab ein schrilles Geräusch von sich. Sorgenvoll blickte Boushh erneut in die Runde, um sich zu vergewissern, daß niemand lauschte. Langsam begann die harte Schale über den Zügen von Solos Gesicht abzuschmelzen. Bald war der Überzug an der ganzen Vorderseite von Solos Körper verschwunden. Seine erhobenen Hände – so lange in stummem Protest erstarrt – fielen schlaff herab. Sein Gesicht entspannte sich zu einem Ausdruck, der mit nichts so viel Ähnlichkeit hatte wie mit einer Totenmaske. Boushh löste den leblosen Körper aus dem Gehäuse und ließ ihn langsam zu Boden gleiten.

Er führte den grausigen Helm nah an Solos Gesicht heran und versuchte angestrengt Lebenszeichen wahrzunehmen. Keine Atmung. Kein Puls.

Schlagartig riß Han die Augen auf und begann zu husten. Boushh stützte ihn, versuchte ihn zu beruhigen – noch waren Wachen unterwegs, die ihn hören mochten.

»Still!« flüsterte er. »Ganz ruhig.«

Han starrte mit zusammengekniffenen Augen zu der Gestalt über sich hinauf.

»Ich kann nichts sehen... Was ist – passiert?« Ihm war, man konnte es verstehen, die Orientierung verlorengegangen, nachdem er sechs Monate auf diesem Wüstenplaneten im Tiefschlaf verbracht hatte – für ihn eine Zeit ohne Ende. Es war eine grauenvolle Empfindung gewesen – so, als hätte er eine Ewigkeit lang versucht einzuatmen, sich zu bewegen, zu schreien, jeden Augenblick in bewußter, schmerzhafter Erstickung – und nun wurde er schlagartig in eine laute, schwarze, kalte Grube geworfen.

Seine Sinne überfielen ihn alle gleichzeitig. Die Luft biß mit tausend Eiszähnen in seine Haut; die Undurchsichtigkeit seines Sehens war nicht zu durchdringen; Wind schien mit Orkanstärke um seine Ohren zu tosen; er konnte nicht erkennen, was oben, was unten war; die zahllosen Gerüche, die sich auf seine Nase stürzten, erregten Übelkeit, die Speicheldrüsen wollten ihre Arbeit nicht einstellen, alle Knochen schmerzten – und dann kamen die Halluzinationen.

Bilder aus seiner Kindheit, von seinem letzten Frühstück, von vielen Piratenstücken... als wären alle Bilder und Erinnerungen seines Lebens in einen Luftballon zusammengepreßt, der Ballon platzte, und sie flatterten alle auf einmal heraus, wild durcheinander. Es war fast niederschmetternd, eine Flut, kaum zu verkraften für die Sinne, für das Gedächtnis. Menschen waren in den ersten Minuten nach der Dekarbonisierung wahnsinnig geworden, hoffnungslos, unheilbar wahnsinnig – hatten nie mehr die zehn Milliarden Einzelbilder in den Griff bekommen können, die eine Lebensspanne in eine Art zusammenhängender, auswählender Ordnung faßten.

Solo war nicht so leicht niederzuwerfen. Er schwamm auf dem Kamm dieser Springflut von Eindrücken, bis sie verebbte zu einer starken Dünung, den Großteil seiner Erinnerungen untergehen ließ, nur das neueste Treibgut im Schaum der Oberfläche zurücklassend: der Verrat durch Lando Calrissian, den er einst Freund genannt hatte; sein defektes Raumschiff; sein letzter Blick auf Leia; seine Gefangennahme durch Boba Fett, den Kopfjäger mit der Eisenmaske, der...

Wo war er jetzt? Was war geschehen? Seine letzte Erinnerung betraf Fett, der zusah, wie er langsam versteinerte. War dies wieder Fett, der ihn auftaute, um ihm noch mehr Qualen zuzufügen? Die Luft brüllte in seinen Ohren, seine Atmung erschien ihm unregelmäßig, unnatürlich. Er schwenkte die Hand vor den Augen.

Boushh versuchte ihn zu beruhigen.

»Du bist frei vom Karbonit und hast die Übergangskrankheit. Dein Sehvermögen kommt bald wieder. Komm, wir müssen uns beeilen, wenn wir von hier fortkommen wollen.«

Reflexartig packte Han den Kopfjäger, betastete die Gitter-Gesichtsmaske, zog die Hände zurück.

»Ich gehe nirgends hin – ich weiß nicht einmal, wo ich bin.« Er begann plötzlich stark zu schwitzen, als sein Herz wieder Blut pumpte, und sein Verstand suchte nach Antworten. »Wer bist du überhaupt?« fragte er argwöhnisch. Vielleicht war es doch Boba Fett.

Der Kopfjäger hob die Hände und nahm den Helm ab. Darunter erschien das schöne Gesicht von Prinzessin Leia.

»Jemand, der dich liebt«, flüsterte sie, nahm sein Gesicht zart zwischen ihre Hände, die immer noch Handschuhe trugen, und küßte ihn lange auf den Mund.

2

Han strengte sich an, sie zu sehen, obwohl er die Augen eines Neugeborenen hatte.

»Leia! Wo sind wir?«

»In Jabbas Palast. Ich muß dich ganz schnell hier herausholen.«

Er setzte sich unsicher auf.

»Alles ist verschwommen... Ich werde nicht viel helfen können...«

Sie sah ihn einen langen Augenblick an, ihren blinden Geliebten – sie hatte Lichtjahre hinter sich gebracht, um ihn zu finden, ihr Leben aufs Spiel gesetzt, hart errungene Zeit verspielt, die von der Rebellion dringend gebraucht wurde, Zeit, die für persönliche Suchaktionen und private Wünsche wegzuwerfen sie sich eigentlich nicht leisten konnte... aber sie liebte ihn.

Ihre Augen füllten sich mit Tränen.

»Wir schaffen es«, flüsterte sie.

Impulsiv umarmte und küßte sie ihn wieder. Auch er wurde schlagartig von Gefühlen durchflutet – zurück von den Toten, die schöne Prinzessin in seinen Armen, dabei, ihn aus dem Schlund des Untergangs zu reißen. Er fühlte sich überwältigt. Unfähig, sich zu bewegen, ja, zu sprechen, hielt er sie krampfhaft fest, die blinden Augen geschlossen vor all den scheußlichen Realitäten, die bald genug auf ihn hereinstürzen würden. Früher noch, als er erwartete.

Ein ekelerregend knarrendes Geräusch wurde hinter ihnen plötzlich nur allzu deutlich. Han öffnete die Augen, konnte aber immer noch nichts sehen. Leia blickte hinauf zu der Nische und riß entsetzt die Augen auf. Der Vorhang war zurückgezogen worden, und der ganze Bereich bestand vom Boden bis zur Decke aus einer Galerie der abscheulichsten Ungeheuer von Jabbas Hof – glotzend, sabbernd, schnaufend.

Leias Hand flog an ihren Mund.

»Was ist?« drängte Han. Irgend etwas war offenkundig ganz und gar nicht in Ordnung. Er starrte in seine eigene Schwärze hinein.

Von der anderen Seite des Alkovens erhob sich ein gräßliches Keckem. Ein Hutt-Keckern.

Han preßte die Hände an den Kopf und schloß erneut die Augen, wie um das Unausweichliche nur noch einen Augenblick länger fernzuhalten.

»Dieses Lachen kenne ich.«

Der Vorhang auf der anderen Seite wurde aufgerissen. Dort saßen Jabba, Ishi Tib, Bib, Bobba und mehrere Wächter. Sie alle begannen zu lachen, lachten weiter, lachten, um zu strafen.

»So, so, was für ein rührender Anblick«, sagte Jabba säuselnd. »Han, mein Junge, dein Geschmack an Begleitern hat sich gebessert, wenn auch nicht dein Glück.«

Sogar blind konnte Solo schnell in seine Überredungskünste verfallen.

»Hör zu, Jabba, ich war unterwegs zu dir zurück, als ich ein bißchen abgelenkt wurde. Ich weiß, wir hatten Meinungsverschiedenheiten, aber ich bin sicher, wir kommen zu einer Einigung...«

Diesmal lachte Jabba wirklich in sich hinein.

»Dafür ist es zu spät, Solo. Du magst der beste Schmuggler im Geschäft gewesen sein, aber jetzt bist du Bantha-Futter.« Sein Lächeln verschwand, er winkte seinen Wächtern. »Packt ihn.«

Wachen packten Leia und Han. Sie zerrten den corellanischen Piraten davon, während Leia sich an Ort und Stelle weiter wehrte.

»Wie ich ihn töte, entscheide ich später«, murmelte Jabba.

»Ich bezahle das Dreifache«, rief Solo. »Jabba, du wirfst ein Vermögen weg. Sei kein Narr.« Dann war er verschwunden.

Lando trat aus den Reihen der Bewacher rasch hervor, griff nach Leia und wollte sie fortführen.

Jabba hielt sie auf.

»Warte! Bring sie zu mir.«

Lando und Leia blieben wie angewurzelt stehen. Lando wirkte angespannt, ungewiß, was zu tun sei. Es war noch nicht ganz an der Zeit, zu handeln. Die Chancen standen noch nicht ganz richtig. Er wußte, daß er einen wichtigen Trumpf in der Hand hatte, und diesen mußte man auszuspielen verstehen, wenn man gewinnen wollte.

»Ich komme schon zurecht«, flüsterte Leia.

»Da bin ich nicht so sicher«, erwiderte er. Aber der Augenblick war vorbei; jetzt war nichts mehr zu machen. Er und Ishi Tib, der Vogelechsler, schleppten die junge Prinzessin vor Jabba.

Threepio, der von seinem Platz hinter Jabba aus alles verfolgt hatte, konnte nicht mehr hinsehen. Er wandte sich in höchster Furcht ab.

Leia dagegen stand hochaufgerichtet vor dem abscheulichen Monarchen. Ihr Zorn war auf dem Höhepunkt. In der ganzen Galaxis herrschte Krieg, und hier auf diesem Staubklumpen von Planeten von diesem miserablen Geschöpf festgehalten zu werden, war mehr, als sie ertragen konnte. Trotzdem zwang sie ihre Stimme zur Ruhe, denn schließlich war sie eine Prinzessin.

»Wir haben mächtige Freunde, Jabba. Das wirst du bald bereuen...«

»Sicher, sicher«, brummte der alte Gangster erheitert, »aber inzwischen werde ich das Vergnügen deiner Gegenwart gründlich genießen.«

Er zog sie gierig an sich, bis ihre Gesichter nur Zentimeter voneinander entfernt waren, ihr Bauch an seine ölige Schlangenhaut gepreßt. Sie erwog, ihn auf der Stelle zu töten, hielt sich mit ihrer Wut aber zurück, weil der Rest des Abschaums hier sie vielleicht umbringen ließ, bevor sie zusammen mit Han entkommen konnte. Mit der Zeit würden sich die Aussichten gewiß verbessern. Sie schluckte also krampfhaft und ertrug vorübergehend diesen Schleimkoloß, so gut sie konnte.

Threepio spähte kurz heraus und zog sich sofort wieder zurück.

»O nein, ich kann nicht zusehen.«

Jabba, das Scheusal, schob seine dicke, tropfende Zunge zur

Prinzessin hinaus und schlabberte ihr einen bestialischen Kuß mitten auf den Mund.

Han wurde unsanft in die Verlieszelle geworfen; die Tür fiel krachend hinter ihm ins Schloß. Er stürzte im Dunkeln zu Boden, raffte sich wieder auf und setzte sich an die Wand. Nachdem er ein paarmal mit der Faust auf den Boden geschlagen hatte, beruhigte er sich und versuchte seine Gedanken zu ordnen.

Dunkelheit. Ach, verdammt, blind war blind. Sinnlos, sich auf einem Meteoriten Mondtau zu wünschen. Aber es war einfach zum Verzweifeln, so aus der Tiefkühlung zu kommen, gerettet von der einen Person, die...

Leia! Dem Sternenkapitän sank der Mut, als er daran dachte, was in diesem Augenblick mit ihr geschehen mochte. Wenn er nur gewußt hätte, wo er war. Versuchsweise klopfte er an die Mauer hinter sich. Massiver Fels.

Was konnte er tun? Vielleicht verhandeln. Aber was hatte er zu bieten? Dumme Frage, dachte er – wann habe ich schon einmal etwas besessen, bevor ich damit handeln konnte?

Aber was? Geld? Jabba hatte mehr, als er je zählen konnte. Vergnügungen? Für Jabba gab es kein größeres Vergnügen, als die Prinzessin zu schänden und Solo zu töten. Nein, es sah schlecht aus – sogar so schlecht, als könnte es gar nicht mehr schlechter werden.

Dann hörte er das Knurren. Ein tiefes, gewaltiges Knurrfauchen aus der dichten Schwärze in der hinteren Ecke der Zelle, das Knurren einer großen, wutentbrannten Bestie.

Die Haare an Solos Armen richteten sich auf. Er erhob sich, mit dem Rücken zur Wand.

»Scheine Gesellschaft zu haben«, murmelte er.

Das wilde Wesen brüllte ein irrsinniges »Groaarrrr!« und raste geradewegs auf Solo zu, packte ihn brutal um den Brustkorb, hob ihn vom Boden hoch und preßte ihm den Atem ab.

Han blieb einige lange Sekunden völlig regungslos. Er traute seinen Ohren nicht.

»Chewie, bist du das?!«

Der riesige Wookie bellte vor Freude.

Zum zweiten Mal in einer Stunde wurde Solo von Glücksgefühl überwältigt, aber hier aus einem ganz anderen Grund.

»Gut, gut, warte doch, du zerdrückst mich ja.«

Chewbacca setzte seinen Freund ab. Han griff hinauf und kraulte seinen Partner an der Brust; Chewie jaulte wie ein kleiner Hund.

»Hör mal, was geht hier überhaupt vor?« Han war sofort wieder im Gleis. Unfaßbar, dieser glückliche Zufall! Hier war jemand, mit dem er einen Plan schmieden konnte. Und nicht nur irgend jemand, sondern sein treuester Freund in der ganzen Galaxis.

Chewie brachte ihn in ausführlicher Rede auf den laufenden Stand.

»Arh ahrhch spliahrch rahr aurowhararr grop rahp ra.«

»Landos Plan? Was macht *er* hier?«

Chewie bellte ausgiebig.

Han schüttelte den Kopf.

»Ist Luke verrückt? Warum hast du auf ihn gehört? Der Kleine kann nicht mal auf sich selbst aufpassen, geschweige denn irgend jemanden retten.«

»Rauhr ahrhch ohff ahrahrrarauu rauh raunhghr grrgrrfr rf rf.«

»Ein Jedi-Ritter? Aber, aber. Ich spiele mal kurze Zeit nicht mit, und schon meint jeder…«

Chewbacca knurrte anhaltend.

Han nickte zweifelnd in die Dunkelheit.

»Das glaube ich erst, wenn ich es sehe –«, gab er zurück und marschierte voll gegen die Wand.

Das eiserne Haupttor von Jabbas Palast öffnete sich mit rauhem Scharren, geölt nur vom Sand und der Zeit. Draußen im Staubsturm stand Luke Skywalker und starrte in den schwarzen Höhleneingang.

Er trug das lange Gewand eines Jedi-Ritters, eigentlich eine Art Soutane, aber weder Schußwaffe noch Lichtsäbel. Er stand locker da, ohne Keckheit, und sah sich den Ort an, bevor er eintrat. Er war ein Mann geworden. Weiser als ein Mann, älter mehr durch den Verlust als durch die Jahre. Verlust von Illusionen, Verlust von Abhängigkeit. Verlust von Freunden an den Krieg. Verlust von Schlaf an die Strapaze. Verlust von Lachen. Verlust seiner Hand.

Aber von allen Verlusten, die er erlitten hatte, war der größte der, der aus dem Wissen und der tiefen Erkenntnis kam, daß er alles, was er wußte, nie mehr vergessen konnte. So viele Dinge, von denen er sich wünschte, sie nie gelernt zu haben. Er war gealtert unter der Last seines Wissens.

Wissen brachte natürlich Nutzen. Er war nicht mehr so impulsiv wie früher. Die Reife hatte ihm einen klaren Blick verliehen, einen Rahmen gestellt, in den er die Ereignisse seines Lebens einfügen konnte – ein Gerüst aus räumlichen und zeitlichen Koordinaten, die sein Dasein überspannten zurück zu den frühesten Erinnerungen und hinaus zu hundert Zukunftsalternativen. Ein Gerüst von Tiefen und Rätseln und Zwischenräumen, durch die Luke auf jedes neue Geschehnis in seinem Leben blicken und es im richtigen Licht sehen konnte. Ein Gerüst von Schatten und Ecken, das sich hinauszog bis zum Fluchtpunkt am Horizont von Lukes Denken. Und alle diese Schattenkästen, die den Dingen so viel Perspektive gaben... nun, dieses Gerüst verlieh seinem Leben eine gewisse Dunkelheit.

Nichts Greifbares, versteht sich – und außerdem hätten manche behauptet, diese Schattierung statte seine Persönlichkeit mit einer gewissen Tiefe aus, wo sie vorher dürftiger gewesen war, ohne Dimension – wenngleich eine solche Unterstellung vermutlich von übersättigten Kritikern gekommen wäre, die eine übersättigte Zeit widerspiegelten. Nichtsdestoweniger gab es nun ein Maß an Düsternis.

Das Wissen vermittelte noch andere Vorteile: vernünftiges Denken, Manieren, Auswählen. Von ihnen allen war das Auswählen ein wahrhaft zweischneidiges Schwert, aber seine Vorteile hatte es trotzdem.

Überdies war er jetzt in der Kunst der Jedi geschult, wo er vorher nur ein verwöhnter Junge gewesen.

Er hatte mehr Bewußtsein.

Das waren gewiß alles wünschenswerte Eigenschaften, und Luke wußte so gut wie irgendeiner, daß alles wachsen muß, was lebt. Trotzdem, sie brachte eine gewisse Traurigkeit mit sich, die Summe all dieses Wissens. Ein gewisses Bedauern. Aber wer konnte es sich in solchen Zeiten leisten, ein Junge zu sein?

Luke ging mit entschlossenen Schritten in den Gewölbegang.

Beinahe augenblicklich traten zwei Gamorrer heran und versperrten ihm den Weg. Einer sprach in einem Ton, der keinen Widerspruch zuließ.

»No tschuba!«

Luke hob die Hand und zielte auf die Wächter. Bevor einer von ihnen eine Waffe zücken konnte, krallten sie beide die Hände um die eigenen Kehlen, erstickend, ächzend. Sie stürzten auf die Knie.

Luke ließ die Hand sinken und ging weiter. Die Wächter, die plötzlich wieder atmen konnten, sanken auf die vom Sand halb zugewehten Stufen. Sie folgten ihm nicht.

Als er um die nächste Ecke bog, kam Bib Fortuna Luke entgegen. Fortuna begann zu sprechen, als er auf den jungen Jedi zukam, aber Luke ging unbeirrt weiter, so daß Bib mitten im Satz umkehren und neben Skywalker herhasten mußte, um ein Gespräch führen zu können.

»Sie müssen der sein, den man Skywalker nennt. Seine Exzellenz empfängt Sie nicht.«

»Ich spreche mit Jabba jetzt.« Luke sagte es ganz ruhig, ohne den Schritt zu verhalten. Sie kamen an der nächsten Kreuzung an einigen Wächtern vorbei, die sich ihnen anschlossen.

»Der große Jabba schläft«, erklärte Bib. »Er hat mich angewiesen, Ihnen mitzuteilen, daß es keine Abmachungen geben wird –«

Luke blieb plötzlich stehen und starrte Bib an. Er hielt die Augen des Majordomus mit den seinen fest, hob kurz die Hand und drehte sie ein wenig nach innen.

»Du wirst mich jetzt zu Jabba bringen.«

Bib zögerte und legte den Kopf ein wenig schräg. Wie lauteten seine Befehle? Ah, ja, jetzt fiel es ihm ein.

»Ich bringe Sie jetzt zu Jabba.«

Er drehte sich um und ging durch den gewundenen Gang, der zum Thronsaal führte. Luke folgte ihm in die Düsternis.

»Du dienst deinem Herrn gut«, flüsterte er Bib ins Ohr.

»Ich diene meinem Herrn gut.« Bib nickte ohne Überzeugung.

»Du bist sicher, daß du belohnt wirst«, fügte Luke hinzu.

Bib lächelte selbstzufrieden.

»Ich bin sicher, daß ich belohnt werde.«

Als Bib und Luke Jabbas Hof betraten, ließ der ungeheure Lärm stark nach, ganz so, als hätte Lukes Anwesenheit eine abkühlende Wirkung. Jedermann spürte den Wandel.

Der Majordomus und der Jedi-Ritter näherten sich dem Thron. Luke sah Leia dort sitzen, neben Jabbas Bauch. Sie war am Hals angekettet und trug das überaus knappe Kostüm eines Tanzmädchens. Er spürte ihren Schmerz sofort, durch den ganzen Raum – aber er sagte nichts, sah sie nicht einmal an, schloß sich völlig ab gegen ihre Qual, denn er mußte seine Aufmerksamkeit ganz auf Jabba konzentrieren.

Leia ihrerseits spürte das sofort. Sie schloß ihre Gedanken vor Luke ab, um ihn nicht abzulenken, hielt das Denken aber gleichzeitig offen, um jeden Bruchteil an Information aufzunehmen, dessen sie bedurfte, um zu handeln. Sie fühlte sich aufgeladen mit Möglichkeiten.

Threepio spähte hinter dem Thron hervor, als Bib herankam. Zum ersten Mal seit vielen Tagen ging er sein Programm Hoffnung durch. »Ah! Endlich kommt Master Luke, um mich von hier fortzubringen«, erklärte er strahlend.

Bib blieb stolz vor Jabba stehen.

»Herr, ich stelle vor: Luke Skywalker, Jedi-Ritter.«

»Ich habe dir gesagt, du sollst ihn nicht hereinlassen«, knurrte der Koloß auf huttisch.

»Ich muß sprechen dürfen«, sagte Luke leise, aber man hörte seine Worte im ganzen Saal.

»Er muß sprechen dürfen«, bestätigte Bib nachdenklich.

Jabba schlug Bib wütend ins Gesicht, daß er zu Boden stürzte.

»Schwachköpfiger Narr! Er wendet einen alten Jedi-Gedankentrick an!«

Luke ließ den ganzen Rest der bunt zusammengewürfelten Horde rings um sich in die Winkel seines Bewußtseins entschwinden, damit Jabba sein ganzes Denken ausfüllte.

»Du wirst Captain Solo und den Wookie zu mir bringen.«

Jabba lächelte grimmig.

»Deine Denkkräfte wirken bei mir nicht, mein Junge. Ich bin für deine menschlichen Denkmuster nicht empfänglich.« Er fügte hinzu, als sei ihm das eben erst eingefallen: »Ich habe deine Sorte schon getötet, als ein Jedi zu sein noch etwas zu bedeuten hatte.«

Luke veränderte seine innere und äußere Haltung ein wenig.

»Trotzdem nehme ich Captain Solo und seine Freunde mit. Du kannst hier entweder profitieren… oder vernichtet werden. Die Wahl liegt bei dir, aber ich warne dich, meine Kräfte zu unterschätzen.« Er gebrauchte seine eigene Sprache, die Jabba gut verstand.

Jabba ließ das Lachen eines Löwen hören, den die Maus warnt.

Threepio, der diesem Wortwechsel gebannt gefolgt war, beugte sich vor, um Luke etwas zuzuflüstern.

»Master, Ihr steht auf –« Ein Wächter wurde jedoch aufmerksam und riß den besorgten Droiden an seinen Platz zurück.

Jabbas Lachen brach ab. Sein Gesicht wurde finster.

»Es wird keine Abmachung geben, junger Jedi. Ich werde mit Genuß zusehen, wie du stirbst.«

Luke hob die Hand. Eine Pistole zuckte aus dem Halfter eines nahen Wächters und landete in der Hand des Jedi. Luke richtete die Waffe auf Jabba.

Jabba zischte: »Boscka!«

Der Boden kippte plötzlich weg, Luke und sein Bewacher stürzten in eine Grube. Die Falltür schloß sich sofort wieder über ihnen. Alle Bestien am Hof stürzten zum Bodengitter und starrten hinunter.

»Luke!« schrie Leia auf. Es war, als hätte man einen Teil von ihr selbst abgerissen und mit ihm zusammen in die Grube hinuntergeschleudert. Sie wollte aufstehen, wurde aber von dem

Schließring an ihrem Hals festgehalten. Aus allen Richtungen gleichzeitig kam rauhes, heiseres Gelächter und zerrte an ihren Nerven. Sie spannte den Körper zur Flucht.

Ein Wächter mit dem Aussehen eines Menschen berührte ihre Schulter. Sie sah ihn an. Es war Lando. Er schüttelte kaum merklich den Kopf. Nein. Unwillkürlich erschlafften ihre Muskeln. Er wußte, daß das der richtige Augenblick nicht war. Aber dafür waren jetzt die richtigen Karten im Spiel. Alle wichtigen Leute waren da – Luke, Han, Leia, Chewbacca... und der Joker in Person – Lando. Er wollte unbedingt vermeiden, daß Leia das Blatt zeigte, bevor alle Einsätze auf dem Tisch lagen. Der Einsatz war zu hoch.

Unten im Loch stand Luke auf. Er stellte fest, daß er sich in einem großen, höhlenartigen Verlies befand. Die Wände waren aus schroffem Felsgestein mit lichtlosen Ritzen. Die halbzerkauten Knochen zahlloser Tiere lagen auf dem Boden verstreut. Es roch nach verfaultem Fleisch und Angstschweiß.

Acht Meter über sich sah er in der Decke das Eisengitter, durch das Jabbas ekelerregende Höflinge spähten.

Der Wächter neben ihm begann plötzlich ungehemmt zu schreien, als sich in der Höhlenwand eine Tür langsam zur Seite schob. Luke betrachtete seine Umgebung mit unerschütterlicher Ruhe, als er sein langes Gewand auszog bis auf die Jedi-Tunika, um mehr Bewegungsfreiheit zu haben. Er wich rückwärts rasch an die Wand zurück und kauerte dort wachsam.

Aus dem Seitengang erschien der Riesen-Rancor. Von der Größe eines Elefanten, wirkte er in irgendeiner Weise reptilartig und gleichzeitig unförmig wie ein Alptraum. Das riesige Kreischmaul stand asymmetrisch im Kopf, die Fangzähne und Klauen standen in keinem normalen Verhältnis zu seiner Größe. Ohne jeden Zweifel ein Mutant, die verkörperte hirnlose Wildheit.

Der Wächter riß die Pistole vom Lehmboden, wo sie hingefallen war, und begann Laserstöße auf das grauenhafte Ungeheuer abzufeuern. Das steigerte die Wut der Bestie nur noch. Sie kam schwankend auf den Wächter zu.

Der Wächter feuerte unaufhörlich. Die Bestie beachtete die Laserblitze nicht einmal, packte den von panischer Angst erfüllten

Wächter, schob ihn zwischen die triefenden Kiefer und schlang ihn auf einmal hinunter. Die Zuschauer oben jubelten, lachten und warfen Münzen hinunter.

Das Monster drehte sich um und stürzte sich auf Luke, aber der Jedi-Ritter sprang mit einem Satz acht Meter in die Höhe und klammerte sich am Deckengitter fest. Die Menge begann zu buhen. Luke hangelte sich das Gitter entlang zur Ecke der Höhle, bemüht, nicht abzustürzen, während die Zuschauer weiter ihr Mißfallen kundtaten. Eine Hand rutschte am öligen Gitter ab, und er baumelte an der anderen über dem brüllenden Mutanten.

Zwei Jawas liefen oben über das Gitter. Sie hieben mit ihren Gewehrkolben auf Lukes Finger ein; wieder kreischte die Menge jubelnde Zustimmung.

Der Rancor hieb von unten mit den Pranken nach Luke, aber der Jedi hing gerade außer Reichweite. Plötzlich ließ Luke los und stürzte direkt auf das Auge des heulenden Monstrums, dann fiel er hinunter auf den Boden.

Der Rancor kreischte vor Schmerzen auf und taumelte, hieb auf sein eigenes Gesicht ein, als wolle er die Qualen mit brutaler Gewalt vertreiben. Er lief ein paarmal im Kreis, dann entdeckte er Luke von neuem und griff an. Luke bückte sich und hob den langen Knochen eines früheren Opfers auf. Er schwenkte ihn hin und her. Das Galeriepublikum über ihm fand das lustig und brüllte vor Lachen.

Das Ungeheuer packte Luke und hob ihn hoch zu seinem speicheltriefenden Maul. Im allerletzten Augenblick jedoch stieß Luke den Knochen tief in den Rachen des Rancors und sprang auf den Boden hinunter, als die Bestie zu würgen begann. Der Rancor heulte und hieb um sich, rannte mit dem Kopf voraus an eine Mauer. Mehrere Felsen brachen ab und lösten eine Geröllawine aus, die Luke beinahe unter sich begrub, als er tief in einer Ritze nah am Boden kauerte. Die Menge klatschte rasenden Beifall.

Luke versuchte klar zu denken. Angst ist eine große Wolke, hatte Ben ihm oft erklärt. Sie macht das Kalte kälter und das Dunkle dunkler; aber laß sie emporsteigen, und sie löst sich auf. So ließ Luke sie über das Kreischen der Bestie vor sich hinaufsteigen und befaßte sich mit Möglichkeiten, das Wüten der armseligen Kreatur gegen diese selbst zu kehren.

Es war keine bösartige Bestie, soviel stand fest. Wäre es pure Bosheit gewesen, seine Abscheulichkeit hätte sich leicht gegen sich selbst richten können – das ganz und gar Böse sei am Ende stets selbstzerstörerisch, hatte Ben auch gesagt. Aber dieses Monster war nicht böse, nur dumm und schlecht behandelt. Hungrig und voller Schmerzen, schlug es nach allem, was in seine Nähe kam. Dies als das Böse zu betrachten, hätte für Luke bedeutet, seine eigenen dunklen Seiten auf das Wesen zu projizieren – es wäre falsch gewesen und hätte ihm ganz gewiß auch nicht aus seiner Lage geholfen.

Nein, er mußte klares Denken bewahren – das war alles – und das wilde Untier einfach übertölpeln, um es von seinem Elend zu erlösen.

Das Vorteilhafteste wäre gewesen, den Rancor auf die ganze Gesellschaft von Jabbas Hof loszulassen, aber für eine solche Möglichkeit sprach nicht viel. Als zweites erwog er, dem Untier die Mittel zu verschaffen, sich selbst zu töten und sich von seiner Qual zu befreien. Bedauerlicherweise war die Kreatur viel zu zornig, um den Trost des Nichtseins erkennen zu können. Schließlich begann Luke die Abmessungen der Höhle zu studieren, bemüht, einen konkreten Plan zu entwickeln.

Der Rancor hatte inzwischen den Knochen aus seinem Maul gerissen und scharrte wutentbrannt im Geröll, um den jungen Mann herauszuholen. Luke packte einen großen Felsbrocken und hieb ihn mit aller Kraft auf die Tatze des Ungeheuers. Als der Rancor erneut hochzuckte und vor Schmerzen brüllte, hetzte Luke zur Vorhöhle.

Er erreichte den Eingang und stürzte hinein. Vor ihm versperrte ein schweres Gittertor den Weg. Dahinter saßen die beiden Wärter des Rancors und aßen ihr Abendbrot. Sie hoben die Köpfe, als Luke auftauchte, standen auf und gingen zum Gitter.

Luke drehte sich um und sah das Monster wütend herankommen. Er wandte sich wieder dem Sperrgitter zu und versuchte es zu öffnen. Die Wärter stießen mit ihren zweizackigen Speeren zu, stocherten durch die Gitterstäbe nach ihm, lachten und kauten weiter, während der Rancor sich dem jungen Jedi näherte.

Luke wich zurück an die Seitenwand, als das Untier nach ihm griff. Plötzlich sah er die Steuertafel für die Gittertür an der gegenüberliegenden Wand in halber Höhe. Der Rancor betrat den Käfigraum und wollte seinem Opfer den Rest geben. Luke riß schlagartig einen Totenschädel vom Boden hoch und schleuderte ihn nach der Sicherungstafel.

Die Tafel explodierte in einem Funkenregen, und die riesige eiserne Käfigtür kam auf den Schädel des Rancors heruntergesaust und zerschmetterte den Kopf, als sause eine Axt durch eine reife Melone.

Die Zuschauer hoch oben ächzten wie auf Kommando und verstummten. Sie waren fassungslos vor dieser bizarren Wendung der Ereignisse. Alle blickten auf Jabba, der vor Wut einem Schlaganfall nahe schien. Noch nie hatte er solchen Zorn empfunden. Leia versuchte ihre Freude zu verbergen, konnte ein Lächeln aber nicht unterdrücken, was Jabbas Wut noch mehr steigerte. Er fauchte seine Wächter an: »Holt ihn da raus. Bringt mir Solo und den Wookie. Sie werden diese Gemeinheit alle büßen.«

Unten in der Höhle blieb Luke ruhig stehen, als mehrere von Jabbas Schergen hereinstürzten, ihn in Fesseln schlugen und hinausschleppten.

Der Rancor-Wärter weinte ungehemmt und warf sich auf die Leiche seines toten Lieblings. Von diesem Tag an würde sein Leben ein sehr einsames sein.

Han und Chewie wurden vor den innerlich brodelnden Jabba geführt. Han sah immer noch schlecht und stolperte alle paar Schritte. Threepio stand hinter dem Hutt, von unerträglicher Angst erfüllt. Jabba hielt Leia an einer kurzen Leine und streichelte ihr Haar, um sich zu beruhigen. Unaufhörliches Gemurmel erfüllte den Raum, als der Pöbel Spekulationen darüber anstellte, was mit wem geschehen würde.

Mehrere Wachen – darunter Lando Calrissian – zerrten Luke im wilden Getümmel herein. Die Höflinge wichen auseinander wie ein ungebärdiges Meer, um ihnen Platz zu machen. Als auch Luke vor dem Thron stand, stieß er Solo mit einem Lächeln an.

»Schön, dich wiederzusehen, alter Freund.«

Solos Miene hellte sich auf. Die Reihe der Freunde, auf die er so unvermittelt stieß, schien kein Ende zu nehmen.

»Luke! Sitzt du jetzt auch in dieser Patsche?«

»Möchte sie nicht verpassen«, sagte Skywalker lächelnd. Einen kleinen Augenblick lang fühlte er sich wieder wie ein Junge.

»Na, und wie sehen wir aus?« Han zog die Brauen hoch.

»Genau wie immer«, sagte Luke.

»Sehr schön«, gab Solo halblaut zurück. Er fühlte sich völlig ruhig. Genau wie früher – aber eine Sekunde später überfiel ihn ein erschreckender Gedanke.

»Wo ist Leia? Ist sie...«

Ihr Blick war auf ihn gerichtet gewesen, seitdem er den Raum betreten hatte – sie schützte seinen Lebensgeist mit dem ihren. Als er ihren Namen aussprach, reagierte sie sofort und rief von ihrem Platz an Jabbas Thron aus: »Mit mir ist alles in Ordnung, aber ich weiß nicht, wie lange ich euren sabbernden Freund hier noch zurückhalten kann.« Sie gab sich bewußt locker, um Solo zu beruhigen. Außerdem kam sie sich beim Anblick all ihrer Freunde nahezu unbesiegbar vor. Han, Luke, Chewie, Lando – sogar Threepio trieb sich irgendwo herum und versuchte in Vergessenheit zu geraten. Leia hätte beinahe laut aufgelacht, aber am liebsten hätte sie Jabba eins auf die Nase gegeben. Sie konnte sich kaum zurückhalten. Sie hätte zu gern ihre Freunde an sich gedrückt.

Plötzlich schrie Jabba so laut, daß augenblickliche Stille eintrat: »Sprechdroid!«

Threepio trat schüchtern vor und sprach mit einer verlegenen, zurückhaltenden Kopfbewegung die Gefangenen an.

»Seine Höchste Erhabenheit, der große Jabba von Hutt, hat bestimmt, daß ihr auf der Stelle zum Tode zu befördern seid.«

»Das ist gut«, sagte Solo laut. »Ich warte so ungern...«

»Euer ungeheures Vergehen gegen Seine Majestät«, fuhr Threepio fort, »verlangt die qualvollste Form des Todes...«

»Halbheiten haben keinen Sinn«, witzelte Solo. Jabba konnte

manchmal ja zu gestelzt tun, und wenn hier das alte Goldbein seine Ankündigungen vermittelte…

Gleichgültig, worum es sonst gehen mochte, Threepio *verabscheute* es einfach, unterbrochen zu werden. Er sammelte sich trotzdem und sprach weiter.

»Ihr werdet zum Dünenmeer gebracht, wo man euch in das Große Loch von Carkoon werfen wird –«

Han zog die Schultern hoch und sah Luke an.

»So schlecht hört sich das gar nicht an.«

Threepio beachtete die Unterbrechung nicht.

»…wo der allmächtige Sarlacc haust. In seinem Bauch werdet ihr eine neue Dimension von Qual und Leiden kennenlernen, wenn ihr tausend Jahre langsam zerfallt.«

»Bei genauer Überlegung könnten wir darauf verzichten«, gab Solo zu bedenken. Tausend Jahre waren ein bißchen viel.

Chewie bellte Zustimmung aus vollem Herzen.

Luke lächelte nur.

»Du hättest auf eine Abmachung eingehen sollen, Jabba. Das ist der letzte Fehler, den du je begehen wirst.« Luke vermochte die Zufriedenheit in seiner Stimme nicht zu unterdrücken. Jabba ekelte ihn an. Er war der Blutsauger der Galaxis, saugte das Leben aus allem, was er berührte. Luke wollte den Schurken niederbrennen und war deshalb im Grunde froh darüber, daß Jabba sich auf kein Angebot einlassen wollte, denn nun konnte Luke seinen innersten Wunsch wahrmachen. Selbstverständlich war es sein Hauptziel, seine Freunde zu retten, an denen er so hing; es war dieser Gedanken, der ihn vor allem leitete. Aber dabei das Universum von diesem Gangsterkloß zu befreien – das war eine Aussicht, die Lukes Bestrebungen mit einem Anflug von schwarzer Befriedigung erfüllte.

Jabba keckerte bösartig.

»Schafft sie weg.« Endlich ein reines Vergnügen an einem sonst trostlosen Tag – den Sarlacc zu füttern, war das einzige, was ihm ebensoviel Spaß bereitete, wie dem Rancor Futter zu verschaffen. Armer Rancor.

Lauter Jubel erhob sich aus der Menge, als die Gefangenen fortgeschleppt wurden. Leia sah ihnen sorgenvoll nach, aber als sie kurz Lukes Gesicht mit einem Blick streifte, entdeckte sie tief erregt, daß es noch immer ein breites, echtes Lächeln zeigte. Sie seufzte tief, um ihre Zweifel zu verjagen.

Jabbas riesige Antischwerkraft-Segelbarke glitt langsam über die endlose Dünensee. Der sandgestrahlte Eisenrumpf knarrte in der leichten Brise, jeder Windstoß fuhr hustend in die beiden Riesensegel, so, als erleide sogar die Natur eine tödliche Krankheit, sobald sie mit Jabba in Berührung geriet. Er war jetzt mit dem Großteil seines Hofstaats unter Deck und verbarg die Fäulnis seines Geistes vor der reinigenden Sonne.

Neben der Barke schwebten in Formation zwei kleine Skiffs her – das eine ein Begleitboot mit sechs zerlumpt aussehenden Soldaten, das andere ein Kanonenskiff mit den Gefangenen: Han, Chewie, Luke. Sie waren alle gefesselt und umringt von bewaffneten Wächtern – Barada, zwei Weequays. Und Lando Calrissian.

Barada gehörte zu denen, die sich auf nichts einließen und dort, wo sie waren, für Ordnung sorgten. Er trug ein Langgewehr und schien sich nichts sehnlicher zu wünschen, als es sprechen zu hören.

Die Weequays waren sonderbare Geschöpfe mit Lederhaut und kahlen Köpfen bis auf einen Haarknoten in der Mitte, geflochten und zur Seite herabhängend. Niemand wußte genau, ob Weequay der Name ihres Stammes oder ihrer ganzen Gattung war, oder ob in ihrem Stamm alle Weequay hießen. Man wußte nur, daß diese beiden so gerufen wurden. Sie behandelten sämtliche anderen Wesen mit auffallender Gleichgültigkeit; nur zueinander waren sie freundlich, ja, sogar zartfühlend, aber wie Barada schienen sie nur darauf zu warten, daß die Gefangenen sich irgend etwas erlaubten.

Und Lando blieb natürlich stumm und in Bereitschaft; er wartete auf eine günstige Gelegenheit. Die Geschichte hier erinnerte ihn an den Lithium-Schwindel, den er auf Pesmenben IV organisiert hatte; er und seine Leute hatten die Dünen dort mit Lithiumkarbonat gespickt, um den dortigen Imperiumsgouverneur zu veranlassen, daß er den Planeten pachtete. Lando hatte sich als Bergwerksaufseher ohne Gewerkschaftsbindung ausgegeben und den Gouverneur veranlaßt, sich am Bootsboden auf den Bauch zu legen und das Bestechungsgeld über Bord zu werfen, als die »Gewerkschaftsschläger« sie überfielen. Sie waren damals ungeschoren davongekommen; Lando rechnete damit, daß es hier nicht viel anders kommen würde, nur mochten sie gezwungen sein, auch noch die Wachen über Bord zu kippen.

Han spitzte die Ohren, weil seine Augen ihn immer noch im Stich ließen. Er äußerte sich mit tollkühner Rücksichtslosigkeit, um die Wachen zu beruhigen – damit sie sich an seine Ausdrucks- und Bewegungsweise gewöhnten und damit sie dann, wenn es Zeit für ihn wurde, wirklich zu handeln, ein bißchen zu lange brauchten, um sich auf den Angriff einzustellen. Und wie immer redete er natürlich auch, um sich reden zu hören.

»Ich glaube, ich sehe wieder besser«, sagte er und starrte mit zusammengekniffenen Augen auf den Sand. »Statt einem großen dunklen Fleck sehe ich einen großen hellen Fleck.«

»Du verpaßt gar nichts, glaub mir«, meinte Luke lächelnd. »Ich bin hier aufgewachsen.«

Luke dachte an seine Jugend auf Tatooine. Er hatte auf der Farm seines Onkels gelebt, war in seinem frisierten Landgleiter mit ein paar Freunden in der Gegend herumgefahren – Söhne von anderen Siedlern, die auf ihren einsamen, weit abgelegenen Höfen lebten. Hier gab es für junge Männer wahrhaftig nichts anderes zu tun, als über die monotonen Dünen zu schweben und den reizbaren Tusken auszuweichen, die den Sand bewachten, als sei er Goldstaub. Luke kannte das hier.

Er war Obi-Wan Kenobi hier begegnet, dem alten Ben Kenobi, dem Eremiten, der seit Menschengedenken in der Wildnis lebte. Er war der Mann, der Luke den Weg der Jedi gezeigt hatte.

Luke dachte jetzt mit großer Liebe und Trauer an ihn. Denn Ben war mehr als jeder andere der Urheber von Lukes Entdeckungen und Verlusten – und Entdeckungen von Verlusten.

Ben hatte Luke nach Mos Eisley gebracht, der Piratenstadt auf der Westhalbkugel von Tatooine, in die Kneipe, wo sie zuerst Han Solo und dann Chewbacca, den Wookie, kennengelernt hatten.

Hatte ihn dort hingebracht, nachdem Leute vom Sturmtrupp des Imperiums auf der Suche nach den flüchtigen Droiden Artoo und Threepio Onkel Owen und Tante Beru ermordet hatten.

So hatte für Luke alles begonnen, hier auf Tatooine. Er kannte diese Welt wie einen ständig wiederkehrenden Traum, und er hatte geschworen, nie mehr hierher zurückzukehren.

»Ich bin hier aufgewachsen«, wiederholte er leise.

»Und jetzt werden wir hier sterben«, gab Solo zurück.

»Das hatte ich nicht vorgesehen.« Luke schüttelte sich, um aus seiner Versunkenheit aufzutauchen.

»Wenn das dein großer Plan ist, kann er mich vorerst nicht begeistern.«

»Jabbas Palast war zu gut bewacht. Ich mußte dich dort herausholen. Bleib nur in der Nähe von Chewie und Lando. Wir sorgen für alles.«

»Ich kann es kaum erwarten.« Solo hatte das lastende Gefühl, daß diese große Flucht von Lukes Überlegung abhing, daß er ein Jedi war – bestenfalls eine fragwürdige Sache, wenn man bedachte, daß es sich um eine ausgestorbene Bruderschaft handelte, eine Kraft oder Macht gebrauchend, an die er ohnehin nicht wirklich glaubte. Ein schnelles Raumschiff und ein guter Sprengstoff, das war es, woran Han glaubte, und er wünschte sich jetzt, er hätte beides hiergehabt.

Jabba saß in der Hauptkabine der Segelbarke, umgeben von seinem Hofstaat. Das Fest im Palast ging hier einfach weiter, wenn auch etwas schwankend, und schien auf eine Lynchparty hinauszulaufen. Blutdurst und Bösartigkeit lagen drohend in der Luft.

Threepio wußte sich nicht mehr zu helfen. Im Augenblick wurde er gezwungen, einen Streit zwischen Ephant Mon und Ree Yees zu dolmetschen, und zwar über eine Frage der Quark-Kriegführung, die er nicht ganz begriff. Ephant Mon, ein massiges, aufrechtes Dickhäuterwesen mit häßlicher Hauzahnschnauze, bezog – jedenfalls nach Threepios Meinung – eine unhaltbare Position. Auf seiner Schulter saß jedoch Salacious Crumb, der irre kleine Reptilaffe, der die Gewohnheit hatte, alles, was Ephant sagte, wörtlich zu wiederholen, was die Wucht von Ephants Einwänden wirksam verdoppelte.

Ephant schloß seinen Vortrag mit einem typisch angriffslustigen Schwur ab.

»Wuhhssie jawamba buhg!«

Worauf Salacious nickte und hinzufügte: »Wuhhssie jawamba buhg!«

Threepio wollte das Ree Yees, dem dreiäugigen Bocksgesicht, der schon völlig betrunken war, eigentlich nicht gern übersetzen, tat es aber doch.

Alle drei Augen weiteten sich vor Wut.

»Backawa! Backawa!« Ohne weitere Vorrede versetzte er Ephant Mon einen Faustschlag auf die Schnauze, daß dieser in einen Schwarm Tintenfisch-Köpfe flog.

See Threepio hatte das Gefühl, diese Reaktion bedürfe keiner Übersetzung, und nutzte die Gelegenheit, sich zu verdrücken, wo er prompt mit einem Getränke servierenden Kleinroboter zusammenprallte. Die Gläser flogen in alle Richtungen.

Der kleine Stummelroboter gab eine fließende Folge von zornigen Piep-, Hup- und Pfifflauten von sich, die Threepio sofort erkannte. Er blickte in grenzenloser Erleichterung hinunter.

»Artoo! Was machst du hier?«

»duuuh WIHP cgWHRRrreee bedshng.«

»Daß du Getränke servierst, sehe ich. Aber hier ist es gefährlich. Sie werden Master Luke hinrichten, und wenn wir nicht aufpassen, uns auch!«

Artoo ließ Pfiffe hören, ein wenig nonchalant, wie es Threepio vorkam.

»Deine Zuversicht möchte ich haben«, erwiderte er düster.

Jabba lachte, als er Ephant Man hinstürzen sah. Er sah gern zu, wenn geschlagen wurde. Am besten gefiel ihm, die Stolzen stürzen zu sehen.

Er zerrte mit seinen aufgedunsenen Fingern an der Kette, die zu Prinzessin Leias Halsband führte. Je mehr Widerstand er spürte, desto mehr sabberte er – bis er die sich wehrende, dürftig bekleidete Prinzessin wieder nah an sich herangezogen hatte.

»Nicht zu weit fort, Liebchen.«

Er zog sie ganz nah heran und zwang sie, aus seinem Glas zu trinken.

Leia öffnete den Mund und verschloß ihre Gedanken. Freilich war es ekelerregend, aber es gab schlimmere Dinge, und im übrigen würde das nicht von Dauer sein.

Die schlimmeren Dinge kannte sie gut. Ihr Vergleichsmaßstab war die Nacht, in der sie von Darth Vader gefoltert worden war. Beinahe wäre sie zerbrochen. Der Schwarze Lord hatte nie erfahren, wie nah er daran gewesen war, von ihr zu erfahren, was er wissen wollte – wo sich der Rebellenstützpunkt befand. Er hatte sie eingefangen, kurz nachdem es ihr gelungen war, Artoo und Threepio um Hilfe zu schicken – hatte sie gefangen, zum Todesstern gebracht, ihr das Bewußtsein trübende Mittel einspritzen lassen... und sie gefoltert.

Zuerst hatte er ihren Körper gemartert, mit Hilfe seiner leistungsfähigen Schmerz-Droiden. Nadeln, Nervendruckpunkte, Feuermesser, Elektrostöße. Sie hatte diese Qualen erduldet, wie sie jetzt Jabbas ekelerregende Berührung ertrug – aus einer natürlichen, inneren Stärke heraus.

Sie rutschte ein Stück von Jabba weg, als seine Aufmerksamkeit abgelenkt wurde, spähte hinaus durch die Lamellen der Jalousiefenster, starrte mit zusammengekniffenen Augen durch das stauberfüllte Sonnenlicht auf das Skiff, mit dem ihre Retter befördert wurden.

Es hielt an.

Der ganze Konvoi hielt über einer riesigen Sandgrube an. Die Segelbarke glitt zusammen mit dem Begleitboot neben die gigantische Bodenvertiefung. Das Boot der Gefangenen schwebte dagegen unmittelbar über der Grube, sieben Meter hoch in der Luft.

Unten in dem tiefen, umgestülpten Sandkegel krauste sich ein widerliches, schleimüberzogenes, rosarotes, membranartiges Loch, fast regungslos. Das Loch hatte zweieinhalb Meter Durchmesser und war umgeben von drei Reihen nach innen geneigter nadelspitzer Zähne. Am Schleim um die Ränder der Öffnung klebte Sand, der ab und zu in die schwarze Höhlung der Mitte rutschte.

Das war der Mund des Sarlacc.

Eine Eisenplanke wurde an der Bordwand des Gefangenenbootes seitlich hinausgeschoben. Zwei Wächter nahmen Luke die Fesseln ab und stießen ihn unsanft auf die Planke hinaus, direkt über der Öffnung im Sand, die sich jetzt wellenförmig zu bewegen und mit gesteigerter Schleimsekretion zu speicheln begann, als rieche es das Fleisch, das es erhalten sollte.

Jabba zog mit seinem Gefolge auf das Beobachtungsdeck.

Luke rieb sich die Handgelenke, um die Blutzirkulation anzuregen. Die Hitze, die über der Wüste waberte, wärmte seine Seele – denn dies würde zuletzt stets seine Heimat bleiben. Geboren und aufgezogen in einem Bantha-Rudel. Er sah Leia an der Reling des großen Schiffes stehen und kniff ein Auge zu. Sie tat es ebenfalls.

Jabba winkte Threepio zu sich heran und murmelte dem goldenen Droiden Anweisungen zu. Threepio trat an das Funkgerät. Jabba hob den Arm, und der ganze Haufen bunt zusammengewürfelter intergalaktischer Piraten verstummte. Threepios Stimme erhob sich, verstärkt von den Lautsprechern.

»Seine Exzellenz hofft, daß ihr einen ehrenhaften Tod sterbt«, verkündete Threepio. Das paßte aber gar nicht. Irgend jemand hatte offenkundig das richtige Programm verlegt. Nichtsdestoweniger, er war nur ein Droid, seine Funktionen standen genau fest. Nur Dolmetschen, kein freier Wille, bitte. Er schüttelte den Kopf und fuhr fort: »Sollte einer von euch aber um Gnade flehen wollen, wird Jabba sich eure Bitten jetzt anhören.«

Han trat vor, um dem aufgedunsenen Schleimklotz seine letzten Gedanken mitzuteilen, wenn denn alles scheitern sollte.

»Sag diesem schleimigen Stück Wurmdreck –«

Leider war Han der Wüste zu- und dem Segelschiff abgewandt. Chewie griff hinüber und drehte Solo herum, so daß er nun dem Stück Wurmdreck gegenüberstand, das er ansprach.

Han nickte, ohne sich zu unterbrechen.

»... daß er von uns ein solches Vergnügen nicht zu erwarten hat.«

Chewie gab einige zustimmende Knurrlaute von sich.

Luke war bereit.

»Jabba, das ist deine letzte Chance«, schrie er. »Laß uns frei oder stirb.« Er warf einen raschen Blick auf Lando, der unauffällig ins Bootsheck getreten war. Jetzt ging es wohl los, dachte Lando. Sie würden einfach die Wächter über Bord werfen und vor den Augen aller davonfegen.

Die Ungeheuer auf der Barke lachten schreiend.

Während dieses Tumults rollte Artoo lautlos die Rampe zur Seite des Oberdecks hinauf.

Jabba hob die Hand. Sein Gefolge verstummte.

»Ich bin sicher, du hast recht, meine junger Jedi-Freund«, sagte er lächelnd. Dann drehte er den Daumen nach unten. »Hinein mit ihm.«

Die Zuschauer jubelten, als Luke von Weequay zum Ende der Planke gestoßen wurde. Luke blickte zu Artoo hinauf, der allein an der Reling stand, und salutierte flott. Auf dieses vereinbarte Signal hin öffnete sich in Artoos Kuppelkopf eine Klappe, ein Projektil schoß hoch in die Luft und flog in weitem Bogen über die Wüste.

Luke sprang von der Planke; ein neuer blutdürstiger Schrei aus vielen Kehlen. Nach Sekundenbruchteilen war Luke aber im freien Fall herumgewirbelt und hatte mit den Fingerspitzen das Ende der Planke gepackt. Das dünne Metall bog sich unter seinem Gewicht weit hinunter, nah daran, abzubrechen, dann katapultierte es ihn hoch. In der Luft schlug er einen Salto und landete mitten auf der Planke – dort, wo er eben gestanden hatte, nur hinter den verwirrten Wächtern. Beiläufig streckte er den Arm seitlich aus, die Handfläche nach oben – und plötzlich fiel sein Lichtsäbel, den Artoo ihm zugeschleudert hatte, geradewegs in seine geöffnete Hand.

Mit Jedi-Schnelligkeit zündete Luke sein Schwert und griff den Wächter an der Bootsseite der Planke an, der mit markerschütterndem Schreien in das zuckende Maul des Sarlacc stürzte.

Die anderen Wächter stürzten auf Luke zu. Grimmig entschlossen schlug er mit dem sausenden Lichtsäbel auf sie ein.

Mit seinem eigenen Lichtsäbel – nicht mit dem seines Vaters. Den Säbel seines Vaters hatte er bei dem Duell mit Darth Vader verloren, das ihn auch seine Hand gekostet hatte. Darth Vader, der Luke erzählt hatte, er sei sein Vater.

Aber diesen Lichtsäbel hatte Luke selbst hergestellt, in Obi-Wan Kenobis verlassener Hütte auf der anderen Seite von Tatooine – hergestellt mit den Werkzeugen und Bauteilen des alten Jedi-Meisters, hergestellt mit Liebe und Geschick, angetrieben von der Notwendigkeit. Er gebrauchte ihn jetzt, als sei er mit seiner Hand verwachsen, eine Verlängerung seines eigenen Arms. Dieser Lichtsäbel war wahrhaftig Lukes eigener.

Er fegte durch den Ansturm wie Schatten auflösendes Licht.

Lando rang mit dem Steuermann, um die Kontrolle über das Boot zu erlangen. Die Laserpistole des Steuermanns feuerte und zerschoß die Steuertafel. Durch das Boot ging ein heftiger seitlicher Ruck. Ein zweiter Wächter wurde in die Sandgrube geschleudert, alle anderen an Deck stürzten hin. Luke raffte sich auf und hetzte auf den Steuermann zu, den Lichtsäbel erhoben. Das Wesen wich bei dem erschreckenden Anblick zurück und verlor das Gleichgewicht – dann stürzte auch dieses über den Rand in den Abgrund.

Der fassungslose Wächter landete im weichen, sandigen Abhang der Grube und rutschte hilflos der gezähnten, klebrigen Öffnung entgegen. Er kreischte und versuchte sich im Sand verzweifelt festzukrallen. Plötzlich quoll ein Muskelgreifarm aus dem Maul des Sarlacc, rutschte den zusammengebackenen Sand hinauf, schlang sich fest um den Knöchel des Steuermanns und zog ihn mit einem Schmatzlaut in die Öffnung.

All das spielte sich in Sekunden ab. Als Jabba sah, was vorging, erlitt er einen Wutanfall und brüllte den Umstehenden außer sich vor Zorn Befehle zu. Binnen eines Augenblicks herrschte höchster Aufruhr, alles stürzte durcheinander, hetzte hinein in Türen. In diesem heillosen Durcheinander handelte Leia.

Sie sprang auf Jabbas Thron, packte die Kette, die sie gefangenhielt, und wickelte sie um seinen dickgeblähten Hals. Dann sprang sie auf der anderen Seite hinunter und zog die Kette mit. Die kleinen Metallringe gruben sich wie eine Garrotte in die losen Hautfalten von Jabbas Hals.

Mit einer schier übernatürlichen Kraft zerrte sie an der Kette. Sein mächtiger Rumpf bäumte sich auf und brach ihr beinahe die Finger, riß ihr fast die Arme aus den Gelenken. Er konnte sich nirgends abstemmen, seine Koloßgestalt war zu unbeweglich. Aber schon seine Körperfülle allein reichte beinahe aus, um jeden physischen Widerstand zu brechen.

Aber Leias Griff war kein bloß physischer. Sie schloß die Augen, verdrängte die Schmerzen in ihren Händen, richtete ihre ganze Lebenskraft und alles, was diese lenken konnte, auf das Bestreben, dem grauenhaften Monstrum den Atem abzupressen.

Sie zerrte, sie schwitzte, sie stellte sich vor, wie die Kette sich Millimeter um Millimeter tiefer in Jabbas Luftröhre grub – während Jabba wild um sich schlug und verzweifelt zuckte im Griff der Gegnerin, mit der er am wenigsten gerechnet hatte.

Mit einer letzten wilden Anstrengung spannte Jabba sämtliche Muskeln an und taumelte vorwärts. Seine Reptilaugen begannen aus ihren Höhlen zu quellen, als die Kette sich immer enger schnürte; seine ölige Zunge hing aus dem Mund. Sein dicker Schwanz schlug in Krämpfen aus, bis er endlich still lag.

Leia machte sich daran, die Kette von ihrem Hals zu lösen, während draußen der Kampf zu toben begann.

Boba Fett zündete seinen tragbaren Raketenantrieb, sprang in die Höhe und flog im Schwung von der Barke hinunter zum Boot, gerade als Luke Han und Chewie von ihren Fesseln befreit hatte. Boba richtete die Laserwaffe auf Luke, aber bevor er abdrücken konnte, fuhr der junge Jedi herum und ließ sein Lichtschwert herumsausen. Es zerschnitt die Waffe des Kopfjägers in zwei Hälften.

Plötzlich krachte mehrmals hintereinander die große Kanone auf dem Oberdeck der Barke, traf das Boot breitseits und kippte es um vierzig Grad. Lando wurde von Deck geschleudert, packte aber im letzten Augenblick eine abgebrochene Stütze und baumelte verzweifelt über dem Sarlacc. Diese Entwicklung war in seinem Kriegsplan überhaupt nicht vorgesehen. Er schwor sich, nie mehr bei einer Schwindeltour mitzumachen, wo er nicht von Anfang bis Schluß allein zu bestimmen hatte.

Das Boot nahm einen zweiten direkten Treffer der Bordkanone

hin und schleuderte Chewie und Han an die Reling. Der Wookie war verwundet und schrie vor Schmerzen. Luke blickte hinüber zu seinem behaarten Freund. Diesen Augenblick nutzte Boba Fett, um aus seinem Panzerärmel ein Kabel abzufeuern.

Das Kabel wickelte sich mehrmals um Luke herum und preßte seine Arme an den Leib; sein Schwertarm war nur noch vom Handgelenk an zu gebrauchen. Er verdrehte das Handgelenk, so daß der Lichtsäbel senkrecht in die Luft ragte... und wirbelte entlang dem Kabel auf Boba zu. Im nächsten Augenblick berührte der Lichtsäbel das Ende des Drahtlassos und zerteilte es auf der Stelle. Luke schüttelte das Kabel ab, als ein weiterer Treffer das Boot erschütterte und Boba bewußtlos auf das Deck geworfen wurde. Leider riß die Explosion auch die Stütze ab, an der Lando hing. Er sauste hinunter in die Sarlacc-Grube.

Luke wurde von der Detonation durchgeschüttelt, blieb aber unverletzt. Lando prallte auf den Sandhang, schrie um Hilfe und versuchte herauszukriechen. Der lockere Sand zog ihn nur tiefer hinab in das klaffende Loch. Lando schloß die Augen und versuchte, sich alle Möglichkeiten vorzustellen, wie er dem Sarlacc tausend Jahre Verdauungsstörungen bereiten konnte. Er wettete auf sich drei zu zwei, daß er alle anderen schon im Bauch der Kreatur Versammelten überdauern würde. Wenn er dem letzten Wächter die Uniform abzuschwatzen vermochte...

»Nicht bewegen!« schrie Luke, aber seine Aufmerksamkeit wurde im selben Augenblick abgelenkt von dem anfliegenden zweiten Boot voller Wächter. Sie feuerten, was das Zeug hielt.

Es war eine Faustregel bei den Jedi, die die Soldaten im zweiten Boot überraschte: In der Minderzahl heißt es angreifen. Das treibt die Streitkraft des Feindes nach innen, auf sich selbst. Luke sprang mitten in das Boot hinein und begann mit blitzschnellen Schwüngen seines Lichtsäbels die Soldaten zu dezimieren.

Im anderen Boot versuchte Chewie sich aus dem Wrack zu befreien, während Han auf die Füße zu kommen versuchte. Chewie knurrte ihn bellend an, bemüht, ihn zu einem Speer zu lenken, der auf dem Deck lag.

Lando kreischte, als er tiefer hinabrutschte, dem glitschenden

Schlund entgegen. Er war der geborene Spieler, aber in diesem Augenblick hätte er auf seine Chancen nicht viel verwettet.

»Nicht bewegen, Lando!« rief Han. »Ich komme!« Er wandte sich Chewie zu: »Wo ist er, Chewie?« Er fuhr mit den Händen blindlings auf dem Deck herum, während Chewie Hinweise knurrte, um Han zu leiten. Endlich bekam Solo den Speer zu fassen.

Boba Fett raffte sich in diesem Augenblick schwankend auf, von der Explosion der Granate noch benommen. Er blickte hinüber zum anderen Boot, wo Luke sich im Kampfgetümmel mit den sechs Soldaten befand. Mit einer Hand hielt Boba sich an der Bordwand fest, mit der anderen richtete er seine Waffe auf Luke.

Chewie fauchte Han an.

»Wo?« schrie Solo. Chewie blaffte.

Der blinde Raumpirat schwang den langen Speer in Bobas Richtung. Instinktiv wehrte Fett den Hieb mit dem Unterarm ab, zielte erneut auf Luke.

»Weg da, du blinder Narr«, herrschte er Solo an.

Chewie blaffte wild. Han schwang den Speer zum zweiten Mal, nun in die andere Richtung, und traf Bobas tragbaren Raketenantrieb genau in der Mitte.

Durch den Aufprall zündete die Rakete. Boba hob schlagartig ab, schoß wie ein Projektil über das zweite Boot und geradewegs hinab in die Grube. Sein gepanzerter Leib rutschte rasch an Lando vorbei und rollte ohne Zwischenhalt in das Maul des Sarlacc.

»Rrgrrraurrbrrau fro bo«, knurrte Chewie.

»Ist er?« Solo lächelte. »Das hätte ich gern gesehen –«

Ein Volltreffer vom Deckgeschütz auf der Barke warf das Boot auf die Seite und schleuderte Han und fast alles andere über Bord. Sein Fuß verhakte sich jedoch an der Reling. Er baumelte direkt über dem Sarlacc. Der verwundete Wookie hielt sich verbissen am zerschossenen Heck fest.

Luke erledigte die letzten Gegner im zweiten Boot, erfaßte das Problem mit einem Blick und sprang über dem Abgrund durch die Luft zur metallenen Bordwand der Barke. Langsam begann er sich daran hochzuhangeln, dem Geschütz entgegen.

Inzwischen hatte auf dem Beobachtungsdeck Leia immer wieder versucht, mit aller Kraft die Kette zu zerreißen, die sie an den toten Verbrecher band, und sich, sobald ein Soldat vorbeistürzte, hinter dem Riesenkadaver versteckt. Sie reckte sich nun, so weit sie konnte, um eine weggeworfene Laserpistole zu erhaschen – ohne Erfolg. Zum Glück kam ihr Artoo endlich zu Hilfe, nachdem er zunächst die Orientierung verloren hatte und die falsche Rampe hinuntergerollt war. Er sauste endlich auf sie zu, schob ein Schneidgerät aus dem Gehäuse und durchtrennte ihre Fessel.

»Danke, Artoo, gut gemacht. Jetzt aber weg hier.«

Sie hetzten zur Tür. Unterwegs kamen sie an Threepio vorbei, der am Boden lag und schrie. Ein riesiger Knollenkoloß namens Hermi Odle saß auf ihm. Salacious Crumb, das Reptilaffen-Ungeheuer, kauerte an Threepios Kopf und krallte dem goldenen Droiden das rechte Auge heraus.

Artoo feuerte einen Stromblitz in Hermi Odles Hinterteil, daß er heulend durch ein Fenster flog. Ein zweiter Blitz blies Salacious an die Decke, wo er nicht mehr herunterkam. Threepio stand schnell auf. Sein Auge hing an einem Kabelstrang herab. Er und Artoo folgten Leia hastig zur Hintertür hinaus.

Das Deckgeschütz feuerte noch einmal auf das kippende Boot und schüttelte praktisch alles hinaus, was es noch enthielt, nur Chewbacca nicht. Er hielt sich verzweifelt mit dem verletzten Arm fest, über die Reling gereckt, um den baumelnden Solo am Knöchel zu halten, der seinerseits hinabgriff zu dem entsetzten Calrissian. Lando hatte ein weiteres Abrutschen vermeiden können, weil er regungslos liegengeblieben war, aber jedesmal, wenn er nun zu Solos ausgestrecktem Arm hinaufgriff, ließ ihn der lockere Sand ein wenig mehr dem gierigen Loch entgegenrutschen. Er konnte nur inbrünstig hoffen, daß Solo ihm die alberne Geschichte damals auf Bespin nicht mehr nachtrug.

Chewie fauchte Han eine neue Anweisung zu.

»Ja, ich weiß, ich sehe jetzt schon viel besser – das muß das viele Blut sein, das mir in den Kopf schießt.«

»Prima«, rief Lando hinauf. »Könnten Sie jetzt vielleicht noch ein paar Zentimeter wachsen?«

Die Kanoniere auf der Barke nahmen diese Menschenkette für den Gnadenstoß ins Visier, als Luke vor sie hintrat, lachend wie ein Piratenkönig. Er zündete seinen Lichtsäbel, bevor sie einen Schuß abfeuern konnten; im nächsten Augenblick waren sie schwelende Leichen.

Plötzlich stürmte vom Unterdeck ein Trupp Soldaten herauf und feuerte im Lauf. Ein Treffer schoß Luke den Lichtsäbel aus der Hand. Er lief über das Deck, war aber rasch umzingelt. Zwei Soldaten waren schon wieder an der Kanone. Luke blickte auf seine Hand; der Mechanismus war freigelegt – die komplizierte Konstruktion aus Stahl und elektronischen Schaltungen, Ersatz für seine richtige Hand, die Vader bei ihrer letzten Begegnung abgetrennt hatte.

Er bewegte den Mechanismus; noch funktionierte er.

Die Kanoniere feuerten auf das Boot unter ihnen. Der Schuß ging knapp vorbei. Die Druckwelle hätte Chewie beinahe losgerissen, aber dadurch, daß das Boot noch stärker kippte, bekam Han endlich Landos Handgelenk zu fassen.

»Zieh!« schrie Solo zum Wookie hinauf.

»Er hat mich gepackt!« brüllte Calrissian. Er starrte in Panik an sich hinunter. Einer der Greifarme Sarlaccs wickelte sich langsam um seinen Knöchel. Ein Joker – zum Lachen! Bei diesem Spiel wurden alle fünf Minuten die Regeln geändert. Greifarme! Was für Wetten konnte man auf Greifarme schon eingehen? Keine guten, entschied er mit einem fatalistischen Brummlaut.

Die Kanoniere visierten für den endgültigen Todesschuß, aber für sie war alles vorbei, bevor sie feuern konnten – Leia hatte die zweite Kanone am anderen Schiffsende besetzt. Mit dem ersten Schuß zerfetzte sie die Takelage zwischen den beiden Geschützen, mit dem zweiten sprengte sie die erste Kanone samt Mannschaft in die Luft.

Die Explosionen erschütterten die große Barke und lenkten die fünf Soldaten um Luke kurz ab. In diesem Augenblick streckte er die Hand aus. Der Lichtsäbel, drei Meter entfernt auf dem Deck liegend, flog hinein. Er sprang senkrecht in die Höhe, als zwei Soldaten auf ihn feuerten – mit ihren Laserstößen töteten sie sich gegenseitig. Er zündete seine Klinge in der Luft, schwang sie im Herunterkommen und verwundete die anderen tödlich.

Er brüllte Leia über das Schiff hinweg zu: »Nach unten richten!«

Sie kippte die Mündung der zweiten Kanone zum Deck hinunter und nickte Threepio zu, der an der Reling stand.

Artoo, neben ihm, piepte wild.

»Ich kann nicht, Artoo!« rief Threepio. »Das ist zu tief für einen Sprung... aahhh!«

Artoo stieß den goldenen Droiden über Bord und sprang selbst hinaus, kopfüber dem Sand entgegenstürzend.

Inzwischen ging das Tauziehen zwischen dem Sarlacc und Solo hin und her, mit Baron Calrissian als Seil und Siegespreis. Chewbacca hielt Solos Bein fest, stemmte sich an der Reling ein und vermochte mit der freien Hand eine Laserpistole aus dem Wrack zu ziehen. Er richtete die Waffe auf Lando, dann ließ er sie sinken und gab entsetzte Laute von sich.

»Er hat recht!« rief Lando. »Es ist zu weit!«

Solo hob den Kopf.

»Chewie, gibt mir die Pistole.«

Chewbacca gab sie ihm. Er griff mit einer Hand danach, während er mit der anderen Lando festhielt.

»Moment mal, Freund«, protestierte Lando. »Ich dachte, Sie sind blind.«

»Es geht mir besser, vertrauen Sie mir«, versicherte Solo.

»Bleibt mir was anderes übrig? He! Ein bißchen höher, bitte, ja?« Er senkte den Kopf.

Han kniff das Auge zusammen... drückte ab... und traf den Greifarm voll. Das Wurmgebilde ließ sofort los und glitt in sein eigenes Maul zurück. Chewbacca zog mit aller Kraft zuerst Solo in das Boot zurück, dann Lando.

Inzwischen ergriff Luke mit dem linken Arm Leia; mit der rechten Hand packte er ein Seil in der Takelage des halb zerschossenen Masts, trat mit dem Fuß auf das Auslösepedal der zweiten Deckkanone – und sprang in die Luft, als das Geschütz in das Deck hineinfeuerte.

Die beiden schwangen an dem Tau hinaus, weit hinab bis zu dem leeren, in der Luft schwebenden Begleitboot. Luke setzte sich ans Steuer und lenkte es hinüber zum gekippten Gefangenenboot, um Chewbacca, Han und Lando an Bord zu helfen.

Hinter ihnen folgte auf der Segelbarke eine Explosion der anderen. Das halbe Schiff brannte bereits.

Luke lenkte das Boot um die Barke herum an die Seite, wo man See Threepios Beine aus dem Sand ragen sehen konnte. Neben ihnen war Artoo Detoos Periskop das einzige von ihm, was man über der Düne zu erkennen vermochte. Das Boot kam über ihnen zum Stehen, ein großer Elektromagnet sank aus dem Bug hinab. Mit lautem Klirren schossen die beiden Droiden aus dem Sand und hafteten an der Magnetplatte.

»Auh«, stöhnte Threepio.

»biihDUUddwiIHT!« bestätigte Artoo.

Nach wenigen Minuten waren sie alle im Boot, mehr oder weniger unversehrt; und zum ersten Mal sahen sie einander an und begriffen, daß sie den Alptraum gut überstanden hatten. Einen langen Augenblick gab es Umarmungen, Lachen, Tränen, Piepen. Dann drückte jemand versehentlich Chewbaccas verletzten Arm, und er brüllte auf. Sofort stürzten sie alle durcheinander, brachten Ordnung in das Boot, prüften die Umgebung, suchten nach Vorräten – und segelten davon.

Der große Barksegler sank langsam in einer Folge von Explosionen und heftigen Bränden. Als das kleine Boot lautlos über die Wüste davonflog, verschwand das mächtige Schiff endlich in einem gewaltigen Auflodern, das nur zum Teil vom sengenden Nachmittagslicht der Doppelsonnen von Tatooine überglänzt wurde.

3

Der Sandsturm trübte alles – Blick, Atem, Denken, Bewegung. Schon das Brüllen allein nahm die Orientierung, da es von überall zugleich zu kommen schien, so, als bestünde das ganze Universum aus Lärm, und dies sei sein chaotisches Zentrum.

Die sieben Helden gingen Schritt für Schritt durch den Finsternis verbreitenden Sturm und hielten sich aneinander fest, um sich nicht zu verirren. Artoo voran, dem Signal des Zielsuchers folgend, der zu ihm in einer vom Wind nicht fortgerissenen Sprache sang. Threepio kam als nächster, Leia führte Han, den Beschluß machten Luke und Lando, die den humpelnden Wookie stützten.

Artoo piepte laut, und sie hoben alle die Köpfe. Durch den Orkan konnte man undeutliche, dunkle Schatten sehen.

»Ich weiß nicht«, rief Han. »Ich sehe nur wehenden Sand.«

»Mehr sehen wir auch nicht«, schrie Leia.

»Dann wird es wohl besser mit mir.«

Einige Schritte noch, die dunklen Umrisse wurden noch dunkler, dann tauchte aus der Dunkelheit die »Millennium Falcon« auf, flankiert von Lukes X-Flügel-Jäger und einem zweisitzigen Y-Flügler. Als die Gruppe sich unter die »Falcon« drängte, ließ der Wind sofort nach. Threepio drückte auf einen Knopf. Die Gangway sank summend herab.

Solo wandte sich an Skywalker.

»Ich muß es dir lassen, Kleiner, da draußen warst du richtig gut.«

»Ich hatte viel Hilfe«, sagte Luke achselzuckend. Er wollte zu seinem X-Flügler.

Han hielt ihn zurück. Er wirkte plötzlich stiller, sogar ernst.

»Danke, Luke, daß du meinetwegen gekommen bist.«

Luke empfand aus irgendeinem Grund Verlegenheit. Er wußte nicht, wie er bei dem alten Abenteurer auf etwas anderes als spaßige Bemerkungen reagieren sollte.

»Denk dir nichts dabei«, sagte er schließlich.

»Nein, ich denke viel darüber nach. Diese Karbonerstarrung

war dem Tod das Nächste, was es gibt. Und es war nicht einfach Schlaf, sondern ein großes, hellwaches Nichts.«

Ein Nichts, aus dem Luke und die anderen ihn gerettet – ihr Leben um seinetwillen in höchste Gefahr gebracht hatten, aus keinem anderen Grund, als daß... er ihr Freund war. Eine neue Vorstellung für den kecken Solo – gleichzeitig schrecklich und wunderbar. Diese Wendung der Dinge barg Gefahr. Er kam sich blinder vor als früher, gleichzeitig aber auch seherisch. Es war verwirrend. Einstens war er allein gewesen, jetzt gehörte er dazu.

Diese Erkenntnis verlieh ihm ein Gefühl der Verpflichtung, etwas, das er immer verabscheut hatte; nur war die Dankesschuld jetzt auf irgendeine Weise auch eine Bindung, ein Band der Bruderschaft. Auf sonderbare Weise war das sogar befreiend.

Er war nicht mehr so allein.

Luke sah, daß mit seinem Freund eine Veränderung vorgegangen war, gleichsam eine große Wandlung. Es war ein zarter Augenblick, er wollte ihn nicht stören, so nickte er nur.

Chewie knurrte den jungen Jedi-Krieger voll Zuneigung an und fuhr ihm wie ein stolzer Onkel durchs Haar. Und Leia umarmte ihn herzlich.

Sie alle liebten Solo sehr, aber aus irgendeinem Grund war es leichter, das gegenüber Luke zum Ausdruck zu bringen.

»Wir sehen uns bei der Flotte wieder«, rief Luke, unterwegs zu seinem Schiff.

»Warum läßt du die Kiste nicht stehen und kommst mit uns?« fragte Solo.

»Ich muß zuerst ein Versprechen halten... einem alten Freund gegenüber.« Einem sehr alten Freund, dachte er und lächelte vor sich hin.

»Dann komm rasch zurück«, drängte Leia. »Inzwischen könnte schon die ganze Allianz versammelt sein.« Sie sah etwas in Lukes Gesicht, sie konnte es nicht benennen, aber es erschreckte sie, und gleichzeitig brachte es ihn ihr näher. »Komm schnell zurück«, wiederholte sie.

»Das verspreche ich«, sagte er. »Komm, Artoo.«

Artoo rollte auf den X-Flügler zu und verabschiedete sich pfeifend von Threepio.

»Leb wohl, Artoo«, rief Threepio voll Zuneigung. »Möge der Macher dich beschützen. Sie werden auf ihn aufpassen, Master Luke, nicht wahr?«

Aber Luke und der kleine Droid waren schon auf der anderen Seite des Jägers verschwunden.

Die anderen blieben kurze Zeit reglos stehen und versuchten im wirbelnden Sand ihre Zukunft zu erkennen.

Lando riß sie aus ihrer Versunkenheit.

»Los, verschwinden wir von dieser elenden Schmutzkugel.« Seine Pechsträhne hier war unter aller Kritik gewesen; beim nächsten Spiel würde es hoffentlich besser werden. Eine Zeitlang mußte es nach den Hausregeln gehen, das wußte er, aber vielleicht konnte er doch den einen oder anderen Würfel fälschen.

Solo schlug ihm auf die Schulter.

»Ihnen bin ich auch Dank schuldig, Lando.«

»Dachte mir, wenn ich Sie so in der Erstarrung lasse, trägt mir das nur lebenslanges Unglück ein, deshalb wollte ich Sie so schnell wie möglich da rausholen.«

»Gern geschehen.« Leia lächelte. »Das meinen wir alle so.« Sie küßte Han auf die Wange, um es ihm noch einmal persönlich zu sagen.

Sie stiegen die Rampe der »Falcon« hinauf. Solo blieb kurz stehen, bevor er eintrat, und gab dem Raumschiff einen kleinen Klaps.

»Gut siehst du aus, altes Mädchen. Ich hätte nie gedacht, daß ich dich noch einmal wiedersehe.«

Luke tat dasselbe im X-Flügler. Er schnallte sich im Cockpit an, startete die Motoren, spürte das vertraute Brausen. Er blickte auf seine Kunsthand: Drähte kreuzten Aluminiumknochen wie Speichen in einem Puzzle. Er fragte sich, wie die Lösung lauten mochte. Und wie das Puzzle überhaupt aussah. Er zog einen schwarzen Handschuh über die bloßgelegte Konstruktion, bediente die Steuerung und jagte zum zweiten Mal in seinem Leben von seinem Heimatplaneten zu den Sternen hinauf.

Der Super-Sternzerstörer schwebte im Weltraum über der halbfertigen Todesstern-Kampfstation und ihrem grünen Nachbarn Endor. Der Zerstörer war ein mächtiges Schiff, umgeben von zahlreichen kleineren Kriegsschiffen unterschiedlichen Typs, die wie Kinder unterschiedlicher Altersklasse und Lebhaftigkeit um das große Mutterschiff schwebten oder sausten: Mittelstrecken-Flottenkreuzer, dicke Frachtschiffe, Spurjäger.

Die Hauptbucht des Zerstörers öffnete sich lautlos. Ein Imperiums-Fährschiff schwebte heraus und beschleunigte Richtung Todesstern, eskortiert von vier Jagdgeschwadern.

Darth Vader verfolgte ihren Anflug auf dem Sichtschirm im Kontrollraum des Todessterns. Als das Andocken unmittelbar bevorstand, verließ er das Kommandozentrum, gefolgt von Kommandeur Jerjerrod und einer Phalanx Imperiums-Sturmtrupps, und marschierte zur Dockbucht. Er wollte seinen Herrn und Meister begrüßen.

Vaders Pulsschlag und Atmung waren maschinengesteuert, so daß sie sich nicht beschleunigen konnten, aber in seiner Brust steigerte sich irgendeine elektrische Ladung, wenn Begegnungen mit dem Kaiser bevorstanden; er konnte nicht sagen, wie. Ein Gefühl der Erfüllung, der Macht, der dunklen, dämonischen Herrschaft – eines von geheimen Lüsten, ungezügelter Leidenschaft, wilder Unterwerfung – all dies war in Vaders Herz, als er sich seinem Kaiser näherte.

Als er die Dockbucht betrat, standen Tausende imperialer Truppen mit einem Schlag stramm, der durch die riesige Halle knallte. Das Fährschiff kam auf der Fußplatte zum Stillstand. Die Rampe klaffte auf wie ein Drachenschlund, und die kaiserliche Garde stürmte hinunter mit flatternden roten Gewändern, Flammenzungen, die hinausleckten, Vorreiter eines zornigen Aufbrüllens. Sie stellten sich in todbringender Formation neben der Rampe auf. Stille senkte sich über die Riesenhalle. Oben auf der Rampe erschien der Kaiser.

Langsam stieg er hinunter. Ein kleiner Mann, geschrumpft vom Alter und dem Bösen. Er stützte seine gebeugte Gestalt auf einen knorrigen Stock und hatte sich in eine bodenlange Kutte mit Kapuze gehüllt – ganz wie das Gewand der Jedi, nur war es schwarz. Sein fast verhülltes Gesicht war so abgemagert, daß der Kopf fast zum Totenschädel wurde; seine durchdringenden gelben Augen schienen alles, worauf sie sich richteten, brennend zu durchbohren. Als der Kaiser unten ankam, knieten Kommandeur Jerjerrod, seine Generäle und Lord Vader nieder. Der Allerhöchste Schwarze Herrscher winkte Vader und begann die angetretenen Truppen entlangzugehen.

»Steht auf, mein Freund. Ich möchte mit Euch reden.«

Vader stand auf und begleitete seinen Herrn. Den beiden folgten der Reihe nach die Höflinge des Kaisers, die Kaisergarde, Jerjerrod und die Elitegarde des Todessterns mit einem Gemisch aus Ehrfurcht und Angst.

Vader fühlte sich an der Seite des Kaisers ganz erfüllt. Obwohl die Leere in seinem Innersten niemals schwand, wurde es im kalten Lichtglanz des Kaisers eine glorreiche, eine strahlende Leere, die das ganze All zu umfassen vermochte. Und eines Tages das Universum umfassen würde – wenn der Kaiser tot war.

Denn dies war Vaders höchster Traum. Wenn er von der dunklen Macht in seinem bösen Genius alles gelernt hatte, ihm die Macht zu entreißen, sie zu ergreifen und ihr kaltes Licht in seinem eigenen Wesenskern festzuhalten – den Kaiser zu töten und seine Dunkelheit zu verschlingen, das Universum ganz zu beherrschen. Mit seinem Sohn neben sich.

Und dies war sein zweiter Traum: seinen Jungen zurückzuholen, Luke die Majestät dieser Schattenmacht zu zeigen, warum sie so ungeheuerlich war, warum er zu Recht beschlossen hatte, diesem Weg zu folgen. Und Luke würde mit ihm kommen, das wußte er. Dieser Keim war gelegt. Sie würden gemeinsam herrschen, Vater und Sohn.

Sein Traum war der Erfüllung sehr nah, das konnte er spüren; ganz nah. Jedes Ereignis glitt an seinem Platz, wie er es mit Jedi-Geschick lenkte, wie er es mit gezügelter dunkler Kraft anstieß.

»Der Todesstern wird pünktlich fertig sein, mein Gebieter«, sagte Vader halblaut.

»Ja, ich weiß«, gab der Kaiser zurück. »Ihr habt es gut gemacht, Lord Vader... und jetzt spüre ich, daß Ihr Eure Suche nach dem jungen Skywalker fortsetzen wollt.«

Vader lächelte hinter seiner Panzermaske. Der Kaiser wußte immer, was ihn innerlich erfüllte, selbst wenn er die Einzelheiten nicht kannte.

»Ja, mein Gebieter.«

»Geduld, mein Freund«, warnte der Höchste Herrscher. »Ihr habt immer Schwierigkeiten damit gehabt, Geduld zu zeigen. Mit der Zeit wird er Euch aufsuchen... und wenn er das tut, müßt Ihr ihn zu mir bringen. Er ist stark geworden. Nur gemeinsam können wir ihn auf die dunkle Seite der Kraft bringen.«

»Ja, mein Gebieter.« Gemeinsam würden sie den Jungen korrumpieren – das Kind des Vaters. Große, dunkle Glorie. Denn bald würde der alte Kaiser sterben – und auch wenn die Galaxis sich unter dem Schrecken dieses Verlustes krümmen würde, Vader blieb, um zu herrschen, den jungen Skywalker an seiner Seite. Wie es von Anfang an vorherbestimmt war.

Der Kaiser hob ein wenig den Kopf und erwog die Möglichkeiten der Zukunft.

»Alles geht voran, wie ich es vorausgesagt habe.«

Er hatte, wie Vader, seine eigenen Pläne – Pläne geistiger Schändung, der Steuerung von Leben und Geschicken. Er lachte leise in sich hinein und genoß die Nähe des Sieges: die endgültige Verführung des jungen Skywalker.

Luke ließ seinen X-Flügler am Rand des Wassers stehen und bahnte sich vorsichtig einen Weg durch den benachbarten Sumpf. Dichter Nebel hing in Schwaden. Dschungeldampf. Ein fremdartiges Insekt flog aus einem Gewirr von Hängeranken heran, schwirrte wild um seinen Kopf und verschwand wieder. Im Dikkicht fauchte etwas. Luke konzentrierte sich kurz. Das Fauchen verstummte. Luke ging weiter.

Er hatte ein sehr gespaltenes Verhältnis zu diesem Ort: Dagobah. Der Ort, wo er geübt hatte, wo er zum Jedi ausgebildet worden war. Hier hatte er wahrhaft gelernt, die Kraft zu gebrauchen, sie durch sich strömen zu lassen zu dem Ziel, das er erreichen wollte. So hatte er gelernt, wie bedachtsam er vorgehen mußte, um die Kraft gut zu gebrauchen. Das hieß, auf Licht zu gehen, aber ein Jedi wurde davon getragen wie von festem Boden.

In diesem Sumpf lauerten gefährliche Wesen, aber für einen Jedi war keines böse. Gierige Treibsandstrudel warteten, still wie Waldteiche; mit den Hängeranken mischten sich Greifarme. Luke kannte sie jetzt alle, sie waren alle Teil des lebenden Planeten, jede aufgenommen in die Kraft, von der auch er ein pulsierender Aspekt war.

Und doch gab es hier auch Dunkles – unvorstellbar dunkel, Spiegelungen der dunklen Winkel seiner Seele. Er hatte diese Dinge hier gesehen. Er war vor ihnen geflüchtet, hatte mit ihnen gerungen, hatte sich ihnen sogar gestellt. Er hatte ein paar von ihnen überwältigt.

Aber manche lauerten hier noch. Die Dunklen…

Er stieg über eine Barrikade von knorrigen Wurzeln, glitschig von Moos. Auf der anderen Seite führte ein glatter, freier Pfad direkt in die Richtung, die er einschlagen wollte, aber er beging ihn nicht. Statt dessen drang er wieder ins Unterholz ein.

Hoch oben näherte sich etwas Schwarzes, Flatterndes, schwenkte ab. Luke achtete nicht darauf. Er ging unbeirrt weiter.

Der Dschungel lichtete sich ein wenig. Hinter dem nächsten Sumpfloch konnte Luke es sehen – das kleine, seltsam geformte Gebäude, dessen eigenartige kleine Fenster warmes, gelbes Licht in den feuchten Regenwald hinausstrahlten. Er ging um das Sumpfloch herum, beugte tief den Kopf und betrat das kleine Haus.

Yoda stand lächelnd im Inneren, in der kleinen, grünen Hand den Spazierstock als Stütze.

»Auf dich gewartet habe ich«, sagte er und nickte. Er verstellte immer die Wörter, um seiner Rede mehr Gewicht zu geben.

Er forderte Luke mit einer Geste auf, sich in die Ecke zu setzen. Dem Jungen fiel auf, um wieviel zerbrechlicher Yoda geworden zu sein schien – ein Zittern in der Hand, eine Schwäche in der Stimme. Luke wagte kaum zu sprechen, um nicht seinen Schrecken über den Zustand des alten Meisters zu verraten.

»Das Gesicht, das du machst.« Yoda runzelte heiter seine müde Stirn. »Sehe ich für junge Augen so schlecht aus?«

Luke versuchte seine Betroffenheit zu verbergen und drehte sich in der engen Ecke zur Seite.

»Nein, Meister... natürlich nicht.«

»Aber doch, ja, aber doch!« Der winzige Jedi-Meister gluckste fröhlich. »Krank bin ich geworden. Ja. Alt und schwach.« Er zeigte mit krummem Finger auf seinen jungen Schüler. »Wenn neunhundert Jahre du alt bist, so gut aussehen wirst du nicht.«

Das Wesen humpelte, immer noch glucksend, zum Bett und legte sich mühselig hin.

»Bald werde ich ruhen. Ja. Für immer schlafen. Verdient ich es habe.«

Luke schüttelte den Kopf.

»Du darfst nicht sterben, Meister Yoda – ich lasse es nicht zu.«

»Gut ausgebildet und stark mit der Kraft bist du – aber nicht so stark! Die Dämmerung ist um mich, und bald muß es Nacht werden. Das ist der Lauf der Dinge... so geht es bei der Kraft.«

»Aber ich brauche deine Hilfe«, sagte Luke drängend. »Ich will meine Ausbildung abschließen.« Der große Lehrer durfte ihn jetzt nicht verlassen – es gab noch so vieles zu verstehen. Und er hatte von Yoda schon so viel genommen und noch nichts gegeben. Er wollte vieles mit dem Alten teilen.

»Keine Ausbildung du mehr brauchst«, versicherte ihm Yoda. »Kannst schon, was du brauchst.«

»Dann bin ich ein Jedi?« fragte Luke eifrig. Nein. Er wußte, daß er es noch nicht ganz war. Irgend etwas fehlte noch.

Yodas runzliges Gesicht wurde verkniffen.

»Noch nicht. Eines fehlt noch. Vader... Vader mußt du gegenübertreten. Erst dann ein ganzer Jedi du wirst sein. Und auf ihn treffen wirst du früher oder später.«

Luke wußte, daß dies seine Probe sein würde, nichts anderes. Jede Suche hatte ihr Ziel, und im Kern von Lukes Ringen steckte unentwirrbar Vader. Es war qualvoll für ihn, die Frage auszusprechen, aber nach langem Schweigen sagte er: »Meister Yoda – ist Darth Vader mein Vater?«

Yodas Augen nahmen einen Ausdruck erschöpften Mitgefühls an. Dieser Junge war noch kein vollständiger Mann. Ein trauriges Lächeln huschte über sein Gesicht. Er schien im Bett noch kleiner zu werden.

»Ruhe brauche ich. Ja. Ruhe.«

Luke starrte auf seinen entgleitenden Lehrer, versuchte ihm Kraft zu verleihen, nur durch die Gewalt von Liebe und Willen.

»Yoda, ich muß es wissen«, flüsterte er.

»Dein Vater er ist«, sagte Yoda schlicht.

Luke schloß die Augen, den Mund, das Herz, um die Wahrheit dessen fernzuhalten, das er als wahr erkannte.

»Hat er dir gesagt, ja?« fragte Yoda.

Luke nickte stumm. Er wollte den Augenblick festhalten, hier Zuflucht finden, Zeit und Raum in dieses Zimmer sperren, damit sie nie hinauskonnten ins All mit diesem grauenhaften Wissen, dieser unerbittlichen Wahrheit.

Yodas Miene wirkte besorgt.

»Unerwartet das ist und unglückselig –«

»Unglückselig, daß ich die Wahrheit weiß?« In Lukes Stimme drängte sich Bitterkeit, aber er konnte nicht entscheiden, ob sie auf Vader, auf Yoda, auf sich selbst oder das ganze Universum gerichtet war.

Yoda raffte sich mit einer Anstrengung auf, die ihn seine ganze Kraft zu kosten schien.

»Unglückselig, daß du voreilig angetreten gegen ihn – daß unvollständig deine Ausbildung... daß nicht bereit du für die Last gewesen. Obi-Wan dir hätte es vor langer Zeit gesagt, wenn ich zugestimmt... jetzt eine große Schwäche trägst du. Fürchten muß ich für dich. Fürchten für dich, ja.« Eine starke Anspannung schien ihn zu verlassen. Er schloß die Augen.

»Meister Yoda, es tut mir leid.« Luke zitterte, als er den mächtigen Jedi so geschwächt sah.

»Ich weiß, aber Vader wieder gegenübertreten mußt du, und

leid tun wird nicht helfen.« Er beugte sich vor und winkte Luke nah heran. Luke kroch hinüber, um sich zu seinem alten Meister zu setzen. Yoda sprach mit brüchiger Stimme weiter. »Vergiß nicht, die Stärke eines Jedi fließt aus der Kraft. Als du deine Freunde gerettet, hast du Rache im Herzen gehabt. Hüte dich vor Zorn, Furcht und Aggression. Die dunkle Seite sie sind. Leicht strömen sie, schnell dir im Kampf beizuspringen. Wenn du einmal den dunklen Weg gehst, er wird für immer dein Schicksal bestimmen.«

Er ließ sich zurücksinken, sein Atem wurde flach. Luke wartete still, wagte nicht, sich zu rühren, wagte nicht, den Alten auch nur ein Jota abzulenken, damit seine Aufmerksamkeit keine Spur von der Aufgabe abwich, die Leere fernzuhalten.

Nach einigen Minuten sah Yoda den Jungen wieder an und lächelte sanft unter größter Mühe, die Größe seines Geistes war das einzige, was seinen verfallenden Körper am Leben hielt.

»Luke – vor dem Kaiser hüte dich. Unterschätze seine Kräfte nicht, oder du erleidest das Schicksal deines Vaters. Wenn ich fort bin... du wirst der letzte Jedi sein. Luke, die Kraft ist stark in deiner Familie. Gib weiter, was du... gelernt... hast...« Er geriet ins Stocken, schloß die Augen. »Es... gibt... einen anderen... Himmel...« Er hielt den Atem an, atmete aus, und sein Geist ging von ihm wie ein besonnter Wind zu einem anderen Himmel. Sein Körper schauderte einmal – und er verschwand.

Luke saß eine Stunde an dem kleinen, leeren Bett und versuchte die Tiefe seines Verlustes zu ergründen. Sie war unergründlich.

Als erstes empfand er grenzenlose Trauer. Um sich selbst, um das Universum. Wie konnte es sein, daß einer wie Yoda für immer dahinging? Es war, als fülle ein schwarzes, bodenloses Loch die Stelle in seinem Herzen aus, die Yoda ausgefüllt hatte.

Luke hatte das Hinscheiden alter Mentoren schon erlebt. Es war unausweichlich traurig und unerbittlich Teil seiner eigenen Reifung gewesen. War es das also, was Erwachsenwerden bedeutete? Zuzusehen, wie geliebte Freunde alt wurden und starben? Ein neues Maß an Stärke oder Reife aus ihrem Hingang zu gewinnen?

Eine schwere Last der Hoffnungslosigkeit senkte sich auf ihn herab, während alle Lichter in dem kleinen Haus flackernd erloschen. Minutenlang blieb er noch sitzen, in dem Gefühl, nun sei alles zu Ende, die Lichter im Universum ausgegangen. Der letzte Jedi saß in einem Sumpf, während die ganze Galaxis den letzten Krieg plante.

Dann überfiel ihn Kälte und störte das Nichts, in das sein Bewußtsein entglitten war. Er fröstelte und schaute sich um. Die Finsternis war undurchdringbar.

Er kroch hinaus und stand auf. Im Moor hatte sich nichts verändert. Dampf gerann, tropfte von baumelnden Ranken zurück in den Sumpf, ein Zyklus, der sich millionenmal wiederholt hatte und sich ewig wiederholen würde. Vielleicht war dies seine Lektion. Wenn dem so war, linderte sie sein Leid um keinen Hauch.

Ziellos ging er zurück zu seinem Schiff. Artoo stürzte heraus und piepste aufgeregt seinen Gruß, aber Luke war untröstlich und konnte auf den treuen, kleinen Droiden nicht eingehen. Artoo pfiff kurz sein Beileid, dann blieb er respektvoll stumm.

Luke setzte sich niedergeschlagen auf einen Baumstamm, ließ den Kopf in die Hände sinken und sagte leise zu sich selbst: »Ich kann nicht. Alleine kann ich nicht weitermachen.«

Eine Stimme tönte aus dem Nebel zu ihm herunter.

»Yoda und ich werden immer bei dir sein.« Es war Bens Stimme.

Luke drehte sich rasch um und sah die schimmernde Gestalt Obi-Wan Kenobis hinter sich stehen.

»Ben!« flüsterte er. Es gab so vieles, was er sagen wollte, alles stürzte gleichzeitig auf ihn ein, wirbelte durcheinander wie die durcheinandergeworfene, aufgedunsene Fracht eines Schiffes im Mahlstrom. Aber eine Frage schob sich vor allen anderen an die Oberfläche. »Warum, Ben? Warum hast du es mir nicht gesagt?«

Es war keine leere Frage.

»Ich wollte es dir nach Abschluß deiner Ausbildung sagen«, erwiderte Bens Erscheinung. »Aber du mußtest unvorbereitet davonstürzen. Ich habe dich gewarnt vor deiner Ungeduld.« Seine Stimme war unverändert, ein wenig Schärfe und viel Liebe.

»Du hast mir erzählt, Darth Vader hätte meinen Vater verraten und ermordet.« Die Bitterkeit, die er vorher bei Yoda gespürt, richtete sich nun auf Ben.

Ben nahm das Ätzende ohne Abwehr hin und sagte mahnend: »Dein Vater Anakin wurde verführt von der dunklen Seite der Kraft. Er hörte auf, Anakin Skywalker zu sein und wurde Darth Vader. Als das geschah, verriet er alles, woran Anakin Skywalker glaubte. Der gute Mann, dein Vater, wurde vernichtet. Was ich dir erzählt habe, war also wahr – in einer bestimmten Hinsicht.«

»Bestimmte Hinsicht!« fauchte Luke höhnisch. Er fühlte sich verraten – vom Leben mehr als von allem anderen, aber nur der arme Ben war zur Stelle, um Blitzableiter zu sein.

»Luke«, sagte Ben sanft, »du wirst feststellen, daß viele der Wahrheiten, an die wir uns klammern, in hohem Maß von unserem Standpunkt abhängen.«

Luke ging nicht darauf ein. Er wollte seinen Zorn festhalten, ihn wie einen Schatz bewachen. Er war alles, was er hatte, er wollte sich ihn nicht nehmen lassen wie alles andere. Aber er spürte schon, wie er ihm entglitt, gelindert von Bens mitfühlender Art.

»Ich nehme dir nicht übel, daß du zornig bist«, sagte Ben beschwichtigend. »Wenn ich falsch gehandelt habe, ist es gewiß nicht das erste Mal gewesen. Siehst du, was mit deinem Vater geschah, war meine Schuld...«

Luke hob mit plötzlichem Interesse den Kopf. Davon hatte er nichts gewußt. Sein Zorn machte rasch Platz für Faszination und Neugierde – denn Wissen war eine Droge, die süchtig machte, und je mehr er davon hatte, desto mehr wünschte er sich.

Während er zunehmend gebannt auf dem Baumstamm saß, kam Artoo stumm herangerollt, als tröstliche Begleitung.

»Als ich deinem Vater das erste Mal begegnete«, fuhr Ben fort, »war er schon ein großartiger Pilot. Aber was mich am meisten erstaunte, war, wie stark die Kraft um ihn war. Ich unternahm es, Anakin in den Wegen der Jedi zu unterrichten. Mein Fehler war, daß ich glaubte, ich könnte ein so guter Lehrer sein wie Yoda. Ich war es nicht. Es war törichter Stolz. Der Kaiser spürte Anakins Macht und lockte ihn auf die dunkle Seite.« Er verstummte traurig und blickte in Lukes Augen, als wolle er den Jungen um Vergebung bitten. »Mein Stolz hatte verheerende Folgen für die Galaxis.«

Luke war gefesselt. Daß Obi-Wans Überheblichkeit den Sturz seines Vaters herbeigeführt hatte, war grauenhaft. Grauenhaft, weil sein Vater unnötigerweise diese Wandlung durchgemacht hatte, grauenhaft, weil Obi-Wan nicht vollkommen, nicht einmal ein vollkommener Jedi war, grauenhaft, weil die dunkle Seite so tief zu treffen aus dem Guten das Böse machen konnte. Darth Vader mußte tief in sich noch einen Funken von Anakin Skywalker haben.

»Es ist doch noch Gutes in ihm«, erklärte er.

Ben schüttelte bedauernd den Kopf.

»Ich dachte auch, man könnte ihn wieder für die gute Seite gewinnen. Es ging nicht. Er ist jetzt mehr Maschine als Mensch – entstellt und böse.«

Luke spürte den tieferliegenden Sinn in Kenobis Worten, hörte sie als Befehl. Er schüttelte den Kopf vor der Erscheinung.

»Ich kann nicht meinen eigenen Vater töten.«

»Du solltest diese Maschine nicht als deinen Vater betrachten.« Der Lehrer hatte wieder das Wort. »Als ich sah, was aus ihm geworden war, versuchte ich ihn davon abzubringen, ihn von der dunklen Seite herüberzuziehen. Wir kämpften... dein Vater stürzte in eine Schmelzgrube. Als er sich aus der glühenden Masse herausgekrallt hatte, war der Wandel für immer in ihn eingesengt – er war Darth Vader, ohne jede Spur von Anakin Skywalker. Unwiderruflich schwarz. Vernarbt. Am Leben gehalten nur von Maschinen und seinem eigenen schwarzen Willen...«

Luke blickte auf seine Kunsthand hinunter.

»Ich habe einmal versucht, ihm Einhalt zu gebieten. Ich konnte es nicht.« Er wollte seinen Vater nicht wieder herausfordern. Er konnte es nicht.

»Vader hat dich gedemütigt, als du ihm zum ersten Mal begegnet bist, Luke – aber diese Erfahrung war Teil deiner Ausbildung. Unter anderem hat sie dir den Wert der Geduld klargemacht. Wärst du nicht so versessen darauf gewesen, Vader damals zu töten, hättest du deine Ausbildung hier bei Yoda abschließen können. Du wärst vorbereitet gewesen.«

»Aber ich mußte meinen Freunden helfen.«

»Und hast du ihnen geholfen? Sie mußten am Ende dich retten. Du hast, fürchte ich, wenig bewirkt durch diese überstürzte Rückkehr.«

Lukes Empörung löste sich auf und hinterließ nur Traurigkeit.

»Ich habe erfahren, daß Darth Vader mein Vater ist«, flüsterte er.

»Um ein Jedi zu sein, Luke, mußt du dich der dunklen Seite stellen und dann darüber hinausgehen – die Seite, über die dein Vater nicht hinwegkam. Ungeduld ist die Tür, die am leichtesten aufgeht – für dich wie für deinen Vater. Nur wurde dein Vater von dem verlockt, was er hinter der Tür fand, und du hast standgehalten. Du bist nicht mehr so leichtsinnig, Luke. Du bist stark und hast Geduld gelernt. Und du bist bereit für die entscheidende Begegnung.«

Luke schüttelte wieder den Kopf, als ihm klar wurde, was der alte Jedi meinte.

»Ich kann es nicht, Ben.«

Obi-Wan Kenobis Schultern sanken herab.

»Dann hat der Kaiser schon gesiegt. Du bist unsere einzige Hoffnung gewesen.«

Luke suchte nach Alternativen.

»Yoda hat gesagt, ich könnte jemand anderen ausbilden für...«

»Die andere Person, die er gemeint hat, ist deine Zwillingsschwester.« Der alte Mann lächelte schwach. »Es wird ihr nicht leichter fallen als dir, Darth Vader zu vernichten.«

Luke reagierte tief betroffen. Er stand auf und trat vor die Erscheinung hin.

»Schwester? Ich habe keine Schwester.«

Wieder legte Obi-Wan einen sanften Ton in seine Stimme, um den Aufruhr in der Seele seines jungen Freundes zu beschwichtigen.

»Um euch beide gegen den Kaiser zu schützen, seid ihr bei eurer Geburt getrennt worden. Der Kaiser wußte so gut wie ich, daß eines Tages Skywalkers Kinder eine Bedrohung für ihn sein würden, weil sie die Kraft auf ihrer Seite haben. Aus diesem Grund ist deine Schwester sicherheitshalber anonym geblieben.«

Luke wehrte sich zunächst gegen dieses Wissen. Er brauchte und wollte keinen Zwilling. Er war einmalig! Ihm fehlte nichts außer der Hand, deren Kunstersatz er nun fest ballte. Faustpfand in einer Schloßintrige? Wiegen verwechselt, Geschwister vertauscht und getrennt und fortgeschafft, um an verschiedenen Orten insgeheim aufzuwachsen? Ausgeschlossen! Er wußte, wer er war! Er war Luke Skywalker, Sohn eines Jedi, aus dem ein Sith-Lord geworden war, aufgezogen auf einer Sandfarm in Tatooine von Onkel Owen und Tante Beru zu einem Leben ohne Schnörkel, ein fleißiger, ehrlicher, aber armer Kerl – weil seine Mutter… seine Mutter… Wie war das mit seiner Mutter? Was hatte sie gesagt, wer war sie? Was hatte sie ihm erzählt? Er richtete die Gedanken nach innen, auf einen Ort und eine Zeit fern vom feuchten Boden Dagobahs, zum Zimmer seiner Mutter, seiner Mutter und seiner… Schwester. Seiner Schwester.

»Leia! Leia ist meine Schwester!« rief er.

»Dein Scharfsinn leistet dir gute Dienste.« Ben nickte. Er wurde rasch wieder streng. »Vergrab deine Gefühle tief in dir, Luke. Sie schmücken dich, aber sie könnten dazu genutzt werden, dem Kaiser zu dienen.«

Luke versuchte zu begreifen, was sein alter Lehrer meinte. So viel Neues, so schnell, so entscheidend… es schwindelte ihn.

Ben berichtete weiter.

»Als dein Vater ging, wußte er nicht, daß deine Mutter schwanger war. Deine Mutter und ich wußten, daß er es einmal erfahren würde, aber wir wollten euch beide so lange wie möglich so gut schützen wie möglich. Deshalb brachte ich dich zu meinem Bruder Owen auf Tatooine… und deine Mutter nahm Leia mit nach Alderaan, wo die Kleine als Tochter von Senator Morgana aufwachsen konnte.«

Luke setzte sich hin, um dieser Geschichte zu lauschen. Artoo drängte sich nah heran und summte unter der Hörgrenze, um ihn zu trösten.

Ben sprach in ruhigem Tonfall weiter, damit die Laute Trost spenden konnten, wo die Wörter es nicht taten.

»Die Familie Organa war von hohem Adel und in diesem System politisch von großer Macht. Leia wurde kraft Abstammung Prinzessin. Freilich wußte keiner, daß sie adoptiert worden war. Aber es war ein Titel ohne echte Macht, weil Alderaan seit langer Zeit eine Demokratie aufgebaut hatte. Trotzdem behielt die Familie politische Macht, und Leia, die dem Weg ihres Stiefvaters folgte, wurde ebenfalls Senatorin. Das war aber noch nicht alles, versteht sich. Sie wurde zur Führerin ihrer Zelle in der Allianz gegen das korrupte Imperium. Und weil sie diplomatische Immunität genoß, war sie ein unentbehrliches Bindeglied, um Information für die Sache der Rebellen zu beschaffen.

Das tat sie auch, als eure Wege sich kreuzten – denn ihre Stiefeltern hatten ihr eingeschärft, sich auf Tatooine mit mir in Verbindung zu setzen, wenn ihre Schwierigkeiten überhandnehmen sollten.«

Luke versuchte mit diesem Wust von Gefühlen, die auf ihn einstürmten, fertig zu werden. Die Liebe zu Leia, die er immer gespürt hatte, selbst von fern, besaß nun eine klare Grundlage. Aber plötzlich fühlte er sich auch als ihr Beschützer, wie ein älterer Bruder – obschon sie vielleicht sogar einige Minuten älter sein mochte als er.

»Aber du kannst nicht zulassen, daß sie mit hineingezogen wird, Ben«, ereiferte er sich. »Vader wird sie vernichten.« Vader. Ihr Vater. Vielleicht konnte Leia das Gute in ihm wiedererwecken.

»Sie ist nicht als Jedi ausgebildet wie du, Luke – aber die Kraft in ihr ist stark wie bei allen Mitgliedern eurer Familie. Deswegen kreuzte ihr Weg den meinen – weil die Kraft in ihr genährt werden muß von einem Jedi. Du bist jetzt der letzte Jedi, Luke... aber sie kehrte zu uns – zu mir – zurück, um zu lernen und zu wachsen. Weil es ihre Bestimmung war, zu lernen und zu wachsen, wie die meine, zu lehren.«

Er sprach langsamer weiter, jedes Wort überlegt, jede Pause Betonung.

»Du kannst deinem Schicksal nicht entkommen, Luke.« Er hielt mit seinem Blick Lukes Augen fest und legte von seinem Geist hinein, was ihm möglich war, um ihn für immer Lukes Denken einzuprägen. »Halt geheim, wer deine Schwester ist, denn wenn du scheiterst, ist sie in der Tat unsere letzte Hoffnung. Sieh mich an, Luke – den kommenden Kampf mußt du allein bestreiten, aber vom Ausgang hängt so vieles ab. Vielleicht kannst du Stärke aus meinem Gedächtnis ziehen. Aber vermeiden läßt der Kampf sich nicht – du kannst nicht vor deiner Bestimmung fliehen. Du wirst Darth Vader wieder gegenübertreten müssen...«

4

Darth Vader trat aus dem langen Aufzugzylinder in den Raum, der einst Kontrollraum des Todessterns gewesen und jetzt der Thronsaal des Kaisers war. Zwei Wachen standen an der Tür, vom Hals bis zu den Zehen rotgewandet, mit roten Helmen, die bis auf Augenschlitze, in Wahrheit elektrisch gesteuerte Sichtschirme, alles bedeckten. Sie hielten ihre Waffen stets im Anschlag.

Der Raum lag im Halbdunkel, abgesehen von den Leuchtkabeln, die zu beiden Seiten des Aufzugschachts verliefen und Energie und Information durch die Raumstation trugen. Vader ging über den glatten, schwarzen Stahlboden, vorbei an den riesigen, summenden Konvertermaschinen, die kurze Treppe hinauf zu der Plattform mit dem Kaiserthron. Unter dieser Plattform, nach rechts versetzt, befand sich die Öffnung des Schachts, der tief hinabreichte ins Innere der Kampfstation, bis hinab zum innersten Kern der Energieanlage. Der Abgrund war schwarz, stank nach Ozon und hallte unaufhörlich von einem hohlen, tiefen Grollen wider.

Am Ende der überhängenden Plattform gab es eine Wand, in der sich ein riesengroßes, kreisrundes Beobachtungsfenster befand. Davor saß in einem Kommandosessel der Kaiser und starrte in den Weltraum hinaus.

Die unfertige Hälfte des Todesstern begann gleich hinter dem

Fenster, Fährraketen und Transporter fegten umher, Männer in körperengen Raumanzügen und tragbaren Raketenantrieben arbeiteten an Außenkonstruktion und Innenausbau. Im Hintergrund der jadegrüne Mond Endor, wie ein Juwel auf dem schwarzen Samt des Weltraums, und verstreut in die Unendlichkeit die leuchtenden Diamanten der Sterne.

Der Kaiser betrachtete diese Aussicht, während Vader von hinten herankam. Der Lord der Sith kniete nieder und wartete. Der Kaiser ließ ihn warten. Er betrachtete das Bild vor sich mit einem glorreichen Gefühl ohne Grenzen: Dies war alles sein. Und noch glorreicher, alles sein durch seine eigene Hand.

Nicht immer war es so gewesen. Damals, für den schlichten Senator Palpatine, war die Galaxis eine Sternenrepublik gewesen, hochgehalten und beschützt von der Jedi-Ritterschaft, die jahrhundertelang über sie gewacht hatte. Aber unausweichlich war sie zu groß geworden, es hatte über zu viele Jahre hinweg einer zu gewaltigen Bürokratie bedurft, die Republik aufrechtzuerhalten. Korruption hatte sich ausgebreitet.

Ein paar gierige Senatoren hätten die Kettenreaktion der Verderbnis ausgelöst, behaupteten manche; aber wer wußte es genau? Ein paar verderbte Bürokraten, arrogant, selbstsüchtig – und mit einem Mal brach ein Fieber in den Sternen aus. Gouverneur wandte sich gegen Gouverneur, Werte verfielen, ein Vertrauensbruch reihte sich an den anderen – die Angst hatte sich in diesen frühen Jahren ausgebreitet wie eine Epidemie, rasch und ohne sichtbare Ursache, niemand wußte, was geschah und warum es geschah.

Und so hatte Senator Palpatine die Gelegenheit ergriffen. Durch Betrug, kluge Versprechungen und geschicktes politisches Manövrieren war es ihm gelungen, sich zum Vorsitzenden des Rates wählen zu lassen. Und dann hatte er sich mit List, Bestechung und Terror zum Kaiser aufgeschwungen.

Kaiser. Das hatte Klang. Die Republik war zerfallen, das Imperium leuchtete aus eigener Pracht und würde es immer tun, denn der Kaiser wußte, was die anderen zu glauben sich weigerten: Die dunklen Kräfte waren die stärksten.

Er hatte das im Innersten schon immer gewußt, lernte es aber jeden Tag aufs neue: von verräterischen Mitarbeitern, die ihre Vorgesetzten für Vergünstigungen verrieten; von Funktionären ohne feste Grundsätze, die ihm die Geheimnisse der Regierungen lokaler Sternsysteme verrieten; von habgierigen Grundbesitzern, sadistischen Gangstern und machthungrigen Politikern. Keiner war immun, alle gierten nach der dunklen Energie in ihrem Innersten. Der Kaiser hatte diese Wahrheit lediglich erkannt und genutzt – natürlich zu seiner eigenen Verherrlichung.

Denn seine Seele war das schwarze Zentrum des Imperiums.

Er sann über die dichte Undurchdringlichkeit der Weltraumtiefen vor sich. Von so dichter Schwärze wie seine Seele – so, als *sei* er auf ganz reale Weise diese Schwärze, als sei sein innerer Geist selbst diese Leere, über die er herrschte. Er belächelte den Gedanken: Er war das Imperium, er war das Universum.

Er fühlte, daß hinter ihm Vader noch immer kniend wartete. Wie lange war der Schwarze Lord schon hier? Fünf Minuten? Zehn Minuten? Der Kaiser wußte es nicht genau. Egal. Der Kaiser war mit seiner Meditation noch nicht fertig.

Lord Vader machte das Warten jedoch nichts aus, ja, er nahm es nicht einmal wahr. Denn es war eine Ehre und etwas Edles, zu Füßen seines Herrschers zu knien. Er hielt den Blick nach innen gerichtet und suchte nach Sinn in seinem eigenen bodenlosen Abgrund. Seine Macht war jetzt groß, größer als je zuvor. Sie schimmerte von innen heraus und schwang im Gleichklang mit den Wellen der Dunkelheit, die vom Kaiser ausströmten. Er fühlte sich ausgefüllt von dieser Macht, sie schwoll wie schwarzes Feuer, Dämonenelektronen, die sich erden wollten... aber er würde warten. Denn sein Kaiser war nicht bereit, und sein Sohn war nicht bereit, der Zeitpunkt noch nicht gekommen. Also wartete er.

Schließlich drehte der Sessel sich langsam, bis der Kaiser Vader vor sich hatte.

Vader ergriff als erster das Wort.

»Was ist Euer Befehl, mein Gebieter?«

»Schickt die Flotte zur anderen Seite von Endor. Dort wird sie bleiben, bis sie gerufen wird.«

»Und die Berichte über eine Massierung der Rebellenflotte bei Sullust?«

»Fällt nicht ins Gewicht. Bald wird die Rebellion zerschmettert sein, und der junge Skywalker wird einer von uns sein. Eure Arbeit hier ist beendet, mein Freund. Geht auf das Kommandoschiff und erwartet meine Befehle.«

»Ja, mein Gebieter.« Er hoffte, den Befehl für die Vernichtung der Rebellenallianz zu erhalten. Er erhoffte ihn bald.

Er stand auf und verließ den Raum. Der Kaiser wandte sich wieder dem galaktischen Panorama jenseits des Fensters zu, um sein Reich zu betrachten.

In einem fernen und mitternächtlichen Vakuum jenseits des Randes der Galaxis reichte die riesige Rebellenflotte vom Vorgeschwader bis zur Nachhut, weiter, als das menschliche Auge reichte. Corellanische Schlachtschiffe, Kreuzer, Zerstörer, Trägerschiffe, Bomber, Frachtschiffe von Sullust, Tanker von Calamar, Kampfschiffe von Alderaan, Blockadebrecher von Kessel, bestinische Flugpanzer, X-, Y- und A-Flügel-Jagdmaschinen, Fährschiffe, Transportfahrzeuge, Fregatten. Alle Rebellen in der Galaxis, Soldaten wie Zivilisten, warteten in den Raumschiffen angespannt auf Anweisungen. Angeführt wurde die Flotte vom größten der Rebellen-Sternkreuzer, der »Fregatte Hauptquartier«.

Hunderte von Rebellenkommandeuren von allen Gattungen und Lebensformen waren im Operationszentrum des riesigen Sternkreuzers versammelt und erwarteten die Befehle des Oberkommandos. Zahllose Gerüchte gingen um, von Geschwader zu Geschwader verbreitete sich Erregung.

In der Mitte des Einsatzraums stand ein großer, kreisrunder Lichttisch. Über ihn war eine holographische Nachbildung des unvollendeten Imperiums Todesstern projiziert und schwebte neben dem Mond Endor, dessen schillernder Ablenk-Schutzschild sie beide einhüllte.

Mon Mothma betrat den Raum. Eine stattliche, schöne Frau in mittleren Jahren. Sie schien vom Gemurmel der Menge unberührt zu bleiben. Sie trug ein weißes, wallendes Gewand mit goldenem

Besatz, und ihre Strenge kam nicht von ungefähr – sie war die gewählte Führerin der Rebellen-Allianz.

Wie Leias Adoptivvater – wie Palpatine, der Kaiser selbst – war Mon Mothma führend im Senat gewesen, Mitglied des Hohen Rates. Als die Republik zu zerfallen begann, war Mon Mothma Senatorin bis zum Ende geblieben, hatte die Opposition organisiert und die zunehmend wirkungslose Regierung gestützt.

Gegen Ende hatte sie auch Zellen ins Leben gerufen, kleine Widerstandsgruppen, bei denen keine von der anderen wußte, bei denen jede dafür verantwortlich war, den Aufstand gegen das Imperium auszulösen, als es schließlich in Erscheinung trat.

Es hatte andere Führer gegeben, aber viele waren getötet worden, als der erste Todesstern des Imperiums den Planeten Alderaan vernichtete. Bei dieser Katastrophe war auch Leias Adoptivvater umgekommen.

Mon Mothma ging in den Untergrund. Sie vereinigte ihre Zellen mit den Tausenden Partisanen und Aufständischen, die das grausame Regime des Imperiums erzeugte. Tausende mehr schlossen sich dieser Rebellen-Allianz an. Mon Mothma wurde zur anerkannten Führerin aller Wesen der Galaxis, die durch den Kaiser heimatlos geworden waren. Heimatlos, aber nicht hoffnungslos.

Sie ging jetzt durch den großen Raum zur holographischen Wiedergabe, wo sie sich mit ihren zwei Hauptberatern, General Madine und Admiral Ackbar, besprach. Madine war Corellaner, hartgesotten, einfallsreich, ein wenig Zuchtmeister. Ackbar war echter Calamare, ein sanftes, lachsfarbenes Wesen mit großen, traurigen Augen in einem Schädel mit hoher Stirn und Schwimmhäuten zwischen den Fingern; damit fühlte er sich im Wasser und im Weltraum wohler als an Bord eines Raumschiffs. Wenn die Menschen den Arm der Rebellion darstellten, dann waren die Calamaren ihre Seele – was nicht bedeutete, daß sie sich nicht hervorragend schlugen, wenn man sie zum Äußersten trieb. Und das hatte das Imperium getan.

Lando Calrissian ging durch die Menge und suchte die Gesichter ab. Er sah Wedge, der sein Flügelpilot sein sollte; sie nickten einander zu und stellten die Daumen hoch, dann ging Lando weiter. Nicht Wedge war es, den er suchte. Er erreichte eine freie Stelle nahe der Mitte, schaute sich um und sah endlich seine Freunde an einer Seitentür stehen. Er lächelte und ging hinüber.

Han, Chewie, Leia und die beiden Droiden begrüßten Landos Erscheinen mit einem Durcheinander von Freudenrufen, Gelächter, Piepsen und Geblaffe.

»Na, was ist denn das?« rügte Solo, richtete einen Aufschlag von Calrissians neuer Uniform zurecht und zupfte an den Abzeichen. »Ein General!« Lando lachte herzlich.

»Ich bin ein Mann der vielen Gesichter und Kostüme. Irgend jemand muß ihnen von meinem kleinen Manöver bei der Schlacht von Taanab erzählt haben.« Taanab war ein Landwirtschaftsplanet, der regelmäßig durch Banditen von Norulac ausgeräubert wurde. Calrissian hatte vor seiner Gouverneurszeit in der Wolkenstadt die Banditen gegen jede Hoffnung mit legendären Flugkünsten und unter Einsatz unerhörter Taktiken zur Strecke gebracht, und zwar auf eine Wette hin.

Han riß spöttisch die Augen auf.

»He, nicht mich angucken. Ich habe nur gesagt, du bist ein ›ordentlicher‹ Pilot. Ich hatte keine Ahnung, daß einer gesucht wird, der diesen verrückten Angriff führen soll.«

»Das macht nichts, ich wollte es ja so. Ich will diesen Angriff führen.« Dazu kam, daß es ihm Spaß machte, als General aufzutreten. Man erwies ihm den Respekt, den er verdiente, und er brauchte nicht damit aufzuhören, irgendeinem angeberischen Militärpolizisten des Imperiums um den Bart zu gehen. Und das war das Zweite: Er würde es der Imperium-Marine einmal zeigen, und zwar schmerzhaft zeigen, um den Kerlen alle Gemeinheiten heimzuzahlen. Es ihnen ordentlich zeigen, mit Unterschrift. General Calrissian, mit bestem Dank.

Solo starrte seinen alten Freund halb bewundernd, halb ungläubig an.

»Hast du so einen Todesstern schon einmal gesehen? Deine Generalszeit wird sehr kurz sein, altes Haus.«

»Es wundert mich, daß man dich nicht aufgefordert hat, das zu übernehmen«, meinte Lando lächelnd.

»Hat man vielleicht getan«, räumte Han ein. »Ich bin aber nicht verrückt. Der Ehrenwerte bist du, weißt du noch? Baron-Administrator der Wolkenstadt auf Bespin.«

Leia trat näher an Solo heran und griff nach seinem Arm.

»Han wird mit mir auf dem Kommandoschiff bleiben... wir sind Ihnen beide sehr dankbar, Lando. Und stolz auf Sie.«

Plötzlich hob Mon Mothma in der Mitte des Raumes die Hand. Es wurde still. Erwartungsvoll richteten sich die Blicke auf sie.

»Die Daten, die wir durch die Botha-Spione erhalten haben, sind bestätigt worden«, teilte sie mit. »Der Kaiser hat einen entscheidenden Fehler begangen, der Zeitpunkt für unseren Angriff ist gekommen.«

Das führte zu heller Aufregung. Alle sprachen erregt aufeinander ein, als hätte ihre Mitteilung ein Entlastungsventil betätigt. Sie wandte sich dem Hologramm des Todessterns zu und sprach weiter.

»Wir kennen jetzt die genaue Position für die neue Kampfstation des Kaisers. Die Waffensysteme dieses Todessterns sind noch nicht einsatzfähig. Da die Imperiumsflotte in der ganzen Galaxis verstreut ist, vergeblich bemüht, uns zu stellen, kann er als relativ ungeschützt gelten.« Sie schwieg kurze Zeit, um ihrer nächsten Mitteilung um so größere Wirkung zu verschaffen. »Das Wichtigste: Wir haben erfahren, daß der Kaiser persönlich die Bauarbeiten beaufsichtigt.«

In der Versammlung wurde es lebendig. Das war sie, die Chance. Die Hoffnung, die niemand zu hegen gewagt hatte. Die Aussicht, den Kaiser selbst zu treffen.

Als sich die Unruhe ein wenig gelegt harte, fuhr Mon Mothma fort: »Seine Reise wurde unter höchster Geheimhaltung angetreten, aber er hat unser Spionagenetz unterschätzt. Viele Bothaner sind gestorben, um uns diese Information zu bringen.« Ihre Stimme klang streng, um sie an den Preis für dieses Unternehmen zu erinnern.

Admiral Ackbar trat vor. Sein Fachgebiet umfaßte die Abwehrsysteme des Imperiums. Er hob seine Flosse und zeigte auf das holographische Modell des von Endor ausgehenden Kraftfelds.

»Obwohl noch unfertig, ist der Todesstern nicht gänzlich ohne Abwehr«, erklärte er mit seiner beruhigend klingenden Calamarenstimme. »Er wird geschützt von einem Energieschild, der erzeugt wird von dem nahen Mond Endor. Kein Raumschiff kann ihn durchfliegen, keine Waffe durchdringen.« Er schwieg einen langen Augenblick, damit sich das einprägte. Dann sprach er langsamer weiter. »Die Abschirmung muß bei einem Angriff außer Betrieb gesetzt werden. Sobald sie nicht mehr wirkt, beziehen die Kreuzer im Umkreis Position, während die Jäger in den Aufbau fliegen, hier... und versuchen, den Hauptreaktor irgendwo hier zu treffen.« Er zeigte auf den unfertigen Teil des Todessterns.

Wieder ging ein Raunen durch die Versammlung der Kommandeure, wie eine starke Dünung durch das Meer.

»General Calrissian wird den Jägereinsatz leiten«, schloß Admiral Ackbar.

Han drehte sich zu Lando um. Seine Zweifel waren beseitigt. Er betrachtete den anderen voll Respekt.

»Viel Glück, Freund.«

»Danke«, sagte Lando schlicht.

»Du wirst es brauchen.«

Admiral Ackbar machte Platz für General Madine, der die Geheimoperationen leitete.

»Wir haben eine kleine Imperiums-Fähre beschafft«, stellte Madine zufrieden fest. »So getarnt, wird ein Einsatztrupp auf dem Mond landen und den Schildgenerator lahmlegen. Der Kontrollbunker ist gut bewacht, aber eine kleine Einheit sollte sich Zutritt verschaffen können.«

Auch diese Nachricht löste ein Stimmengewirr aus.

Leia wandte sich an Han und sagte halblaut: »Ich möchte wissen, wen sie dafür ausgesucht haben.«

Madine rief: »General Solo, ist Ihr Angriffstrupp zusammengestellt?«

Leia blickte zu Han auf. Aus der Betroffenheit wurde rasch freudige Bewunderung. Sie wußte, daß es einen Grund gab, warum sie ihn liebte, ohne Rücksicht auf seine oft krasse Gefühllosigkeit und den unsinnigen Wagemut. Er hatte trotz allem Herz.

Außerdem hatte er sich seit der Karbonisierung tatsächlich verändert. Er war kein bloßer Einzelgänger mehr, dem es nur um Geld ging. Er hatte seine Eigensucht verloren und war auf unmerkliche Weise Teil des Ganzen geworden. Er leistete in der Tat nun etwas für andere, was Leia tief bewegte. Madine hatte ihn »General« gerufen; das bedeutete, daß Han sich offiziell in die Armee hatte aufnehmen lassen. Ein Teil des Ganzen.

Solo antwortete Madine.

»Meine Truppe ist bereit, Sir, aber ich brauche eine Besatzung für die Fähre.« Er sah Chewbacca fragend an und sagte mit leiserer Stimme: »Es wird rauh zugehen, Kumpel. Ich wollte dir nichts vorwegnehmen.«

»Ruu ruufl.« Chewie schüttelte mit barscher Zuneigung den Kopf und hob seine behaarte Pfote.

»Das wäre einer«, rief Han.

»Hier ist Nummer zwei!« schrie Leia. Sie hob den Arm hoch. Zu Solo sagte sie leise: »Ich lasse dich nicht mehr aus den Augen, mein General!«

»Und ich bin auch dabei!« tönte eine Stimme hinten aus dem Saal.

Alle drehten die Köpfe. Luke stand oben auf der Treppe.

Für den letzten Jedi brandete Jubel auf.

Han konnte, obwohl das wider seine Art war, die Freude nicht unterdrücken.

»Das wären drei«, sagte er mit breitem Lächeln.

Leia lief auf Luke zu und umarmte ihn herzlich. Sie spürte plötzlich eine besondere Nähe zu ihm, die sie auf den Ernst des Augenblicks zurückführte, auf die Bedeutung ihrer Aufgabe. Aber dann fühlte sie auch in ihm eine Veränderung, ein inneres Anderssein, das aus seinem Kern strahlte – etwas, das nur sie sehen konnte.

»Was ist, Luke?« flüsterte sie. Sie hätte ihn plötzlich an sich drücken mögen, ohne zu wissen, warum.

»Nichts. Ich sage es dir eines Tages«, murmelte er. Es war ganz gewiß nicht »nichts«.

»Gut«, sagte sie, ohne ihn zu drängen. »Ich warte.« Sie machte sich Gedanken. Vielleicht war er nur anders angezogen. Das mochte es sein. Ganz in Schwarz jetzt. Er sah älter darin aus. Älter, das war es.

Han, Chewie, Lando, Wedge und ein paar andere umringten Luke, begrüßten ihn und sprachen auf ihn ein. Die ganze Versammlung löste sich in eine Vielzahl solcher kleiner Gruppen auf. Es war Zeit zum Abschiednehmen.

Artoo flötete einem etwas weniger gelassenen Threepio im Singsang etwas zu.

»›Aufregend‹ ist wohl nicht das richtige Wort«, erwiderte der goldene Droid. Da er seinem Hauptprogramm zufolge Dolmetscher und Übersetzer war, ging es Threepio natürlich darum, das richtige Wort zu finden, um die Situation zu beschreiben.

Die »Millennium Falcon« lag in der großen Dockbucht des Rebellen-Sternkreuzers, wurde beladen und gewartet. Unmittelbar dahinter befand sich die geraubte Imperiums-Fähre, inmitten all der X-Flügler der Rebellen ein Fremdkörper.

Chewie überwachte das abschließende Umladen von Waffen und Vorräten in die Fähre und beaufsichtigte den Einstieg des Einsatztrupps. Han stand mit Lando zwischen den beiden Schiffen und verabschiedete sich – vielleicht für immer.

»Nimm sie, wirklich!« sagte Solo und zeigte auf die »Falcon«. »Sie wird dir Glück bringen. Du weißt, daß sie jetzt das schnellste Schiff in der Flotte ist.« Han hatte sie, nachdem er sie von Lando gewonnen hatte, richtig frisiert. Sie war immer schon schnell gewesen, jetzt aber noch viel schneller. Und die Einbauten Solos hatten die »Falcon« wirklich zu einem Teil von ihm gemacht. In ihr steckten sein Schweiß und seine Liebe. Sein Geist. Sie Lando zu geben war der Beweis für Solos Verwandlung. Ein selbstloses Geschenk, wie er es vorher nie gegeben hatte.

Und Lando begriff.

»Danke, alter Freund. Ich passe gut auf sie auf. Du weißt ja, daß ich sie ohnehin immer besser geflogen habe als du. Wenn ich am Knüppel bin, bekommt sie keinen Kratzer ab.«

Solo sah den liebenswerten Halunken vergnügt an.

»Ich habe dein Wort darauf – keinen Kratzer.«

»Hau ab, du Gauner. Bis ich mich umsehe, verlangst du noch eine Kaution.«

»Auf bald, mein Freund.«

Sie trennten sich, ohne ihre wahren Gefühle ausgesprochen zu haben, wie bei Männern der Tat üblich; jeder ging eine Rampe hinauf in sein Schiff.

Han betrat die Kanzel der Imperiums-Fähre, während Luke an einer Heck-Navigationstafel letzte Feinkorrekturen vornahm. Chewbacca hatte den Kopilotensitz eingenommen und versuchte sich mit der fremdartigen Steuerung zurechtzufinden. Han ließ sich im Pilotensessel nieder. Chewie beklagte sich brummend über die Technik.

»Ja, ja«, sagte Solo. »Ich glaube nicht, daß man beim Imperium an einen Wookie gedacht hat, als das aufs Reißbrett kam.«

Leia kam aus dem Laderaum und setzte sich in die Nähe von Luke.

»Wir sind alle soweit.«

»Rrrwfr«, sagte Chewie und betätigte die erste Schalterreihe. Er blickte hinüber zu Solo, aber Han saß regungslos und starrte zum Fenster hinaus. Chewie und Leia folgten seinem Blick zum Objekt seiner ungeteilten Aufmerksamkeit.

Leia stieß ihn sanft an.

»He, bist du überhaupt wach?«

»Ich habe ein komisches Gefühl«, meinte Han nachdenklich. »So, als würde ich sie nie wiedersehen.« Er dachte daran, wie oft sie ihn mit ihrer Schnelligkeit, wie oft er sie mit seiner Raffinesse, seinem besonderen Gefühl gerettet hatte. Er dachte an das Universum, das sie gemeinsam gesehen, an die Zuflucht, die sie ihm geboten hatte. Daran, wie sie in enger Umarmung geschlafen hatten, still wie ein friedlicher Raum im schwarzen Schweigen der Weltraumtiefen schwebend.

Chewbacca, der mithörte, warf einen sehnsuchtsvollen Blick auf die »Falcon«. Leia legte die Hand auf Solos Schulter. Sie wußte, wie er an dem Schiff hing, und wollte ihn bei seinem stillen Abschied nicht stören, aber die Zeit wurde immer knapper.

»Los, Kapitän«, flüsterte sie. »Fliegen wir.«

Han kehrte in die Gegenwart zurück.

»Richtig. Okay, Chewie, wollen mal sehen, was die Kiste hier bringt.«

Sie starteten die Motoren der geraubten Fährrakete, schoben sich aus der Dockbucht und flogen hinaus in die endlose Nacht.

Der Bau des Todessterns ging weiter. Es wimmelte von Transportern, Spurjägern und Materialfähren. In Abständen kreiste der Super-Stern-Zerstörer um das ganze Gebiet und verfolgte den Fortgang der Arbeiten aus jedem Winkel.

Die Brücke des Stern-Zerstörers war ein geschäftiges Durcheinander. Boten liefen hin und her an einer Reihe von Fluglotsen vor ihren Flugwegverlaufs-Schirmen, die Ein- und Ausflug von Schiffen durch die Abschirmung überwachten. Dabei ging es um tausend hin- und herschießende Schiffe, und alles verlief mit höchster Exaktheit, bis Lotse Jhoff Verbindung mit einer Fähre der Lambda-Klasse herstellte, die sich dem Schild aus Sektor Sieben näherte.

»Fähre an Control, bitte melden«, tönte die Stimme in Jhoffs Kopfhörer, begleitet von den üblichen Störgeräuschen.

»Wir haben Sie jetzt auf dem Schirm«, sagte der Lotse in das Mikrophon. »Bitte Kennung.«

»Hier Fähre ›Tydirium‹. Erbitten Aufhebung des Ablenkschildes.«

»Fähre ›Tydirium‹, Freigabecode für Schilddurchflug.«

Oben in der Fähre warf Han einen sorgenvollen Blick auf die anderen und sagte in sein Funkgerät: »Wird übermittelt.«

Chewie kippte eine Reihe von Hebeln, was zu einer Folge von Hochfrequenz-Sendegeräuschen führte.

Leia biß sich auf die Unterlippe und machte sich bereit für Kampf oder Flucht.

»Jetzt erfahren wir, ob der Code den Preis wert war, den wir bezahlt haben.«

Chewie heulte nervös.

Luke starrte auf den riesigen Super-Stern-Zerstörer, der vor ihnen breit aufragte. Er hielt seinen Blick mit glitzernder Schwärze fest, füllte sein Auge wie ein bösartiger Katarakt – aber er leistete mehr, als nur seine Sicht zu verstellen. Er füllte auch sein Gehirn mit Schwärze und sein Herz dazu. Mit schwarzer Furcht und einem eigenen Wissen.

»Auf diesem Schiff ist Vader«, flüsterte er.

»Du bist nur nervös, Luke«, sagte Han zur Beruhigung aller. »Es gibt viele Kommandoschiffe. Aber wir wollen Distanz halten, Chewie«, fügte er hinzu, »ohne dabei aufzufallen.«

»Aroff rwrgh rrfruh?«

»Ich weiß nicht – flieg ganz normal«, knurrte Han.

»Sie brauchen lang zu der Codefreigabe«, sagte Leia mit gepreßter Stimme. Wenn es nun nicht klappte? Die Allianz konnte nichts unternehmen, wenn der Ablenkschild des Imperiums in Funktion blieb. Leia versuchte sich von solchen Überlegungen freizuhalten und auf den Schildgenerator zu konzentrieren, den sie erreichen wollten, bemüht, alle Zweifel und Befürchtungen zu verscheuchen, die sich auf die anderen übertragen mochten.

»Ich gefährde die Mission«, sagte Luke in einer Art innerem Gleichklang mit seiner Schwester. Aber seine Gedanken galten Vader, ihrem Vater. »Ich hätte nicht mitkommen sollen.«

Han versuchte ihn aufzumuntern.

»Wie wär's, wenn wir die Angelegenheit mal optimistisch sehen, hm?« Die negativen Ausstrahlungen bedrückten ihn.

»Er weiß, daß ich hier bin«, schwor Luke. Er starrte durch das Beobachtungsfenster auf das Kommandoschiff. Es schien ihm höhnisch zu winken. Es wartete auf ihn.

»Komm, Kleiner, du bildest dir was ein.«

»Ararh gragh«, murmelte Chewie. Sogar er wirkte düster.

Lord Vader stand regungslos und starrte den Todesstern auf einem großen Sichtschirm an. Der Anblick dieses Monuments für die dunkle Seite der Kraft erregte ihn. Er streichelte es eisig mit seinem Blick.

Es funkelte für ihn wie ein schwebendes Schmuckstück. Ein Zauberglobus. Winzige Lichtpünktchen rasten über die Oberfläche und bannten den Schwarzen Lord, als sei er ein kleines Kind, verzückt vor einem besonderen Spielzeug. Es war ein transzendenter Zustand, in dem er sich befand, ein Augenblick erhöhter Wahrnehmung.

Und dann erstarrte er ganz plötzlich mitten in der Stille seiner Betrachtung. Kein Atemzug, nicht einmal ein Herzschlag regte sich, um seine Konzentration zu stören. Er spähte mit allen Sinnen hinaus in den Äther. Was hatte er gespürt? Innerlich lauschte er. Irgendein Echo, eine Schwingung, die nur er erfaßte, war vorbeigegangen – nein, nicht vorbeigegangen. Hatte den Augenblick durchdrungen und alles verändert. Nichts war mehr wie vorher.

Er ging an der langen Reihe der Lotsen entlang, bis er die Stelle erreichte, wo Admiral Piett sich über den Flugweg-Schirm des Lotsen Jhoff beugte. Piett richtete sich auf, als Vader herankam, und neigte steif den Kopf.

»Wo will die Fähre hin?« fragte Vader leise ohne Vorrede.

Piett drehte sich zum Schirm herum und sprach ins Funkgerät.

»Fähre ›Tydirium‹, Angabe Fracht und Ziel.«

Die gefilterte Stimme des Fährpiloten tönte aus dem Empfänger.

»Ersatzteile und Techniker für den Mond.«

Der Brückenkommandeur sah Vader an. Er hoffte, daß nichts Unrechtes vorging. Vader war bei Fehlern nicht geduldig.

»Haben sie eine Codefreigabe?« fragte Vader.

»Der Code ist etwas älter, aber in Ordnung«, erwiderte Piett sofort. »Ich wollte eben die Freigabe mitteilen.« Es hatte keinen Sinn, den Lord der Sith anzulügen. Er wußte immer, ob er angelogen wurde; Lügen wurden dem Schwarzen Lord auf der Stelle offenbar.

»Ich habe ein merkwürdiges Gefühl bei diesem Schiff«, sagte Vader mehr zu sich selbst als zu den anderen.

»Soll ich sie anhalten?« fragte Piett hastig, um seinem Herrn zu Gefallen zu sein.

»Nein, lassen Sie sie durch. Ich kümmere mich selbst darum.«

»Wie Sie wünschen, Mylord.« Piett verbeugte sich, halb, um seine Überraschung zu verbergen. Er nickte Jhoff zu. Der Lotse beugte sich vor und sprach mit der Fähre »Tyridium«.

In der Fähre »Tyridium« wartete die Gruppe angespannt. Je mehr Fragen man ihnen über Dinge wie Fracht und Ziel stellte, desto größer wurde die Gefahr, sich zu verraten.

Han blickte wohlwollend auf seinen alten Wookie-Partner.

»Chewie, wenn sie nicht darauf eingehen, müssen wir ruckzuck verschwinden.« Es war eigentlich ein Abschiedswort. Alle wußten, daß sie mit dieser Kiste keinem der Schiffe hier entrinnen konnten.

Die Stimme des Lotsen krächzte zunächst unverständlich, dann kam sie klar durch.

»Fähre ›Tyridium‹, Abschirmung wird sofort aufgehoben. Bisherigen Kurs beibehalten.«

Alle bis auf Luke atmeten gleichzeitig erleichtert auf, so, als wären die Schwierigkeiten vorbei, obwohl sie doch erst anfingen. Luke starrte weiter auf das Kommandoschiff, als führe er einen stummen, komplexen Dialog.

Chewie blaffte laut.

»He, was habe ich gesagt?« Han grinste. »Kein Problem.«

Leia lächelte liebevoll.

»Hast du das zu uns gesagt?«

Solo schob den Gashebel nach vorn. Die Fähre flog geradewegs auf den grünen Mond zu.

Vader, Piett und Jhoff beobachteten den Sichtschirm im Lotsenraum, als das netzartige Ablenkgitter sich teilte, um die Fähre »Tyridium« durchzulassen, die langsam zum Mittelpunkt des Netzes strebte – zu Endor.

Vader wandte sich an den Deckoffizier und sagte mit gepreßterer Stimme, als sonst bei ihm üblich: »Macht meine Fähre fertig. Ich muß zum Kaiser.«

Ohne eine Antwort abzuwarten, schritt der Schwarze Lord davon, unverkennbar in finstersten Gedanken.

5

Die Bäume von Endor ragten dreihundert Meter empor. Ihre Stämme, bedeckt mit zottiger Rostrinde, strebten gerade hinauf wie Säulen, manche vom Umfang eines Hauses, andere beindünn. Ihr Laub war kärglich, aber von üppiger Farbe, und streute das Sonnenlicht in zarten, blaugrünen Mustern über den Waldboden.

Dicht verstreut zwischen diesen alten Riesen gab es die übliche Fülle von Waldflora – Pinien von mehreren Arten, verschiedene Laubbäume, manches Knorrige und Gekrümmte. Der Boden war vorwiegend von Farn bewachsen, an manchen Stellen so dicht, daß man an ein sanftes, grünes Meer erinnert wurde, das sich in der Waldbrise leicht bewegte.

So war der ganze Mond: grün, urtümlich, stumm. Licht sikkerte durch die schützenden Äste wie goldene Flüssigkeit, als sei die Luft selbst lebendig. Es war warm, und es war kühl. Das war Endor.

Die entwendete Imperiums-Fähre lag in einer Lichtung, viele Meilen vom amtlichen Landeplatz entfernt, getarnt mit einer Decke aus toten Zweigen, Blättern und Kompost. Wegen der Baumriesen wirkte das Schiff zwergenhaft klein. Der Stahlrumpf hätte hier ungereimt wirken müssen, wäre er nicht vollkommen unauffällig gewesen.

Auf dem Hügel neben der Lichtung begann der Rebellentrupp eben den steilen Aufstieg. Leia, Chewie, Han und Luke gingen voran, im Gänsemarsch gefolgt von der behelmten Reihe des Angriffstrupps. Die Einheit bestand aus Elite-Bodenkämpfern der Allianz. In mancher Beziehung zwar abgerissen, waren sie Mann für Mann nach Initiative, Verschlagenheit und Wildheit ausgesucht worden. Manche waren ausgebildete Kommandos, andere begnadigte Verbrecher, aber sie alle haßten das Imperium mit einer Leidenschaft, die den Selbsterhaltungstrieb zurücktreten ließ. Und sie alle wußten, daß dies der entscheidende Einsatz war. Wenn es ihnen nicht gelang, den Schildgenerator hier zu zerstören, war die Rebellion dem Untergang geweiht. Eine zweite Chance würde es nicht geben.

Demzufolge brauchte niemand sie zur Wachsamkeit aufzufordern, als sie lautlos den Waldweg hinaufstiegen. Sie waren alle, Mann für Mann, wachsamer als je zuvor in ihrem Leben.

Artoo Detoo und See Threepio bildeten die Nachhut. Artoos Kuppelkopf drehte sich unterwegs ständig und blinkte mit den Sensorlampen die unendlich hohen Bäume ringsum an.

»Biih-duop!« sagte er zu Threepio.

»Nein, ich finde es hier nicht schön«, erwiderte sein goldener Begleiter gereizt. »Bei unserem sprichwörtlichen Glück ist der Mond nur von droidenfressenden Ungeheuern bewohnt.«

Der Soldat vor Threepio drehte sich um und fauchte: »Psst!«

Threepio drehte sich nach Artoo um und flüsterte: »Ruhe, Artoo.«

Sie waren alle ein wenig nervös.

Vorne erreichten Chewie und Leia den Kamm des Hügels. Sie legten sich auf den Boden, krochen den letzten Meter und spähten über den Rand. Chewbacca hob die große Pfote, um die anderen zum Stehen zu bringen. Schlagartig schien der Wald noch stiller zu werden.

Luke und Han robbten vorwärts, um zu sehen, was die anderen sahen. Chewie und Leia zeigten in den Farn und geboten Vorsicht. Nicht weit unter ihnen, in einem kleinen Tal neben einem klaren Teich, hatten zwei Imperiums-Späher ihr Zeltlager aufgeschlagen. Sie machten sich aus ihren Rationen eine Mahlzeit und waren damit beschäftigt, sie über einem tragbaren Kocher zu wärmen. In der Nähe standen zwei Schnellräder.

»Sollen wir versuchen, sie zu umgehen?« flüsterte Leia.

»Das kostet Zeit.« Luke schüttelte den Kopf.

Han spähte hinter einem Felsbrocken hervor.

»Ja, und wenn sie uns bemerken und das melden, war alles umsonst.«

»Sind nur die beiden da?« Leia war immer noch skeptisch.

»Die sehen wir uns an«, sagte Luke lächelnd und seufzte ein wenig, als die Anspannung sich löste. Es ging los.

Leia wies den Rest der Truppe an, an Ort und Stelle zu bleiben, dann schlichen sie, Luke, Han und Chewbacca sich näher an das Lager heran.

Als sie die Lichtung fast erreicht hatten, aber immer noch durch das Dickicht gedeckt waren, schob Solo sich rasch an die Spitze.

»Bleibt hier«, zischte er. »Chewie und ich erledigen das.« Er grinste übermütig.

»Leise«, warnte Luke. »Es könnten –«

Aber bevor er ausgesprochen hatte, sprang Han zusammen mit seinem zottigen Partner auf und hetzte in die Lichtung.

»– noch mehr da sein«, sagte Luke zu sich selbst. Er blickte zu Leia hinüber.

Sie zog die Schultern hoch.

»Was hast du erwartet?« Manches änderte sich nie.

Bevor Luke reagieren konnte, wurden sie vom Lärm in der kleinen Schlucht abgelenkt. Sie preßten sich auf den Boden und schauten zu.

Han war in einen heftigen Boxkampf mit einem der Späher verwickelt – so glücklich hatte er schon seit Tagen nicht gewirkt. Der andere Späher sprang auf sein Schnellrad, um zu entkommen. Bis er jedoch die Motoren angelassen hatte, konnte Chewie ein paar Schüsse mit seinem Armbrust-Laser abgeben. Der unglückselige Späher prallte mit voller Wucht an einen Riesenbaum; eine kurze, dumpfe Explosion folgte.

Leia riß ihre Laserpistole heraus und stürzte in die Kampfzone, gefolgt von Luke. Sofort, als sie ins Freie kamen, umzuckten sie große Laserblitze und schleuderten sie zu Boden. Leia verlor ihre Waffe.

Betäubt hoben sie die Köpfe und sahen zwei weitere Imperiums-Späher auf der anderen Seite der Lichtung zu ihren in der Vegetation versteckten Schnellrädern eilen. Die Späher steckten ihre Pistolen ein, als sie sich auf die Maschinen setzten und die Motoren anließen.

Leia raffte sich taumelnd auf.

»Da drüben, noch zwei!«

»Schon gesehen«, sagte Luke und stand auf. »Bleib hier.«

Aber Leia hatte ihre eigenen Ideen. Sie rannte zum verbliebenen Raketenrad, gab Gas und jagte den flüchtenden Spähern hinterher. Als sie an Luke vorbeifuhr, sprang er hinter ihr auf, und sie fegten los.

»Schnell, Mittelschalter!« schrie er ihr über dem Getöse der Raketenmotoren zu. »Funk stören!«

Als Luke und Leia hinter den Spähern aus der Lichtung schossen, überwältigten Han und Chewie eben den letzten Gegner.

»He, wartet!« schrie Solo, aber sie waren schon fort. Er warf enttäuscht seine Waffe auf den Boden, und der Rest der Rebelleneinheit schwärmte über den Kamm in die Lichtung.

Luke und Leia rasten durch das dichte Laub, knapp einen Meter über dem Boden, Leia an der Lenkung, während Luke sich hinter ihr festhielt. Die beiden flüchtenden Späher hatten einen guten Vorsprung, aber bei zweihundert Meilen in der Stunde war Leia die bessere Fahrerin – die Begabung lag in ihrer Familie.

In Abständen bediente sie das Laser-MG an der Maschine. Aber sie war noch zu weit entfernt, um treffsicher zu sein. Die Blitze schlugen abseits der davonrasenden Zielscheiben ein, zerfetzten Bäume und setzten das Gestrüpp in Brand, während die Motorräder zwischen mächtigen, den Weg sperrenden Ästen im Zickzack fuhren.

»Näher ran!« schrie Luke.

Leia drehte auf und verringerte den Abstand. Die beiden Späher merkten, daß der Verfolger aufholte, und schlugen verwegen hierhin und dorthin Haken, rasten durch eine enge Lücke zwischen zwei Bäumen. Eines der Raketenräder streifte die Rinde, so daß der Fahrer beinahe umkippte und Gas wegnehmen mußte.

»Aufholen!« brüllte Luke Leia ins Ohr.

Sie zog ihr Motorrad so nah an das des Spähers heran, daß die Steuerschaufeln mit markerschütterndem Kreischen aneinanderstreiften. Luke sprang schlagartig von seinem Rücksitz auf den des anderen Raketenrads, packte den Späher am Hals und schleuderte ihn von der Maschine. Der weißgepanzerte Soldat krachte mit knochenzerschmetternder Wucht an einen dicken Baumstamm und versank für immer im Farnmeer.

Luke rutschte auf den Fahrersitz des Schnellrads, spielte an der Steuerung herum und schoß vorwärts, hinter Leia her, die einen Vorsprung gewonnen hatte. Gemeinsam hetzten sie dem letzten Späher nach.

Über Hügel und unter Steinbrücken flogen sie, vermieden um Haaresbreite Zusammenstöße, versengten mit dem Auspuffstrahl vertrocknete Zweige. Sie bogen nach Norden ab, vorbei an einer kleinen Schlucht, wo zwei andere Späher lagen. Einen Augenblick später nahmen diese die Verfolgung auf, jagten Luke und Leia nach und feuerten aus ihren Laserwaffen. Luke, der noch hinter Leia war, bekam einen Streifschuß ab.

»Befaß dich mit dem«, schrie er ihr zu und zeigte auf den vorausfahrenden Späher. »Ich übernehme die beiden hinter uns!«

Leia schoß davon. Im selben Augenblick zündete Luke seine Retroraketen, so daß das Raketenrad blitzschnell abgebremst wurde. Die beiden Späher auf seiner Fährte schossen wie Schatten auf beiden Seiten an ihm vorbei, weil sie nicht rechtzeitig bremsen konnten. Luke ging sofort wieder auf hohe Beschleunigung und feuerte mit seinen Waffen, nun war er der Verfolger.

Beim dritten Mal traf er. Einer der Späher wurde von einem Blitz erfaßt und schleuderte brennend an einen Felsblock.

Der Begleiter des Getroffenen warf einen kurzen Blick auf die Stichflamme, schaltete auf Höchstgeschwindigkeit und schoß davon. Luke hielt Schritt.

Viel weiter vorn setzten Leia und der erste Späher ihren Hochgeschwindigkeits-Slalom durch Bäume und tiefhängende Äste fort. Sie mußte auf so vielen Biegungen abbremsen, daß sie das Gefühl hatte, dem Verfolgten nicht näher zu kommen. Plötzlich schoß sie an einer unglaublich steilen Steigung hoch in die Luft und verschwand augenblicklich.

Der Späher drehte sich verwirrt um, ungewiß, ob er aufatmen oder das plötzliche Verschwinden des Verfolgers fürchten sollte. Wo sie hingekommen war, zeigte sich rasch. Aus den Baumwipfeln stürzte Leia auf ihn herab. Die Laserkanone feuerte. Das Motorrad des Spähers wurde von der Druckwelle eines Beinahetreffers erfaßt. Ihre Geschwindigkeit war noch größer, als sie angenommen hatte, und im nächsten Augenblick raste sie neben ihm her. Bevor sie jedoch etwas unternehmen konnte, griff er hinunter und zog eine Pistole aus dem Halfter, und bevor sie zu reagieren vermochte, drückte er ab.

Ihr Raketenrad geriet außer Kontrolle. Sie warf sich noch rechtzeitig herunter – das Motorrad explodierte an einem riesigen Baum, während Leia sich in einem Gewirr von Ästen, verfaulenden Baumstämmen und seichtem Wasser wiederfand. Das letzte, was sie sah, war der orangerote Feuerball hinter einer Rauchwolke brennender Vegetation – dann nur noch Dunkelheit.

Der Späher blickte mit selbstzufriedenem Hohnlächeln hinter sich auf die Explosion. Als er aber wieder nach vorne blickte, verschwand der befriedigte Ausdruck, weil er sich auf Kollisionskurs mit einem umgestürzten Baum befand. Einen Augenblick später blieb nur noch ein Flammenmeer.

Inzwischen holte Luke bei dem letzten Späher rasch auf. Während sie zwischen den Bäumen dahinrasten, schob Luke sich von hinten heran, bis er mit dem Soldaten auf gleicher Höhe war. Der Flüchtende riß die Maschine plötzlich auf die Seite und rammte Lukes Raketenrad. Sie schleuderten beide gefährlich und wichen gerade noch einem großen, umgestürzten Baumstamm aus. Der Späher sauste unter ihm hindurch, Luke flog darüber – und als er auf der anderen Seiten herunterkam, krachte er direkt auf das andere Fahrzeug. Die Steuerflügel verkeilten sich ineinander.

Die Raketenräder hatten Ähnlichkeit mit Einmann-Schlitten. Vorne ragten lange, dünne Stäbe heraus; an deren Spitzen befanden sich flatternde Querruder zur Steuerung. Da diese Flügel verkeilt waren, flogen die beiden Räder als Einheit dahin, obwohl jeder der beiden Fahrer lenken konnte.

Der Späher kippte stark nach rechts und versuchte Luke in ein heranschießendes Jungholz zu schleudern. In der letzten Sekunde verlagerte Luke sein ganzes Gewicht nach rechts und stellte die dahinrasenden Fahrzeuge horizontal, Luke oben, der Späher unten.

Der Soldat gab den Widerstand gegen Lukes Linksdruck plötzlich auf und legte sein Gewicht in dieselbe Richtung, so daß die Fahrzeuge sich um dreihundertsechzig Grad drehten und wieder aufrecht standen – aber direkt vor Luke ragte ein gigantischer Baum auf.

Ohne zu überlegen, sprang er ab. Einen Sekundenbruchteil später riß der Späher das Steuer nach links – die Flügel lösten sich voneinander – und Lukes führerloses Raketenrad fetzte explodierend an die Sequoie.

Luke rollte langsamer werdend einen moosbewachsenen Hang hinauf. Der Späher zog die Maschine hoch, beschrieb einen Kreis und hielt Ausschau nach seinem Gegner.

Luke stolperte aus dem Gebüsch, als das Fahrzeug mit Vollgas herangerast kam, die Laserkanone feuernd. Luke zündete den Lichtsäbel und wich nicht zur Seite. Seine Waffe lenkte alle Laserblitze ab, die der Späher auf ihn abfeuerte, aber das Raketenrad kam immer näher. In wenigen Augenblicken mußten sie zusammenprallen; die Maschine beschleunigte noch mehr, um den jungen Jedi in zwei Hälften zu zerschneiden. Im letzten Augenblick trat Luke zur Seite – auf den Sekundenbruchteil genau berechnet, ein genialer Matador vor einem Stier mit Raketenantrieb – und hieb mit einem gewaltigen Hieb des Lichtsäbels die Steuerflügel ab.

Das Fahrzeug begann zu erzittern und zu schwanken, wurde hin und her geworfen. Nach wenigen Augenblicken war es völlig außer Kontrolle geraten, kurz danach eine grollende Feuerwolke am Waldboden.

Luke löschte seinen Lichtsäbel und machte sich auf den Rückweg zu den anderen.

Vaders Raumfähre flog um den unfertigen Teil des Todessterns herum und sank schwerelos hinab in die große Dockbucht. Lautlose Lager ließen die Rampe des Schwarzen Lords herunter, lautlos waren seine Füße, als sie auf dem kalten Stahl hinunterglitten. Kalt entschlossen waren seine Schritte und schnell.

Der Hauptkorridor war voller Höflinge, die alle auf eine Audienz beim Kaiser warteten. Vader verzog verächtlich den Mund – Narren, allesamt. Gespreizte Speichellecker mit ihren Samtgewändern und geschminkten Gesichtern; parfümierte Bischöfe, die untereinander Notizen und Urteile austauschten – keiner sonst hatte Interesse daran; ölige Gunstfeilscher, gebeugt von der Last der Juwelen, noch warm vom sterbenden Leib des vorigen Besitzers; willige, wilde Männer und Frauen, begierig auf Mißhandlung.

Vader hatte keine Geduld mit solchem Abschaum. Er ging ohne ein Nicken an ihnen vorbei, obwohl gar mancher von ihnen viel für einen wohlwollenden Blick des hochgestellten Schwarzen Lords gegeben hätte.

Als er den Aufzug zum Turm des Kaisers erreichte, fand er die Tür geschlossen. Kaisergardisten in roten Gewändern, schwer bewaffnet, flankierten den Schacht und schienen Vaders Gegenwart zu übersehen. Aus dem Schatten trat ein Offizier Lord Vader in den Weg.

»Ihr könnt nicht eintreten«, sagte der Offizier ruhig.

Vader vergeudete keine Worte. Er hob die Hand, die Finger nach der Kehle des Offiziers ausgestreckt. Der Offizier begann zu ersticken. Seine Knie knickten ein, sein Gesicht wurde aschfahl. Nach Luft ringend, stieß er hervor: »Befehl... des... Kaisers.«

Vader ließ den Mann wie eine Stahlfeder von seinem Distanzgriff schnellen. Der Offizier, der wieder atmen konnte, sank zitternd zu Boden. Er rieb sich vorsichtig den Hals.

»Ich erwarte seine Verfügung«, sagte Vader. Er wandte sich ab und blickte zum Sichtfenster hinaus. Dort schwebte Endor in der Schwärze des Alls, wie durch eine innere Energiequelle erleuchtet. Er spürte die Anziehungskraft wie einen Magneten, ein Vakuum, eine Fackel in der toten Nacht.

Han und Chewie kauerten einander in der Waldlichtung gegenüber, stumm, füreinander da. Die anderen erholten sich, so gut das ging, rund um sie in Zweier- und Dreiergruppen. Alle warteten.

Sogar Threepio schwieg. Er saß neben Artoo und polierte, da er nichts Besseres zu tun fand, seine Finger. Die anderen überprüften ihre Uhren oder die Waffen, während die Nachmittagssonne langsam weiterzog.

Artoo saß regungslos, abgesehen von der kleinen Radarantenne, die oben aus seiner blauen und silbernen Kuppel ragte. Sie drehte sich unaufhörlich und suchte den Wald ab. Er strahlte die Ruhe eines gelaufenen Programms aus.

Plötzlich piepste er.

Threepio hörte mit seiner zwanghaften Polierarbeit auf und blickte angstvoll in den Wald.

»Es kommt jemand«, übersetzte er.

Der Trupp drehte sich zum Wald hin. Man hob die Waffen. Auf der Westseite knackte ein Zweig. Niemand atmete.

Mit müden Schritten trat Luke aus dem Laub in die Lichtung. Alle atmeten auf und ließen die Waffen sinken. Luke war zu erschöpft, um darauf zu achten. Er sank neben Solo auf den harten Boden und ließ sich mit einem Stöhnen zurückfallen.

»Schwerer Tag, Kleiner, hm?« meinte Han.

Luke stützte sich auf einen Ellenbogen und lächelte. Sehr viel Aufwand um ein paar Imperiums-Späher, dachte er, und dabei stand das Schwerste erst noch bevor. Trotzdem konnte Han bei seiner Lässigkeit bleiben. Eine Gabe, diese Art von Charme. Luke konnte nur hoffen, daß er nie aus dem Universum verschwinden würde.

»Warte nur, bis wir beim Generator sind«, gab er zurück.

Solo schaute sich um und blickte in den Wald hinein, aus dem Luke eben gekommen war.

»Wo ist Leia?«

Lukes Miene wurde plötzlich sorgenvoll.

»Sie ist nicht zurückgekommen?«

»Ich dachte, sie ist bei dir.« Solos Stimme wurde ein wenig lauter und schriller.

»Wir sind getrennt worden«, erklärte Luke. Er wechselte mit Solo einen grimmigen Blick. Die beiden standen langsam auf. »Wir müssen sie suchen.«

»Willst du dich nicht erst ausruhen?« fragte Han. Er sah die Erschöpfung in Lukes Gesicht und wollte ihn schonen für die bevorstehende Auseinandersetzung, die gewiß mehr Kraft fordern würde, als irgendeiner von ihnen besaß.

»Ich will Leia finden«, sagte er leise.

Han nickte, ohne zu widersprechen. Er winkte dem Rebellen-

Offizier, der stellvertretend die Einheit befehligte. Der Offizier lief heran und salutierte.

»Rücken Sie mit den Leuten vor«, befahl Solo. »Treffpunkt 0.30 Uhr am Schildgenerator.«

Der Offizier salutierte erneut und ließ seine Soldaten antreten. Nach einer Minute verschwanden sie im Gänsemarsch lautlos im Wald, erleichtert, endlich unterwegs zu sein.

Luke, Chewbacca, General Solo und die beiden Droiden wandten sich in die andere Richtung. Artoo ging voraus, während sein *Drehscanner* nach allen Werten Ausschau hielt, die Leia beschrieben, und die anderen folgten ihm in den Wald.

Das erste, was Leia spürte, war ihr linker Ellenbogen. Er fühlte sich naß an. Er lag in einer Wasserpfütze und wurde immer nasser. Sie zog den Ellenbogen aus dem Wasser, daß es leise klatschte, und spürte noch etwas: Schmerzen – im ganzen Arm, bei jeder Bewegung. Sie beschloß, sich vorerst lieber nicht zu rühren.

Das nächste, was ihr ins Bewußtsein drang, waren Geräusche. Das Klatschen ihres Arms im Wasser, das Rascheln von Laub, gelegentlich ein Vogelzwitschern. Laute des Waldes. Mit einem leisen Ächzen atmete sie kurz ein und nahm das Ächzen wahr.

Danach drangen Gerüche in ihre Nase: Feuchtigkeit, Moos, Blattgrün, Ozon, ferner Honigduft, seltene Blumen.

Mit dem Geruch kam der Geschmack – Blut auf der Zunge. Sie öffnete und schloß den Mund ein paarmal, um festzustellen, wo das Blut herkam, aber es gelang ihr nicht. Statt dessen führte der Versuch nur zur Wahrnehmung neuer Schmerzen – im Kopf, im Genick, im Rücken. Sie begann die Arme zu bewegen, aber das rief eine ganze Reihe neuer Qualen hervor; sie gab es auf.

Langsam drang ein Temperaturgefühl in ihre Sinne. Die Sonne wärmte die Finger ihrer rechten Hand; die Handfläche, im Schatten, blieb kühl. An ihre Waden blies der Wind. Ihre linke Hand, auf die Haut ihres Bauches gepreßt, war warm.

Sie fühlte sich… wach.

Langsam – eigentlich zögernd aus Sorge, die Schäden zu sehen, weil die Dinge erst Wirklichkeit wurden, wenn man sie sah, und der Anblick ihres zerschlagenen Körpers eine Wirklichkeit war, von der sie nichts wissen wollte – ganz langsam öffnete sie die Augen. Hier in Bodenhöhe wirkte alles verschwommen. Undeutliche Braun- und Grautöne im Vordergrund, die in der Entfernung zunehmend heller und grüner wurden. Langsam wurde der Blick schärfer.

Langsam bemerkte sie den Ewok.

Ein fremdartiges, kleines Pelzwesen stand einen Meter von Leias Gesicht entfernt, nicht mehr als gut neunzig Zentimeter groß. Er hatte große, dunkle, neugierige, bräunliche Augen und kurze, kleine Fingerpfoten. Von Kopf bis Fuß von weichem, braunem Pelz bedeckt, hatte er mit nichts soviel Ähnlichkeit wie mit der ausgestopften kleinen Wookie-Puppe, an die Leia sich aus ihrer Kindheit erinnerte. Als sie das Wesen vor sich zum ersten Mal bemerkte, hatte sie sogar zuerst an einen Traum gedacht, an eine Kindheitserinnerung, aufgestiegen aus ihrem mitgenommenen Gehirn.

Aber dies war kein Traum. Dies war ein Ewok. Und sein Name war Wicket.

Er war auch nicht nur drollig. Als Leia genauer hinsah, entdeckte sie an seiner Hüfte ein Messer. Das war alles, was er trug, abgesehen von einem dünnen Lederüberwurf, der nur seinen Kopf bedeckte.

Sie beobachteten einander regungslos eine lange Minute. Der Ewok schien sich über die Prinzessin den Kopf zu zerbrechen, ungewiß, was sie war oder beabsichtigte. Im Augenblick hatte Leia die Absicht herauszufinden, ob sie sich aufsetzen konnte.

Sie setzte sich stöhnend auf.

Der Laut erschreckte das kleine Wollknäuel offenbar. Der Ewok stolperte rückwärts und fiel hin.

»Iiiihp!« quäkte er.

Leia suchte sich gründlich nach ernsthaften Schädigungen ab. Ihre Kleidung war zerfetzt, überall hatte sie Schnittwunden, Prellungen und Schürfwunden – aber nichts schien gebrochen zu sein. Dafür hatte sie keine Ahnung, wo sie war. Sie stöhnte wieder.

Das reichte dem Ewok. Er sprang hoch, packte einen Speer von eineinviertel Meter Länge und hielt ihn abwehrbereit in ihre Richtung. Wachsam umkreiste er sie, stieß mit dem spitzen Speer nach ihr, unübersehbar mehr von Furcht als Angriffslust bewegt.

»He, hör auf damit.« Leia wischte die Waffe verärgert weg. Das fehlte ihr gerade noch – von einem Teddybären durchbohrt zu werden. Sanfter fügte sie hinzu: »Ich tu' dir nichts.«

Vorsichtig stand sie auf und prüfte ihre Beine. Der Ewok wich argwöhnisch zurück.

»Nur keine Angst.« Leia bemühte sich um einen beruhigenden Tonfall. »Ich will nur sehen, was mit meinem Raketenroller passiert ist.« Sie wußte, daß das kleine Wesen ruhiger werden würde, wenn sie so mit ihm sprach. Außerdem konnte es ihr nicht so schlechtgehen, wenn sie imstande war, sich auszudrücken.

Ihre Beine waren ein wenig unsicher, aber sie konnte langsam zu den verkohlten Überresten des Fahrzeugs gehen, das als halb zerschmolzener Haufen vor dem angeschwärzten Baum lag.

Ihre Bewegung führte vom Ewok fort, der das wie ein schreckhaftes Hündchen als Zeichen der Gefahrlosigkeit aufnahm und ihr zum Wrack folgte. Leia hob die Laserpistole des Imperiums-Spähers vom Boden auf; mehr war von dem Soldaten nicht übriggeblieben.

»Ich glaube, ich bin zur rechten Zeit abgesprungen«, murmelte sie.

Der Ewok betrachtete die Szene mit seinen großen, leuchtenden Augen, nickte, schüttelte den Kopf und quäkte einige Sekunden lang lauthals.

Leia blickte sich in der Runde nach dem dichten Wald um, dann setzte sie sich seufzend auf einen umgestürzten Baumstamm. Sie war jetzt auf Augenhöhe mit dem Ewok. Wieder blickten sie einander an, ein wenig verwirrt, ein wenig sorgenvoll.

»Der Haken ist der: Ich sitze hier fest«, vertraute sie ihm an. »Und ich weiß nicht einmal, wo wir hier sind.«

Sie ließ das Gesicht in die Hände sinken, zum Teil, um über die Dinge nachzugrübeln, zum Teil, um sich die schmerzenden Schläfen zu reiben. Wicket setzte sich neben sie, ahmte ihre Haltung genau nach – die Pfoten vor dem Kopf, die Ellenbogen auf den Knien – und stieß einen kleinen mitfühlenden Ewok-Seufzer aus.

Leia lachte dankbar und kraulte den Pelzkopf des kleinen Wesens zwischen den Ohren. Er schnurrte wie ein Kätzchen.

»Du hast nicht zufällig ein Funkgerät dabei?« Sehr witzig – aber sie hoffte darauf, daß ihr irgend etwas einfiel, wenn sie weitersprach.

Der Ewok blinzelte ein paarmal, sah sie aber nur verwirrt an. Leia lächelte. »Nein, das wohl nicht.«

Plötzlich erstarrte Wicket. Seine Ohren zuckten. Er schnupperte. Er legte wachsam den Kopf auf die Seite.

»Was ist?« flüsterte Leia. Daß irgend etwas nicht in Ordnung sein konnte, war ganz deutlich. Dann hörte sie es: ein leises Knakken hinter dem Gebüsch, ein Rascheln.

Schlagartig stieß der Ewok einen lauten, kreischenden Schrei aus. Leia riß ihre Pistole heraus und sprang hinter den Baumstamm; Wicket huschte neben sie und zwängte sich unter den Stamm. Lange Zeit herrschte Stille. Verkrampft und unsicher richtete Leia ihre ganze Aufmerksamkeit auf das nahe Unterholz. Kampfbereit.

Trotz ihrer Bereitschaft hatte sie nicht damit gerechnet, daß der Laserblitz von dort heranfauchte, wo er herkam – aus der Höhe oben rechts. Er explodierte vor dem Baumstamm mit einem Regen von Licht und Piniennadeln. Sie erwiderte das Feuer rasch – zwei kurze Stöße –, dann spürte sie ebenso schnell hinter sich etwas. Langsam drehte sie sich herum und sah einen Imperiums-Späher vor sich stehen, dessen Waffe auf ihren Kopf zielte. Er streckte die Hand nach ihrer Pistole aus.

»Her damit«, fuhr er sie an.

Ohne Vorwarnung kam eine Pelzhand unter dem Baumstamm heraus und stieß dem Späher ein Messer ins Bein. Der Mann heulte vor Schmerzen auf und hüpfte auf einem Bein herum.

Leia hechtete nach seiner Laserpistole, die er hatte fallen lassen. Sie rollte sich zur Seite, feuerte und traf den Soldaten genau in die Brust. Sein Herz wurde von einem Lichtblitz zerstört.

Sofort war es im Wald wieder still, Lärm und Licht waren verschluckt, wie wenn sie nie dagewesen wären. Leia blieb schwach keuchend am Boden liegen und wartete auf die nächste Attacke. Sie blieb aus.

Wicket schob den Pelzkopf unter dem Stamm heraus und schaute sich um.

»Iiiihp, rrp, scrp, uuuuh«, murmelte er erstaunt.

Leia sprang auf, lief geduckt im Kreis herum und drehte den Kopf hin und her. Zunächst schien keine Gefahr mehr zu bestehen. Sie winkte ihrem neuen kleinen Freund. »Komm, wir verschwinden hier lieber.«

Als sie in die dichte Vegetation eindrangen, übernahm Wicket die Führung. Leia zögerte zunächst, aber er kreischte sie an und zerrte an ihrem Ärmel. Sie überließ sich also dem kleinen Wesen und folgte ihm.

Sie ließ ihre Gedanken eine Weile ins Leere gehen, während ihre Füße sie rasch zwischen den Baumgiganten dahintrugen. Plötzlich kam ihr nicht nur der kleine Wuchs des Ewok zum Bewußtsein, der sie führte, sondern auch ihre eigene Winzigkeit im Vergleich zu diesen riesigen Bäumen. Manche davon waren zehntausend Jahre alt und so hoch, daß der Blick nicht bis zum Wipfel reichte. Sie waren Tempel für die Lebenskraft, in deren Auftrag sie focht; sie griffen hinaus zum Rest des Universums. Sie fühlte sich als Teil ihrer Größe und neben ihnen doch zwergenhaft.

Und einsam. Sie fühlte sich sehr einsam hier im Wald der Riesen. Ihr ganzes Leben lang hatte sie unter Riesen ihres eigenen Volkes verbracht: ihr Vater, der große Senator Organa, ihre Mutter, damals Erziehungsministerin, ihre Kollegen und Freunde, allesamt Riesen...

Aber die Bäume hier. Sie glichen mächtigen Ausrufungszeichen, die ihre eigene Überlegenheit ankündigten. Sie waren hier! Sie waren älter als die Zeit! Sie würden hier stehen, lange, nachdem Leia nicht mehr war, nach der Rebellion, nach dem Imperium...

Und dann fühlte sie sich nicht mehr einsam, sondern wieder als Teil dieser grandiosen, edlen Wesen. Ein Teil von ihnen über Zeit und Raum hinaus, verbunden durch die vibrierende, vitale Lebenskraft, von der...

Es war verwirrend genug. Teil davon und doch kein Teil. Sie konnte es nicht fassen. Sie kam sich groß und klein zugleich vor, tapfer und furchtsam. Sie fühlte sich wie ein winziger, schöpferischer Funke, der in den Feuern des Lebens tanzte... hinter einem verstohlenen, zwergenhaften Geschöpf her, das sie immer tiefer in den Wald hineinführte.

Das also war es, um dessen Erhaltung die Allianz kämpfte – kleine Pelzwesen in Mammutwäldern, die verängstigte, tapfere Prinzessinnen in Sicherheit brachten. Leia wünschte sich, ihre Eltern sollten noch am Leben sein, damit sie ihnen das erzählen konnte.

Lord Vader trat aus dem Aufzug und blieb am Eingang zum Thronsaal stehen. Die Lichtkabel auf beiden Schachtseiten summten und warfen unheimliches Licht auf die kaiserlichen Gardisten, die dort standen. Er marschierte entschlossen den Laufgang hinunter, die Stufe hinauf und wartete unterwürfig hinter dem Thron, regungslos in kniender Haltung.

Beinahe augenblicklich hörte er die Stimme des Kaisers.

»Steht auf. Steht auf und sprecht, mein Freund.«

Vader stand auf, als der Thron sich herumdrehte und der Kaiser ihm gegenübersaß.

Ihre Augen trafen sich aus Lichtjahren und einem Seelenhauch Entfernung. Über diesen Abgrund hinweg sagte Vader: »Mein Gebieter, eine kleine Rebelleneinheit hat den Schild durchbrochen und ist auf Endor gelandet.«

»Ja, ich weiß.« Seine Stimme verriet keine Spur von Erstaunen; es war eher Erfülltheit.

Vader nahm das zur Kenntnis und fuhr fort: »Mein Sohn ist bei ihnen.«

Die Stirn des Kaisers furchte sich unmerklich. Seine Stimme blieb kühl und sachlich, verriet allenfalls einen Anflug von Neugierde.

»Seid Ihr sicher?«

»Ich habe ihn gespürt, mein Gebieter.« Es war beinahe Hohn dabei. Er wußte, daß der Kaiser Angst hatte vor dem jungen Skywalker und seiner Macht. Nur gemeinsam konnten Vader und der Kaiser hoffen, den Jedi-Ritter auf die dunkle Seite herüberzuziehen.

Er wiederholte es noch einmal und hob seine Einzigartigkeit damit hervor: »Ich habe ihn gespürt.«

»Seltsam, daß ich ihn nicht spüren konnte«, murmelte der Kaiser. Seine Augen wurden zu Schlitzen. Sie wußten beide, daß die Kraft nicht allmächtig und daß niemand bei ihrer Anwendung unfehlbar war. Es hatte zu tun mit Wachsamkeit, mit Weitsicht. Gewiß waren Vader und sein Sohn enger miteinander verbunden als der Kaiser und der junge Skywalker – aber zusätzlich wurde sich der Kaiser nun einer Querströmung bewußt, die er bis dahin nicht bemerkt hatte, ein Ausschlagen der Kraft, das er nicht ganz verstand. »Ich frage mich, ob Eure Empfindungen in dieser Sache klar sind, Lord Vader.«

»Sie sind klar, mein Gebieter.« Er wußte von der Nähe seines Sohnes. Sie ärgerte ihn und trieb ihn an und lockte ihn, heulte mit ihrer ganz eigenen Stimme.

»Dann müßt Ihr zum Mond gehen und auf ihn warten«, erklärte Kaiser Palpatine schlicht. Solange die Dinge klar waren, waren sie klar.

»Er wird zu mir kommen?« fragte Vader skeptisch. Das war nicht das, was er fühlte. Er kam sich hintergangen vor.

»Aus freien Stücken«, versicherte der Kaiser. Es mußte aus freiem Willen geschehen, sonst war alles verloren. Ein Geist konnte zur Verderbnis nicht gezwungen, sondern nur verführt werden. Er mußte aktiv mitwirken. Er mußte begierig sein. Luke Skywalker wußte das alles und umkreiste das dunkle Feuer dennoch wie eine Katze. Geschicke konnten niemals mit letzter Gewißheit vorausgeahnt werden – aber Skywalker würde kommen, soviel stand fest. »Ich habe es vorausgesehen. Seine Barmherzigkeit für Euch wird sein Untergang sein.« Barmherzigkeit war stets die Achillesferse der Jedi gewesen und würde es bleiben. Es war die einzige Stelle der Verwundbarkeit. Der Kaiser hatte keine. »Der Junge wird zu Euch kommen, und dann werdet Ihr ihn zu mir bringen.«

Vader verbeugte sich tief.

»Wie Ihr befehlt.«

Der Kaiser entließ den Schwarzen Lord mit spürbarer Bosheit. Vader verließ den Thronsaal mit grimmiger Entschlossenheit, um die Raumfähre nach Endor zu besteigen.

Luke, Chewie, Han und Threepio kämpften sich hinter Artoo, dessen Antenne ständig rotierte, methodisch durch das Dickicht. Es war erstaunlich, wie der kleine Droid in einer Dschungellandschaft wie dieser einen Weg bahnen konnte. Er tat es ohne große Umstände; die kleinen Schneidewerkzeuge an seinem Gehgerät und an der Kuppel durchtrennten mühelos alles, was zu dicht verfilzt war, um beiseite geschoben zu werden.

Artoo blieb plötzlich stehen, was seine Begleiter in einige Verwirrung versetzte. Seine Radarantenne drehte sich schneller, er klackte und surrte vor sich hin, dann stürzte er mit aufgeregten Tönen vorwarts.

»Wrrr dIIHP dWP buuuuu dWIIH op!«

Threepio hetzte hinter ihm her.

Sie stürmten knapp vor den anderen in eine Lichtung und kamen im Gedränge zum Stillstand. Die verkohlten Überreste von drei Raketenrädern lagen im Umkreis verstreut – ganz zu schweigen von den Überresten einiger Imperiums-Späher.

Sie schwärmten aus, um die Wracks zu besichtigen. Bis auf einen abgerissenen Fetzen von Leias Jacke war nichts Bemerkenswertes zu entdecken. Han hielt ihn nachdenklich in der Hand.

»Artoos Sensoren können sonst keine Spuren von Prinzessin Leia feststellen«, sagte Threepio leise.

»Ich hoffe, sie liegt hier nicht irgendwo hilflos in der Nähe«, sagte Han zu den Bäumen. Er wollte sich nicht mit dem Gedanken befassen, sie verloren zu haben. Nach allem, was sich zugetragen hatte, konnte er einfach nicht glauben, daß es so mit ihr zu Ende gegangen sein sollte.

»Sie scheint auf zwei Gegner gestoßen zu sein«, sagte Luke, nur, um irgend etwas von sich zu geben. Keiner wollte so weit gehen, Schlußfolgerungen zu ziehen.

»Sie scheint sich wacker geschlagen zu haben«, erwiderte Han ein wenig barsch. Er sagte es zu Luke, aber vor allem zu sich selbst.

Nur Chewbacca schien sich für die Lichtung, in der sie standen, nicht zu interessieren. Er stand da und starrte auf die dichte Vegetation gegenüber, dann zog er die Nase hoch und schnupperte.

»Rahrr!« rief er und stürzte hinein ins Dickicht. Die anderen liefen ihm nach.

Artoo pfiff leise und nervös.

»Was hast du aufgeschnappt?« fuhr ihn Threepio an. »Äußere dich ein bißchen deutlicher, wenn es geht, ja?«

Die Bäume wurden merklich größer, als die Gruppe weiterstrebte. Nicht, daß man irgendwo hätte weiter hinaufblicken können, aber der Umfang der Stämme nahm immer mehr zu. Der Rest des Waldes lichtete sich dabei ein wenig, so daß man leichter vorankam, aber sie hatten alle das deutliche Gefühl, zusammenzuschrumpfen. Eine unheimliche Empfindung.

Schlagartig hörte das Unterholz auf und machte wieder einer Lichtung Platz. An ihrem Ende war eine einzelne, hohe Stange in den Boden gerammt, von der mehrere große, rohe Fleischstücke herabhingen. Die Suchenden rissen die Augen auf, dann gingen sie langsam auf die Stange zu.

»Was ist das?« Threepio sprach aus, was alle dachten.

Chewbaccas Nase geriet in Verzückung, in eine Art Geruchsdelirium. Er hielt sich zurück, solange er konnte, vermochte dann aber nicht mehr zu widerstehen. Er griff nach einem der Fleischstücke.

»Nein, warte!« schrie Luke. »Nicht –«

Aber es war schon zu spät. Im selben Augenblick, als das Fleisch heruntergerissen wurde, schoß um die Abenteurer ein riesiges Netz hoch und schnellte sie mit einem Gewirr von Armen und Beinen in die Höhe.

Artoo pfiff wild – nach seinem Programm verabscheute er es, auf dem Kopf zu stehen – während der Wookie bedauernd blaffte.

Han schob eine behaarte Pfote von seinem Mund und spuckte Pelzhaare aus.

»Toll, Chewie. Großartig gemacht. Immer mit dem Bauch denken –«

»Hört auf«, rief Luke. »Sehen wir lieber zu, wie wir hier rauskommen.« Er versuchte erfolglos seine Arme zu befreien; einer steckte hinter ihm im Netz fest, der andere lag unter Threepios Bein. »Kommt jemand an meinen Lichtsäbel?«

Artoo lag zuunterst. Er schob sein Schneidgerät heraus und begann die Maschen des Rankennetzes zu durchtrennen.

Inzwischen versuchte Solo seinen Arm an Threepio vorbeizuschieben, bemüht, an den Lichtsäbel zu gelangen, den Luke an der Hüfte hängen hatte. Sie rutschten ruckartig tiefer, als Artoo wieder ein Stück Netz durchtrennte, so daß Solos und Threepios Gesichter aneinandergepreßt wurden.

»Weg da, Goldbein – nhf – weg von –«

»Was denken Sie, wie mir zumute ist?« ereiferte sich Threepio. In einer Situation wie dieser gab es kein Protokoll.

»Ich kann ja wirklich –«, begann Han, aber plötzlich durchschnitt Artoo das letzte Bindeglied, und die ganze Gruppe stürzte aus dem Netz krachend zu Boden. Als sie langsam zu sich fanden, sich aufsetzten, nachprüften, ob alle unverletzt waren, begriffen sie der Reihe nach, daß sie umstellt waren von zwanzig kleinen Fellgeschöpfen, die alle weiche Lederkapuzen oder -kappen trugen und alle Speere schwangen.

Einer kam nah heran, hielt Han einen langen Speer ins Gesicht und kreischte: »Iiiih wk!«

Solo stieß die Waffe weg und fuhr ihn an.

»Ziel damit woanders hin.«

Ein zweiter Ewok geriet in Aufregung und stieß zu. Wieder wehrte Solo den Speer ab, erlitt dabei aber eine Armverletzung.

Luke griff nach seinem Lichtsäbel, aber in diesem Augenblick stürzte ein dritter Ewok nach vorne, stieß die Angriffslustigeren weg und beschimpfte sie in aufgebrachtem Ton. Luke beschloß deshalb, den Lichtsäbel noch nicht zu benutzen.

Han dagegen war verletzt und wütend. Er wollte seine Pistole ziehen. Luke hielt ihn mit einem Blick zurück, bevor die Waffe aus dem Halfter war.

»Tu's nicht – das renkt sich ein«, fügte er hinzu. Niemals sollst du dich vom äußeren Schein trügen lassen, hatte Ben ihm oft erklärt. Luke kannte sich mit den kleinen Pelzwesen nicht recht aus, hatte aber ein Gefühl.

Han hielt seinen Arm fest und hielt still, während die Ewoks ausschwärmten und alle ihre Waffen beschlagnahmten.

Luke übergab sogar seinen Lichtsäbel. Chewie knurrte argwöhnisch.

Artoo und Threepio befreiten sich aus dem aufgeschnittenen Netz, während die Ewoks aufgeregt miteinander schnatterten.

Luke wandte sich an den goldenen Droiden...

»Threepio, kannst du verstehen, was sie sagen?«

Threepio löste sich aus der Netzfalle und betastete sich nach Kratzern und Klappergeräuschen.

»O mein Kopf«, klagte er.

Beim Anblick seines aufgerichteten Körpers begannen die Ewoks miteinander zu quietschen, gestikulierten und deuteten.

Threepio sprach den mutmaßlichen Anführer an.

»Tschrih brihb a shörr da.«

»Blo wriiih dbliiop wihschrih!« erwiderte das Wesen.

»Da wii shiiihs?«

»Riiop glwah wrripsh.«

»Schrii?«

Plötzlich ließ einer der Ewoks seinen Speer mit einem kleinen Ächzen fallen und warf sich vor dem schimmernden Droiden auf den Boden. Die anderen Ewoks folgten im nächsten Augenblick seinem Beispiel. Threepio sah seine Freunde mit einem verlegenen Achselzucken an.

Chewie ließ ein verwirrtes Blaffen hören. Artoo surrte versonnen. Luke und Han betrachteten die Schar Kotau machender Ewoks mit Erstaunen.

Auf ein nicht erkennbares Signal aus der Gruppe heraus begannen die Ewoks im Chor zu rufen: »Ihki woh, ihki woh, Rhiekie rhiki woh...«

Han starrte Threepio fassungslos an.

»Was hast du zu ihnen gesagt?«

»›Hallo‹, soviel ich weiß«, erwiderte Threepio, als wolle er sich dafür entschuldigen. Er fügte hastig hinzu: »Ich kann mich irren, sie sprechen einen sehr primitiven Dialekt… Ich glaube, sie halten mich für eine Art Gott.«

Chewbacca und Artoo hielten das für schrecklich komisch. Sie pfiffen und blafften eine Weile wie von Sinnen, bis sie sich beruhigten. Chewbacca wischte sich eine Lachträne aus dem Auge.

Han schüttelte mit einem müden Blick nur den Kopf.

»Na, vielleicht gebrauchst du deinen göttlichen Einfluß, um uns hier herauszuholen, ja?« schlug er rücksichtsvoll vor.

Threepio richtete sich zu seiner vollen Größe auf und sagte mit unerbittlicher Strenge: »Ich bitte um Verzeihung, Captain Solo, aber das wäre nicht schicklich.«

»Nicht schicklich?« brüllte Solo auf. Er hatte immer gewußt, daß dieser Droidenkerl bei ihm eines Tages zu weit gehen würde. Das mochte der Tag sein.

»Es verstößt gegen meine Programmierung, fälschlich als Gottheit aufzutreten«, antwortete er in einem Ton, als bedürfe etwas so Eindeutiges nun wahrlich keiner Erklärung.

Han ging drohend auf den Protokoll-Droiden zu. Es juckte ihn in den Fingern, ihm irgendeinen Stöpsel zu ziehen.

»Hör mal, du Sack voll Schrauben, wenn du nicht auf der Stelle –« Weiter kam er nicht. Fünfzehn Ewok-Speere ragten ihm bedrohlich ins Gesicht. »War nur Spaß«, sagte er mit einem freundlichen Lächeln.

Die Kolonne der Ewoks zog langsam in den Wald hinein, der immer finsterer wurde – winzige, düstere Gestalten, die sich zentimeterweise durch das Labyrinth eines Riesen schoben. Die Sonne war am Untergehen, die langen, sich kreuzenden Schatten ließen das höhlenartige Reich noch imposanter erscheinen als zuvor. Dessenungeachtet schienen die Ewoks sich zu Hause zu fühlen und bogen ohne Zögern in einen verfilzten Rankenweg nach dem anderen ein.

Auf ihren Schultern trugen sie die vier Gefangenen – Han, Chewbacca, Luke, Artoo – an langen Stangen gebunden, vielfach mit Ranken umwickelt, bewegungsunfähig wie zappelnde Larven in plumpen Blattkokons.

Hinter den Gefangenen wurde Threepio auf einer Tragbahre aus grob zugeschnittenen Ästen in Form eines Stuhls hoch auf den Schultern der kleinen Ewoks getragen. Wie ein Potentat betrachtete er den mächtigen Wald, durch den man ihn trug – den prachtvollen, violetten Sonnenuntergang, leuchtend zwischen dem Rankenwerk, die exotischen Blüten, die sich zu schließen begannen, die alterslosen Bäume, die glänzenden Farne – und wußte, daß noch niemand vor ihm diese Dinge genau auf jene Art auf sich hatte wirken lassen, wie er es hier tat. Niemand sonst besaß seine Sensoren, seine Schaltungen, seine Programme, seine Datenspeicher – und so war er auf eine durchaus wahre Art wirklich der Schöpfer dieses kleinen Universums, seiner Bilder und Farben.

Und dies war gut so.

6

Der Sternenhimmel schien Luke sehr nah über den Baumwipfeln zu sein, als er und seine Freunde in das Ewok-Dorf getragen wurden. Anfangs erkannte er nicht einmal, daß er ein Dorf vor sich hatte; er hielt die winzigen, orangegelben Lichtfunken zunächst für Sterne. Das galt besonders, wenn er – auf dem Rücken liegend, an die Stangen gebunden – die hellen Lichtpunkte direkt über sich zwischen den Bäumen glitzern sah.

Aber dann wurde er über verschachtelte Treppen und verborgene Rampen im Inneren der Riesenstämme hochgetragen, und je höher sie kamen, desto größer und hörbar knackender wurden die Lichter. Als die Gruppe in den Bäumen Dutzende von Metern hoch war, begriff Luke endlich, daß die Lichter Lagerfeuer waren – in den Baumkronen.

Sie wurden schließlich hinausgeschafft auf einen wackeligen

Laufgang aus Holz, zu weit über dem Boden, als daß man unter sich etwas anderes hätte sehen können als den abgrundtiefen Schlund. Einen peinigenden Augenblick lang fürchtete Luke, man werde sie einfach über den Rand kippen, um ihre Geschicklichkeit zu prüfen. Die Ewoks hatten jedoch etwas anderes im Sinn.

Die schmale Plattform endete mitten zwischen zwei Bäumen. Das erste Wesen der Kolonne ergriff eine lange Liane und schwang sich hinüber zum weit entfernten Stamm. Wenn Luke den Kopf verdrehte, konnte er erkennen, daß in den Riesenumfang eine große Höhlenöffnung eingeschnitten war. Über den Abgrund wurden Ranken rasch hin- und hergeworfen, bis eine Art Gitter entstand, dann fühlte Luke, wie er auf dem Rücken hinübergezogen wurde, noch immer an die Stangen gefesselt. Er blickte einmal hinunter in die Leere. Ein unbehagliches Gefühl.

Drüben ruhten sie sich auf einer schwankenden, schmalen Plattform aus, bis alle herübergekommen waren. Dann lösten die winzigen Affenbären das Rankengeflecht und begaben sich mit ihren Gefangenen ins Bauminnere. Dort herrschte undurchdringliche Dunkelheit, aber Luke hatte den Eindruck, daß es mehr ein Tunnel durch das Holz als eine richtige Höhle war. Überall hatte man den Eindruck dichter, fester Wände, wie ein Gang, der tief in einen Berg hineinführte. Als sie fünfzig Meter danach heraustraten, befanden sie sich auf dem Dorfplatz.

Eine Anzahl hölzerner Plattformen, Planken und Laufgänge verband eine weitläufige Gruppe riesiger Bäume. Von diesem Gerüst wurde ein Hüttendorf getragen, errichtet aus einer merkwürdigen Verbindung von versteiftem Leder und mit Lehm beworfenem Flechtwerk, Schilfdächern und Lehmböden. Vor vielen Hütten brannten kleine Lagerfeuer. Die Funken wurden erfaßt von einem kunstvollen System hängender Ranken, die sie zu einem Erstickungspunkt leiteten. Und überall Hunderte von Ewoks.

Köche, Gerber, Wächter, Großväter. Ewok-Mütter hoben beim Anblick der Gefangenen weinende Kleinkinder hoch und huschten in ihre Hütten oder zeigten mit Fingern und murmelten. Essensrauch hing in der Luft; Kinder spielten; fahrende Sänger spielten fremdartige, hallende Musik auf ausgehöhlten Baumstämmen und Blasrohren.

Unter ihnen lag riesige Schwärze und über ihnen eine noch gewaltigere, aber hier in diesem kleinen Dorf spürte Luke Wärme und Licht und einen besonderen Frieden.

Die Kolonne von Bewachern und Gefangenen hielt vor der größten Hütte. Luke, Chewie und Artoo wurden an ihren Stangen an einen Nachbarbaum gelehnt. Man band Han an einen Spieß und hängte ihn über einen Holzhaufen, der verdächtig nach einem Bratfeuer aussah. Dutzende von Ewoks versammelten sich und sprachen mit lebhaften Quietschlauten aufgeregt durcheinander.

Teebo kam aus dem großen Gebäude. Er war ein wenig größer als die anderen und unzweifelhaft wilder. Sein Fell war ein Muster aus hell- und dunkelgrauen Streifen. Statt der üblichen Lederkapuze trug er auf seinem Kopf den Halbschädel eines gehörnten Tieres, das er zusätzlich noch mit Federn geschmückt hatte. In der Hand hielt er eine Steinaxt, und sogar für jemanden von der Kleinheit der Ewoks hatte er einen herausfordernden Gang.

Er besah sich die Gruppe beiläufig und schien dann eine Art Ankündigung zu äußern. Ein Angehöriger des Jagdtrupps trat vor – Paploo, der Ewok mit dem Überwurf, der die Gefangenen inzwischen zu beschützen hatte, wie es schien.

Teebo besprach sich kurze Zeit mit Paploo. Aus dem Gespräch wurde jedoch rasch eine hitzige Auseinandersetzung, wobei Paploo die Partei der Rebellen zu ergreifen schien, während Teebo dem Anschein nach alle Überlegungen beiseite wischte. Der Rest des Völkchens stand dabei und verfolgte die Debatte mit großer Aufmerksamkeit. Ab und zu wurden Bemerkungen gerufen, oder man quäkte aufgeregt durcheinander.

Threepio, dessen Sänftenthron an einen Ehrenplatz nicht weit von der Stange getragen worden war, an die man Luke gebunden hatte, verfolgte die anhaltende Streitigkeit gebannt. Er begann für Luke und die anderen ein-, zweimal zu übersetzen, verstummte aber schon nach wenigen Worten wieder, weil so schnell gesprochen wurde, daß er nichts versäumen wollte. Aus diesem Grund vermittelte er an Information nicht mehr als die Namen der beteiligten Ewoks.

Han sah mit zweifelndem Stirnrunzeln zu Luke hinüber. »Das gefällt mir gar nicht.«

Chewie bestätigte mit lautem Knurren.

Plötzlich kam Logray aus der großen Hütte und brachte durch sein Erscheinen alle zum Schweigen. Kleiner als Teebo, war er nichtsdestoweniger offenkundig das Ziel größerer Verehrung durch die übrigen Ewoks. Auch er trug einen Halbschädel auf dem Kopf – den irgendeines großen Vogels, auf dem Kamm war eine einzige Feder befestigt. Sein Fell war jedoch bräunlich gestreift, sein Gesicht wirkte weise. Er trug keine Waffen, nur einen Beutel an der Seite und einen Stab, auf dem das Rückgrat eines ehemals mächtigen Feindes steckte.

Er betrachtete die Gefangenen der Reihe nach prüfend, schnupperte an Han, befühlte den Stoff von Lukes Kleidung. Teebo und Paploo plapperten erregt auf ihn ein, um ihre Standpunkte darzulegen, aber da er kein Interesse zu hegen schien, hörten sie bald auf.

Als Logray zu Chewbacca kam, zeigte er sich fasziniert und tastete den Wookie mit seinem Knochenstab ab. Chewie nahm das jedoch nicht hin, sondern fauchte den winzigen Bären-Mann böse an. Logray brauchte nichts weiter und trat hastig zurück. Gleichzeitig griff er in seinen Beutel und streute in Chewies Richtung Kräuter.

»Vorsicht, Chewie«, warnte Han von der anderen Seite auf dem Platz. »Das muß der Chef hier sein.«

»Nein«, verbesserte Threepio, »ich glaube eher, daß er ihr Medizinmann ist.«

Luke wollte eingreifen, nahm sich dann aber vor, noch zu warten. Es war besser, wenn diese kleine Gemeinschaft auf ihre eigene Art zu ihren Schlüssen über sie kam. Die Ewoks schienen für ein so freischwebendes Volk seltsam starrsinnig zu sein.

Logray ging hin, um Artoo Detoo zu betrachten, ein höchst wundersames Wesen. Er schnupperte, betastete und streichelte die Metallhaut des Droiden, dann verkniff er sein Gesicht zu einem Ausdruck der Verblüffung. Nachdem er eine Weile nachgedacht hatte, befahl er, den kleinen Roboter loszubinden.

Die Menge murmelte aufgeregt und wich einen Meter zurück. Artoos Rankenfesseln wurden von zwei Wachen durchtrennt. Der Droid rutschte an seiner Stange herunter und krachte hart auf den Boden.

Die Wachen stellten ihn aufrecht. Artoo war überaus aufgebracht. Er wählte Teebo als Urheber seiner Demütigung aus, piepte hemmungslos und begann den entsetzten Ewok im Kreis herumzujagen. Die Menge brüllte – die einen feuerten Teebo an, die anderen ließen quäkenden Zuspruch für den von Sinnen geratenen Droiden hören.

Schließlich kam Artoo so nah an Teebo heran, daß er ihn mit einer elektrischen Ladung treffen konnte. Der getroffene Ewok sprang in die Luft, quietschte heiser und rannte davon, so schnell ihn seine kurzen Beine tragen konnten. Wicket schlüpfte unbemerkt in die Hütte, als die Zuschauer Empörung beziehungsweise Freude bekundeten.

Threepio war entrüstet.

»Artoo, hör auf damit! Du machst alles nur noch schlimmer.«

Artoo sauste vor den goldenen Droiden hin und begann eine heftige Zornesrede zu piepsen.

»Wriih op duh rhi vrr-gk gdk dk whu dpü dhop vrih duh dwiht...«

Dieser Ausbruch verärgerte Threepio nicht wenig. Mit einem hochmütigen Ruck setzte er sich auf seinem Thron gerade.

»Das ist keine Art, mit jemandem in meiner Stellung zu reden.«

Luke fürchtete, die Situation könnte ganz aus dem Gleis geraten. Er rief mit einem Anflug von Ungeduld seinem getreuen Droiden zu: »Threepio, ich glaube, es ist an der Zeit, daß du dich für uns verwendest.«

Threepio wandte sich, allerdings mit Widerstreben, an die Versammlung flauschiger Wesen und hielt eine kurze Rede, während der er in Abständen auf seine angebundenen Freunde zeigte.

Logray geriet dadurch sichtlich aus der Fassung. Er schwenkte den Stab, stampfte mit den Füßen, kreischte den goldenen Droiden eine ganze Minute an. Zum Abschluß seiner Erklärung nickte er mehreren aufmerksamen Genossen zu, die das Nicken erwiderten und die Grube unter Han mit Feuerholz zu füllen begannen.

»Also, was hat er gesagt?« rief Han nicht ohne Sorge.

Threepio wirkte geknickt.

»Ich bin sehr verlegen, Captain Solo, aber allem Anschein nach sollen Sie der Hauptgang bei einem Festbankett zu meinen Ehren sein. Er ist sehr beleidigt darüber, daß ich etwas anderes vorschlage.«

Bevor noch ein Wort gesprochen werden konnte, begannen Baumtrommeln in unheimlichem Rhythmus zu dröhnen. Wie auf Befehl drehten sich alle wuscheligen Köpfe zur Öffnung der großen Hütte. Heraus traten Wicket und hinter ihm Häuptling Chirpa.

Chirpa hatte graues Fell und bekundete sofort einen starken Willen. Auf seinem Kopf trug er einen Kranz aus Blättern, Zähnen und den Hörnern großer Tiere, die er im Kampf überwältigt hatte. In der rechten Hand trug er einen Stab aus dem Langknochen eines Flugreptils, in der linken einen Leguan, der sein Schoßtier und Berater zu sein schien.

Er erfaßte die Szene auf dem Dorfplatz mit einem Blick, dann drehte er sich um und wartete auf den Gast, der nun erst hinter ihm aus der Hütte trat.

Der Gast war die schöne junge Prinzessin von Alderaan.

»Leia!« schrien Luke und Han gleichzeitig.

»Rahrhah!«

»Buh dIIHdwih!«

»Hoheit!«

Mit einem kleinen Aufschrei stürzte sie auf ihre Freunde zu, aber eine Phalanx von Ewoks versperrte ihr den Weg mit Speeren. Sie sah Häuptling Chirpa und wandte sich an ihren Roboter-Dolmetscher.

»Threepio, sag ihnen, daß das meine Freunde sind. Sie müssen freigelassen werden.«

Threepio sah Chirpa und Logray an.

»Ihp squih rhiau«, sagte er überaus höflich. »Squiau roah mihp mihb ihrah.«

Chirpa und Logray schüttelten mit einer Entschiedenheit, die Widerspruch nicht duldete, die Köpfe. Logray rief einen Befehl an seine Helfer, die eifrig fortfuhren, unter Han Brennholz aufzuschichten.

Han wechselte mit Leia einen hilflosen Blick.

»Irgendwie habe ich das Gefühl, daß uns das nicht viel geholfen hat.«

»Luke, was können wir tun?« sagte Leia drängend. Damit hatte sie ganz und gar nicht gerechnet. Sie hatte erwartet, man würde ihr einen Führer geben, der sie zu ihrem Schiff zurückbrachte, oder schlechtestenfalls Unterkunft und einen Bissen für die Nacht. Sie konnte diese Wesen nicht begreifen. »Luke?« sagte sie fragend.

Han hatte eben einen Vorschlag machen wollen, als er stutzte, ein wenig erstaunt über Leias plötzliches Zutrauen zu Luke. Das war ihm bislang noch gar nicht aufgefallen; er registrierte es auch jetzt nur kurz.

Bevor er jedoch seinen Plan vortragen konnte, meldete sich Luke zu Wort.

»Threepio, sag ihnen, daß du zornig wirst und deine Magie spielen läßt, wenn sie nicht tun wollen, was du wünschst.«

»Aber was für Magie, Master Luke?« wandte der Droid ein. »Ich kann überhaupt –«

»Sag es ihnen!« befahl Luke, ganz wider seine Gewohnheit die Stimme erhebend. Manchmal konnte Threepio sogar die Geduld eines Jedi überfordern.

Der Dolmetscher-Droid wandte sich an die große Versammlung und sprach mit großer Würde.

»Ihmihblih scrihsh oahr aish sh shihstih miph ihp ihp.«

Die Ewoks gerieten durch diese Mitteilung in helle Aufregung. Sie wichen alle mehrere Schritte zurück, ausgenommen Logray, der zwei Schritte vortrat. Er schrie Threepio etwas zu, das ganz auffällig nach einer Herausforderung klang.

Luke schloß seine Augen, um sich ganz zu konzentrieren. Threepio begann auf schrecklich unsichere Weise zu plappern, als sei er bei der Fälschung seines eigenen Programms ertappt worden.

»Sie glauben mir nicht, Master Luke, genau, wie ich Ihnen gesagt habe...«

Luke hörte aber nicht auf den Droiden; er ließ sein Bild im Inneren entstehen. Sah ihn schimmernd und goldglänzend auf seinem Thron aus Zweigen sitzen, hierhin und dorthin nicken, über die belanglosesten Dinge reden, mitten in der schwarzen Leere von Lukes Bewußtsein... und langsam in die Höhe schweben.

Langsam erhob sich Threepio in die Lüfte.

Anfangs bemerkte er es nicht; keinem fiel es auf. Threepio sprach einfach weiter, als seine ganze Sänfte sich mit ihm entfernte.

»...gesagt, ich habe gesagt, Ihnen gesagt, daß sie es nicht tun. Ich weiß nicht, warum Sie – wha – warten Sie... was geht hier vor...?«

Threepio und die Ewoks begriffen ungefähr alle zur selben Zeit, was vorging. Die Ewoks wichen in Entsetzen vor dem schwebenden Thron zurück. Threepio begann sich nun zu drehen, als säße er auf einem Drehstuhl. Anmutige, majestätische Drehung.

»Hilfe«, flüsterte er. »Artoo, hilf mir.«

Häuptling Chirpa schrie seinen geduckten Helfern Befehle zu. Sie eilten herbei und nahmen den Gefangenen die Fesseln ab. Leia, Han und Luke umarmten einander bewegt. Eine seltsame Umgebung für den ersten Sieg dieses Feldzugs gegen das Imperium, so schien es ihnen.

Luke nahm hinter sich ein klagendes Piepsen wahr. Er drehte sich um und sah Artoo zu dem immer noch rotierenden Threepio hinaufstarren. Luke ließ den goldenen Droiden langsam auf den Boden herabsinken.

»Danke, Threepio.« Der junge Jedi klopfte ihm dankbar auf die Schulter.

Threepio, noch immer ein wenig betroffen, stand mit bebendem, staunendem Lächeln auf.

»Aber – aber – ich wußte gar nicht, daß ich das in mir habe.«

Die Hütte Häuptlings Chirpas war nach Ewok-Maßstäben groß, obschon Chewbacca im Schneidersitz mit dem Kopf beinahe die Decke streifte. Der Wookie kauerte an einer Wand des Hauses mit seinen Rebellen-Kameraden, der Häuptling und zehn Älteste ihnen auf der anderen Seite gegenüber. In der Mitte zwischen den beiden Gruppen wärmte ein kleines Feuer die Nachtluft und warf vergängliche Schatten auf die Lehmwände.

Draußen wartete das ganze Dorf auf die Entscheidungen, die dieser Rat fällen würde. Es war eine besinnliche, klare Nacht, von hoher Bedeutung erfüllt. Obwohl die Zeit schon weit vorgeschritten war, schlief kein einziger Ewok.

Im Gebäude sprach Threepio. Positive und negative Rückkopplungsschleifen hatten seinen Umgang mit der Quäksprache schon stark verbessert; er war jetzt mitten in einer lebhaft geschilderten Geschichte des galaktischen Bürgerkrieges – komplett mit Pantomime, geschliffener Rede, explosiven Toneffekten und Randkommentaren.

Die Ewok-Ältesten hörten aufmerksam zu und murmelten ab und zu miteinander. Es war eine faszinierende Geschichte, und sie ließen sich völlig von ihr fesseln – manchmal entsetzt, manchmal empört. Logray besprach sich ein-, zweimal mit Häuptling Chirpa und richtete mehrmals Fragen an Threepio, auf die der goldene Droid bewegend antwortete. Sogar Artoo pfiff einmal, wohl zur Bekräftigung.

Am Ende jedoch schüttelte nach einer recht kurzen Besprechung zwischen den Ältesten Häuptling Chirpa mit einem Ausdruck reumütiger Unzufriedenheit verneinend den Kopf. Er sprach Threepio an, der für seine Freunde dolmetschte.

»Häuptling Chirpa sagt, es sei eine bewegende Geschichte«, erklärte der Droid. »Mit den Ewoks hätte sie aber eigentlich nichts zu tun.«

Tiefe, bedrückende Stille erfüllte den kleinen Raum. Nur das Feuer knackte leise seinen hellen, aber schon dunkelnden Monolog.

Es war schließlich ausgerechnet Solo, der das Wort für die Gruppe ergriff. Für die Gruppe und die ganze Allianz.

»Sag ihnen dies, Goldbein.« Er lächelte den Droiden zum ersten Mal mit bewußter Zuneigung an. »Sag ihnen, es ist schwer, eine Rebellion zu übersetzen, also sollte die Geschichte vielleicht kein Übersetzer erzählen. Ich will sie ihnen erzählen. Sie sollten uns nicht helfen, weil wir sie darum bitten. Sie sollten uns nicht einmal deshalb helfen, weil es in ihrem eigenen Interesse liegt, obwohl das zutrifft, weißt du. Um nur ein Beispiel zu nennen: Der Kaiser entzieht diesem Mond sehr viel Energie, um den Abwehrschirm aufrechtzuerhalten, und diese Energie wird den Leuten hier im Winter fehlen und ihnen das Leben stark erschweren... aber lassen wir das. Sag ihnen erst einmal das, Threepio.«

Threepio tat es. Han fuhr fort.

»Aber das ist nicht der Grund, warum sie uns helfen sollten. Deshalb habe ich so etwas früher gemacht, weil es in meinem Interesse lag. Aber jetzt nicht mehr. Jedenfalls nicht mehr so stark. Meistens tue ich jetzt etwas für meine Freunde, denn was gibt es Wichtigeres? Geld? Macht? Jabba hatte beides, und ihr wißt, was aus ihm geworden ist. Okay, okay, die Sache ist die: Deine Freunde sind – deine Freunde, ja?«

Das war einer der unzusammenhängendsten Appelle, die Leia je gehört hatte, trotzdem füllten sich ihre Augen mit Tränen. Die Ewoks dagegen blieben stumm und ausdruckslos. Teebeo und der kleine Bursche namens Paploo tauschten ein paar gemurmelte Worte, die anderen regten sich nicht. Ihre Mienen blieben unergründlich.

Nach einer anhaltenden Pause räusperte sich Luke.

»Mir ist klar, daß das ein abstrakter Begriff sein mag, daß es wohl schwerfällt, diese Zusammenhänge herzustellen, aber es ist ungeheuer wichtig für die ganze Galaxis, daß unsere Streitmacht die Stellung des Imperiums hier auf Endor vernichtet. Schaut da hinauf, durch das Rauchloch in der Decke. Schon durch dieses winzige Loch kann man hundert Sterne zählen. Am ganzen Himmel gibt es Millionen und noch Milliarden mehr, die man gar nicht sehen kann. Und sie alle haben Planeten und Monde und glückliche Bewohner wie euch. Und das Imperium zerstört das alles. Man kann... man kann schon schwindlig werden, wenn man sich auf den Rücken legt und zu den Sternen hinaufblickt. Man könnte beinahe... explodieren, so herrlich ist das manchmal. Und ihr seid Teil dieser Schönheit, alles gehört zur gleichen Kraft. Und das Imperium versucht das Licht auszudrehen.«

Threepio brauchte eine Weile, um das Ende zu übersetzen; er legte großen Wert darauf, es richtig zu machen. Als er endlich verstummte, gab es ein anhaltendes, lautes Quäken unter den Ältesten. Der Lärm schwoll an, legte sich, begann von neuem.

Leia wußte, was Luke sagen wollte, aber sie fürchtete sehr, die Ewoks würden den Zusammenhang nicht begreifen. Er war aber vorhanden, wenn es ihr nur gelang, die Brücke zu bauen. Sie dachte an ihr Erlebnis im Wald, an das Gefühl des Einsseins mit den Bäumen, deren ausgestreckte Äste die Sterne selbst zu berühren schienen, die Sterne, deren Licht wie Wasserzauber herabfiel. Sie spürte die Macht des Zaubers in sich, und es vibrierte um die Hütte von Wesen zu Wesen, floß wieder durch sie hindurch und machte sie noch stärker, bis sie sich mit diesen Ewoks beinahe eins fühlte, bis sie glaubte, sie zu verstehen und zu kennen, mit ihnen konspirierte im eigentlichen Sinn des Wortes: gemeinsam atmete.

Die Diskussion ging zu Ende, es wurde wieder still. Leias Atemzüge beruhigten sich im Gleichklang damit, und sie wandte sich mit ruhiger Zuversicht an den Rat.

»Tut es wegen der Bäume«, sagte sie.

Das war alles, was sie sagte. Alle erwarteten mehr, aber es blieb bei diesem kurzen, rätselhaften Ausbruch.

Wicket hatte vom Rand her die Vorgänge mit zunehmender Besorgnis verfolgt. Bei mehreren Gelegenheiten war deutlich erkennbar, daß er sich mit größter Mühe zurückhielt, um nicht in das Gespräch hineinzuplatzen, aber nun sprang er auf, ging mehrmals hin und her, wandte sich schließlich an die Ältesten und begann mit seiner leidenschaftlichen Rede.

»Ihp ihp, mihp ihk squih...«

Threepio dolmetschte für seine Freunde.

»Hochverehrte Älteste, wir haben in dieser Nacht ein gefährdetes, wundervolles Geschenk erhalten. Das Geschenk der Freiheit. Dieser goldene Gott...« – Threepio verstummte in seiner Übertragung kurz, um den Augenblick zu genießen, dann fuhr er fort: »...dieser goldene Gott, dessen Rückkehr zu uns seit dem Ersten Baum prophezeit ist, teilt uns mit, daß er nicht unser Herr sein wird, daß wir frei sind, zu leben, wie wir wollen – daß wir wählen müssen, so, wie alle lebenden Wesen ihr eigenes Schicksal zu wählen haben. Er ist erschienen, hochverehrte Älteste, und er wird wieder gehen. Nicht länger werden wir Sklaven seiner göttlichen Führung sein. Wir sind frei.

Aber wie müssen wir uns betragen? Ist die Liebe eines Ewoks zum Wald geringer, weil er ihn verlassen kann? Nein – sie ist größer, weil er ihn verlassen kann und doch bleibt. So ist es bei der Stimme des Goldenen. Wir können unsere Augen schließen und doch hören.

Seine Freunde berichten von einer Kraft, einem großen, lebenden Geist, von dem wir alle ein Teil sind, so, wie die Blätter am Baum getrennt und doch Teil von ihm sind. Wir kennen diesen Geist, hochverehrte Älteste, auch wenn wir ihn nicht die Kraft nennen. Die Freunde des Goldenen sagen uns, diese Kraft sei hier und überall in größter Gefahr. Wer ist noch sicher, wenn das Feuer den Wald erreicht? Nicht einmal der Große Baum, von dem alle ein Teil sind, seine Blätter nicht, die Wurzeln nicht und nicht die Vögel. Alle sind in Gefahr, für immer und ewig. Es ist Tapferkeit, sich einem solchen Feuer zu stellen, hochverehrte Älteste. Viele werden sterben, damit der Wald weiterlebe. Aber die Ewoks sind tapfer!«

Das kleine Bärenwesen richtete den Blick auf die anderen in der Hütte. Kein Wort fiel, trotzdem ging vieles hin und her. Nach einer langen Minute kam es zum Schluß.

»Hochverehrte Älteste, wir müssen diesen edlen Wesen nicht nur der Bäume, sondern vor allem der Blätter an den Bäumen wegen helfen. Diese Rebellen sind wie die Ewoks, die wie die Blätter sind. Geschüttelt vom Wind, ohne Überlegung vom Tumult der Heuschrecken verschlungen, die auf der Welt leben, werfen wir uns doch auf schwelende Feuer, damit ein anderer die Wärme des Lichts erlebe; wir machen doch ein weicheres Bett aus uns, damit ein anderer ruhen kann; wir wirbeln doch im Wind, der uns überfällt, um die Angst vorm Chaos in die Herzen unserer Feinde zu senken; wir wechseln doch die Farbe, während die Jahreszeit uns zur Veränderung aufruft. So müssen wir unseren Blattbrüdern, den Rebellen, helfen, denn mit ihnen ist eine Jahreszeit der Veränderung über uns gekommen.«

Er blieb regungslos vor ihnen stehen, während die Flammen des kleinen Feuers in seinen Augen tanzten. Einen zeitlosen Augenblick lang schien die ganze Welt den Atem anzuhalten.

Die Ältesten waren bewegt. Ohne ein Wort zu sagen, nickten sie. Vielleicht waren sie Telepathen.

Jedenfalls stand Chirpa auf und machte ohne Vorrede eine kurze Ankündigung.

Schlagartig begannen im ganzen Dorf die Trommeln zu dröhnen. Die Ältesten sprangen auf, der Ernsthaftigkeit nicht mehr so stark verhaftet, und liefen durch die Hütte, um die Rebellen zu umarmen. Teebo begann sogar Artoo zu umfassen, überlegte es sich aber anders, als der kleine Droid mit einem leisen Warnpfiff zurückwich. Teebo eilte hinüber und hüpfte statt dessen verspielt auf den Rücken des Wookies.

Han lächelte unsicher.

»Was geht da vor?«

»Ich weiß nicht recht«, sagte Leia aus dem Mundwinkel, »aber es sieht nicht allzu schlecht aus.«

Luke genoß wie die anderen den freudigen Anlaß, wodurch auch immer ausgelöst, mit freundlichem Lächeln und Gutwilligkeit für alle, als plötzlich eine dunkle Wolke sein Herz ausfüllte, dort schwebte und sich wie klamme Kälte in seiner Seele ausbreitete. Er wischte die Spuren von seinem Gesicht und ließ es zu einer Maske werden. Niemand bemerkte es.

Threepio nickte schließlich verständnisvoll Wicket zu, der ihm die Situation erklärte. Er wandte sich mit weitausholender Geste an die Rebellen.

»Wir sind jetzt Angehörige des Stammes.«

»Genau das, was ich immer wollte«, sagte Solo.

Threepio berichtete weiter für die anderen und bemühte sich, den sarkastischen Sternenkapitän nicht zu beachten.

»Der Häuptling hat geschworen, uns in jeder Beziehung dabei zu helfen, die Bösen von diesem Land zu vertreiben.«

»Na, kleine Hilfe ist besser als keine Hilfe, das habe ich schon immer gesagt«, meinte Solo lachend.

Threepios Schaltungen liefen bei den Worten des undankbaren Corellaners schon wieder heiß.

»Teebo sagt, seine Hauptkundschafter Wicket und Pabloo werden uns den schnellsten Weg zum Schildgenerator zeigen.«

»Bedanke dich für uns, Goldbein.« Es machte ihm zu großen Spaß, Threepio zu ärgern. Er konnte einfach nicht anders. Chewie ließ ein Blaffen hören, froh, wieder unterwegs sein zu können. Einer der Ewoks vermutete jedoch, er wolle zu essen haben, und brachte dem Wookie einen großen Klumpen Fleisch. Chewbacca lehnte nicht ab. Er schlang den mächtigen Brocken auf einmal hinunter, während mehrere Ewoks fassungslos zuschauten. Sie waren von dem Anblick so fasziniert, daß sie heftig zu kichern begannen, und das Lachen wirkte so ansteckend, daß der Wookie zu glucksen begann. Seine tiefen Gluckslaute waren für die kichernden Ewoks wiederum so belustigend, daß sie auf ihn sprangen und ihn, wie es der Brauch war, heftig kitzelten, was er dreifach vergalt, bis sie alle erschöpft am Boden lagen. Chewie wischte sich die Augen und griff nach dem nächsten Stück Fleisch, an dem er dann geruhsam zu nagen begann.

Inzwischen begann Solo die Expedition zu organisieren.

»Wie weit ist es? Wir brauchen frische Vorräte. Es bleibt nicht viel Zeit, wißt ihr. Gib mir etwas davon, Chewie...«

Chewie fauchte.

Luke ging nach hinten und schlüpfte während des Durcheinanders hinaus. Draußen auf dem Platz fand ein großes Fest statt – Tanzen, Quäken, Kitzeln –, aber Luke mied auch das. Er entfernte sich von den Lagerfeuern, von der Fröhlichkeit, und ging zu einem stillen Laufgang an der dunklen Seite eines Riesenbaumes.

Leia folgte ihm.

Die Laute des Waldes erfüllten hier die sanfte Nachtluft. Grillen, huschende Nagetiere, seufzende Winde, klagende Eulen. Der

Duft war ein Gemisch von nachtblühendem Jasmin und Pinien, die Harmonien waren ätherisch. Der Himmel war kristallschwarz.

Luke starrte zum hellsten Stern am Himmel hinauf. Er schien durch tobende Elementdämpfe aus seinem innersten Kern heraus beleuchtet zu werden. Der Todesstern.

Er konnte den Blick nicht davon abwenden. So fand ihn Leia.

»Etwas nicht in Ordnung?« flüsterte sie.

Er lächelte müde.

»Alles, fürchte ich. Oder vielleicht auch nichts. Vielleicht wird alles doch so werden, wie es gedacht war.«

Er fühlte Darth Vader ganz nah.

Leia griff nach seiner Hand. Sie fühlte sich zu Luke hingezogen, und doch... sie konnte nicht sagen, wie das kam. Er wirkte so verloren, so allein. So fern. Sie konnte seine Hand in der ihren kaum fühlen.

»Was ist, Luke?«

Er blickte auf ihre ineinander verflochtenen Finger hinunter.

»Leia... erinnerst du dich an deine Mutter? An deine richtige Mutter?«

Die Frage überraschte sie völlig. Sie hatte sich bei ihren Adoptiveltern stets so wohl gefühlt, beinahe so, als wären sie ihre richtigen Eltern gewesen. Sie dachte fast nie an ihre richtige Mutter. Das war wie ein Traum.

Aber bei Lukes Frage zuckte sie zusammen. Blitzartige Bilder aus ihrer Kindheit überfielen sie – schwankendes Laufen... eine schöne Frau... ein Kofferversteck. Die Bruchstücke schienen sie mit gänzlich verdrängten Gefühlen zu überfluten.

»Ja«, sagte sie und verstummte, um sich zu fassen. »Nur ein bißchen. Sie starb, als ich noch sehr klein war.«

»Woran erinnerst du dich?« drängte er. »Sag es mir.«

»Eigentlich nur an Gefühle... an Bilder.« Sie wollte das ziehen lassen, es kam so unvermittelt, war ihren wahren Sorgen so fern... aber auf einmal in ihrem Inneren ganz laut.

»Sag es mir«, wiederholte Luke.

Sie wunderte sich über seine Beharrlichkeit, beschloß aber, ihm vorerst nachzugeben. Sie vertraute ihm auch dann, wenn er sie erschreckte.

»Sie war sehr schön«, sagte Leia versonnen. »Sanft und voll Güte – aber sehr traurig.« Sie blickte tief in seine Augen und forschte nach seinen Absichten. »Warum fragst du mich das?«

Er wandte sich ab und spähte wieder hinauf zum Todesstern, als sei er im Begriff gewesen, sich zu eröffnen, bevor ihn etwas erschreckt hatte.

»Ich habe keine Erinnerung an meine Mutter«, behauptete er. »Ich habe sie nie gekannt.«

»Luke, sag mir, was dich bedrückt.« Sie wollte ihm helfen, sie wußte, daß sie ihm helfen konnte.

Er starrte sie einen langen Augenblick an, schätzte ihre Fähigkeiten ab, prüfte, mit welcher Dringlichkeit sie es wissen mußte, wie groß ihr Wunsch war. Sie war stark. Das spürte er deutlich. Er konnte sich auf sie verlassen. Sie alle konnten es.

»Vader ist hier… Jetzt, auf diesem Mond.«

Sie spürte einen eisigen Hauch, ganz körperlich, als sei ihr Blut geronnen.

»Woher weißt du das?«

»Ich kann seine Nähe spüren. Er ist meinetwegen gekommen.«

»Aber woher sollte er wissen, daß wir hier sind. War es der Code? Haben wir ein Schlüsselwort ausgelassen?« Sie wußte, daß es nichts davon war.

»Nein, ich bin es. Er kann es fühlen, wenn ich in der Nähe bin.« Er hielt sie an den Schultern fest. Er wollte ihr alles sagen, aber als er es nun versuchte, ließ ihn sein Wille im Stich. »Ich muß dich verlassen, Leia. Solange ich hier bin, gefährde ich die ganze Gruppe und unseren Auftrag hier.« Seine Hand zitterte. »Ich muß mich Vader stellen.«

Leia geriet aus der Fassung, sah sich verwirrt. Ahnungen bestürmten sie wie wilde Eulen aus der Nacht, streiften mit den Schwingen ihre Wange, fuhren mit den Krallen in ihr Haar, flüsterten ihr rauh ins Ohr: »Wer? Wer? Wer?«

Sie schüttelte heftig den Kopf.

»Ich begreife nicht, Luke. Was heißt, du mußt dich Vader stellen?«

Er zog sie an sich, plötzlich ganz sanft und ruhig. Es auszusprechen, einfach auszusprechen, befreite ihn auf eine unnennbare Weise.

»Er ist mein Vater, Leia.«

»Dein Vater!?« Sie konnte es nicht glauben, und doch war es wahr.

Er hielt sie fest, war ein Fels für sie.

»Leia, ich habe noch etwas erfahren. Es wird nicht leicht für dich sein, wenn du das hörst, aber es muß sein. Du mußt es wissen, bevor ich hier weggehe, weil ich vielleicht nicht wiederkomme. Und wenn ich es nicht schaffe, bist du für die Allianz die einzige Hoffnung.«

Sie blickte zur Seite, schüttelte den Kopf, wollte ihn nicht ansehen. Es war schrecklich beunruhigend, was Luke sagte, obwohl sie sich nicht vorstellen konnte, warum dem so sein sollte. Es war natürlich Unsinn; das war der Grund. Sie die einzige Hoffnung für die Allianz zu nennen, wenn er sterben sollte – das war doch absurd. Absurd, sich vorzustellen, daß Luke sterben, daß sie die einzige Hoffnung sein sollte.

Beides war unsinnig. Sie löste sich von ihm, um seine Worte zu bestreiten, um wenigstens Distanz zu gewinnen, sie atmen zu lassen. In dieser Atempause tauchten wieder Bilder von ihrer Mutter auf. Abschiedsumarmungen, Fleisch, von Fleisch gerissen.

»Sprich nicht so, Luke. Du mußt am Leben bleiben. Ich werde tun, was ich kann, wie wir alle, aber ich bin unwichtig. Ohne dich… kann ich nichts tun, Luke. Du bist es, Luke. Ich habe es gesehen. Du hast eine Macht, die ich nicht begreife… und nie besitzen könnte.«

»Du irrst dich, Leia.« Er hielt sie auf Armlänge von sich. »Du hast die Macht ebenfalls. Die Kraft ist stark in dir. Mit der Zeit wirst du sie nutzen können wie ich.«

Sie schüttelte den Kopf. Sie konnte sich das nicht anhören. Er log. Sie besaß keine Macht, die Macht war anderswo, sie konnte nur helfen und anregen und unterstützen. Was sagte er da? Konnte das möglich sein?

Er zog sie näher an sich und nahm ihr Gesicht zwischen seine Hände.

Er sah so zärtlich aus, so liebevoll. Gab er ihr die Macht? Konnte sie die Macht wirklich festhalten? Was redete er?

»Luke, was ist über dich gekommen?«

»Leia, die Kraft ist in meiner Familie stark. Mein Vater hat sie, ich habe sie, und... meine Schwester hat sie.«

Leia blickte tief in seine Augen. Dort wirbelte Dunkelheit. Und Wahrheit. Was sie sah, erschreckte sie... aber diesmal machte sie sich nicht los. Sie blieb ganz nah bei ihm stehen. Sie begann zu begreifen.

»Ja«, flüsterte er, als er das Verständnis aufkeimen zu sehen begann. »Ja. Du bist es, Leia.« Er hielt sie in den Armen.

Leia schloß fest die Augen vor seinen Worten, aber ohne Erfolg. Ihre Tränen überspülten ihr Gesicht.

»Ich weiß«, sagte sie nickend. Sie weinte ohne Hemmung.

»Dann weißt du auch, daß ich zu ihm gehen muß.«

Sie trat ein wenig zurück. Ihr Gesicht glühte, ihr Denken war im Fieber.

»Nein, Luke. Lauf fort, weit fort. Wenn er deine Anwesenheit spüren kann, dann geh fort von hier.« Sie hielt seine Hände fest und legte ihr Gesicht an seine Brust. »Wenn ich nur mit dir gehen könnte.«

Er streichelte ihren Hinterkopf.

»Das wünschst du dir gar nicht. Du hast nie gezaudert. Auch wenn Han, die anderen und ich zu zweifeln begannen, du bist immer stark gewesen. Du hast dich von deiner Verantwortung nie abgewandt. Ich kann das von mir nicht behaupten.« Er dachte an seine überstürzte Flucht von Dagobah. Er war davongestürzt, um alles zu riskieren, bevor seine Ausbildung abgeschlossen war, und hatte deshalb beinahe alles zerstört. Er blickte hinunter auf die schwarze Kunsthand, die er dafür vorzuweisen hatte. Wie vieles noch würde seiner Schwäche zum Opfer fallen?

»Nun«, sagte er mit erstickter Stimme, »wir werden beide unsere Bestimmung erfüllen.«

»Luke, warum? Aus welchem Grund mußt du dich ihm stellen?«

Er dachte an all die Gründe – siegen, unterliegen, sich anschließen, sich wehren, töten, weinen, davongehen, anklagen, nach dem Grund fragen, verzeihen, nicht verzeihen, sterben – wußte aber, daß es am Ende nur einen einzigen Grund gab, jetzt und immer.

»Es ist Gutes in ihm. Ich habe es gespürt. Er wird mich nicht dem Kaiser übergeben. Ich kann ihn retten, kann ihn wieder auf die gute Seite herüberziehen.« Sein Blick wurde unruhig, gehetzt von Zweifeln und Leidenschaften. »Ich muß es versuchen, Leia. Er ist unser Vater.«

Sie hielten sich aneinander fest. Die Tränen liefen ihr lautlos übers Gesicht.

»Leb wohl, liebe Schwester – ich habe dich gefunden und schon wieder verloren. Leb wohl, liebe, süße Leia.«

Sie weinte nun hemmungslos, beide taten es, als Luke sie von sich wegschob und langsam auf dem Brettergang zurückwich. Er verschwand in der Dunkelheit der Baumhöhle, die zum Dorf hinausführte.

Leia sah ihm weinend nach. Sie ließ ihren Gefühlen freien Lauf, versuchte nicht, die Tränen zu unterdrücken, versuchte vielmehr, sie zu fühlen, die Quelle zu erspüren, aus der sie kamen, den Weg, den sie nahmen, die dunklen Ecken, die sie auswuschen.

Erinnerungen durchströmten sie jetzt, Andeutungen, Mutmaßungen, halb wahrgenommenes Flüstern, wenn man sie im Schlaf glaubte. Luke ihr Bruder! Und Vader ihr Vater. Es war zuviel auf einmal, niemand konnte so etwas rasch verdauen.

Sie weinte und zitterte und wimmerte, als plötzlich von hinten Han herantrat und sie umarmte. Er hatte nach ihr gesucht und ihre Stimme gehört, war gerade noch rechtzeitig gekommen, um Luke gehen zu sehen – aber erst jetzt, als Leia bei seiner Berührung aufschrak und er sie herumdrehte, wurde ihm klar, daß sie schluchzte.

Sein schiefes Lächeln verwandelte sich in Besorgnis.

»He, was ist denn hier los?«

Sie unterdrückte ihr Schluchzen und wischte sich die Augen.

»Es ist nichts, Han. Ich will nur eine Weile allein sein.«

Sie verbarg etwas, soviel war klar, und das paßte ihm überhaupt nicht.

»Es ist nicht nichts!« sagte er zornig. »Ich will wissen, was vorgeht. Du wirst es mir sagen.« Er schüttelte sie. Noch nie hatte er so empfunden. Er wollte es wissen und doch nicht wissen, was er zu wissen glaubte. Er war zutiefst getroffen durch die Vorstellung, daß Leia... und Luke... er wollte nicht einmal beim Namen nennen, was er sich nicht vorzustellen wagte.

Noch nie war er so außer sich gewesen. Es gefiel ihm nicht. Er konnte es nicht unterbinden. Er begriff, daß er sie immer noch schüttelte, und hörte auf damit.

»Ich kann nicht, Han...« Wieder begann ihre Unterlippe zu zittern.

»Du kannst nicht! Du kannst es mir nicht sagen? Ich dachte, wir stünden uns näher, aber das war wohl ein Irrtum. Vielleicht sagst du es lieber Luke. Manchmal könnte ich –«

»O Han!« rief sie und brach wieder in Tränen aus. Sie stürzte sich in seine Arme.

Sein Zorn verwandelte sich langsam in Verwirrung und Selbstqualen, als er die Arme um sie schlang, ihre Schultern streichelte, sie tröstete.

»Verzeih«, flüsterte er ihr ins Haar. »Verzeih mir.« Er verstand nichts, überhaupt nichts, nicht sie, nicht sich selbst, weder seine wirren Empfindungen noch die Frauen im allgemeinen, noch die Welt um sich. Er wußte nur, daß er, eben noch wutentbrannt, jetzt liebevoll war, zärtlich, ein Beschützer. Sinn ergab das keinen.

»Bitte... halt mich einfach fest«, flüsterte sie. Sie wollte nicht reden. Sie wollte nur festgehalten werden.

So hielt er sie einfach fest.

Morgennebel stieg von taubedeckter Vegetation, als die Sonne über Endor am Horizont heraufkam. Das üppige Blätterwerk am Waldrand strömte einen frischen Geruch aus; in diesem Augenblick der Morgendämmerung schwieg die Welt, als hielte sie den Atem an.

Die Landeplattform des Imperiums erstreckte sich in brutalem Gegensatz dazu über dem Boden. Häßlich, metallisch, achteckig, schien sie sich wie eine Beleidigung in die grüne, blühende Schönheit der Umgebung zu bohren. Die Gebüsche im Umkreis waren von den Landungen der Raumfähren schwarz versengt, die Flora hinter ihnen welkte, ging zugrunde an weggekipptem Müll, zerstampfenden Füßen, chemischen Auspuffgasen. Der Außenposten war wie ein Seuchenherd.

Uniformierte Soldaten waren auf der Plattform und in ihrer Umgebung ständig unterwegs – zum Be- und Entladen, zur Sicherung und Bewachung. Abseits waren Imperiums-Gehkolosse abgestellt, kantige, gepanzerte Kriegsmaschinen auf zwei Beinen, so groß, daß ein ganzer Trupp Soldaten darin Platz fand und mit Lasergeschützen in alle Richtungen feuern konnte. Eine Raumfähre zum Todesstern startete mit solchem Gebrüll, daß die Bäume erbebten. Ein Gehkoloß kam aus dem Wald an der hinteren Plattformseite, zurück von einem Patrouillengang. Schritt für Schritt näherte er sich dem Ladedock.

Darth Vader stand an der Reling des Unterdecks und starrte stumm in die Tiefen des herrlichen Waldes. Bald. Es kam bald; er konnte es spüren. Wie eine Trommel, die man immer heftiger rührte, näherte sich seine Bestimmung. Angst und Schrecken herrschten ringsum, aber Furcht dieser Art erregte ihn. Er ließ sie in sich brodeln. Angst war Anregung, sie steigerte seine Sinne, schliff seine Leidenschaften schärfer. Näher, immer näher.

Auch den Sieg spürte er. Die Herrschaft. Aber durchzogen von etwas anderem… was war es? Er konnte es nicht ganz erkennen. Immer in Bewegung, die Zukunft, schwer im Auge zu behalten. Ihre Erscheinungen lockten ihn, wirbelnde Gespenster, unaufhörlich im Wandel. Neblig war seine Zukunft, grollend vor Eroberung und Zerstörung.

Sehr nah jetzt. Fast schon hier.

Er knurrte kehlig wie eine Wildkatze, die Beute wittert.

Fast schon hier.

Der Gehkoloß dockte am anderen Dockende an und öffnete die Türen. Eine Einheit von Sturmtruppen marschierte in enger Rundformation heraus. Im Paradeschritt kamen die Soldaten Vader entgegen.

Er drehte sich zu ihnen herum, seine Atmung gleichmäßig, die schwarzen Gewänder in der windstillen Luft regungslos. Der Sturmtrupp stand still, als er ihn erreichte. Auf ein Wort des Kommandeurs traten die Männer auseinander und gaben den Blick auf einen gefesselten Gefangenen in ihrer Mitte frei: Luke Skywalker.

Der junge Jedi blickte Vader in völliger Ruhe an. Es war ein Blick, in dem so vieles lag.

Der Offizier sprach Lord Vader an.

»Das ist der Rebell, der sich uns ergeben hat. Er bestreitet es zwar, aber ich glaube, es könnten mehr sein. Ich bitte um die Erlaubnis, den Suchbereich zu erweitern.« Er streckte die Hand aus; sie umfaßte Lukes Lichtsäbel. »Er war nur damit bewaffnet.«

Vader blickte kurz auf den Lichtsäbel, dann nahm er ihn langsam aus der Hand des Offiziers.

»Laßt uns allein. Führt die Suchaktion durch und bringt mir seine Begleiter.«

Der Offizier kehrte mit seiner Einheit zum Gehkoloß zurück.

Luke und Vader standen einander in der smaragdenen Friedlichkeit des zeitlosen Waldes gegenüber. Der Nebel begann sich aufzulösen. Ein langer Tag stand bevor.

7

»So«, sagte der Schwarze Lord mit tiefer Stimme. »Du bist zu mir gekommen.«

»Und du zu mir.«

»Der Kaiser erwartet dich. Er glaubt, du wirst auf die dunkle Seite übertreten.«

»Ich weiß… Vater.« Es war eine ungeheure Anstrengung für Luke, seinen Vater so anzusprechen. Aber er hatte es getan und die

Beherrschung behalten, und der Augenblick war vorüber. Es war geschehen. Er fühlte sich stärker dadurch, kraftvoller.

»Du hast die Wahrheit also endlich akzeptiert«, sagte Vader triumphierend.

»Ich habe die Wahrheit akzeptiert, daß du einmal Anakin Skywalker, mein Vater, gewesen bist.«

»Dieser Name bedeutet für mich nichts mehr.« Es war ein Name aus der fernen Vergangenheit. Aus einem anderen Leben, einem anderen Universum. Konnte er wirklich einmal dieser Mann gewesen sein?

»So heißt dein wahres Ich.« Lukes Blick haftete an der verhüllten Gestalt. »Du hast es nur vergessen. Ich weiß, daß Gutes in dir ist. Der Kaiser hat es noch nicht ganz ausgetrieben.« Er formte mit seiner Stimme, versuchte die mögliche Wirklichkeit mit der Kraft seines Glaubens zu gestalten. »Deshalb konntest du mich nicht vernichten. Deshalb wirst du mich jetzt nicht zu deinem Kaiser bringen.«

Vader schien angesichts der Jedi-Stimm-Manipulation seines Sohnes beinahe durch seine Maske zu lächeln. Er blickte auf den Lichtsäbel, den der Offizier ihm gegeben hatte – Lukes Lichtsäbel. Der Junge war jetzt also wirklich ein Jedi. Ein erwachsener Mann. Er hob den Lichtsäbel.

»Du hast dir einen anderen gebaut.«

»Das ist der meine«, sagte Luke ruhig. »Den deinen verwende ich nicht mehr.«

Vader zündete die Klinge. Er prüfte das Summen, das grelle Licht, wie ein Fachmann, den Bewunderung erfüllt.

»Deine Fähigkeiten sind vollständig. Du bist in der Tat so mächtig, wie der Kaiser es vorausgesehen hat.«

Sie standen einen Augenblick so, den Lichtsäbel zwischen sich. Funken zuckten an der Schneide hinaus und hinein: Photonen, durch die zwischen den beiden Kriegern pulsierende Energie herausgetrieben.

»Komm mit mir, Vater.«

Vader schüttelte den Kopf.

»Ben dachte einmal wie du –«

»Gib nicht Ben die Schuld an deinem Sturz –« Luke trat einen Schritt vor und blieb stehen.

Vader regte sich nicht.

»Du kennst die Macht der dunklen Seite nicht. Ich muß meinem Gebieter gehorchen.«

»Ich werde nicht übertreten – du wirst gezwungen sein, mich zu vernichten.«

»Wenn das dein Schicksal ist.« Es war nicht sein Wunsch, aber der Junge war stark. Wenn es am Ende doch zur Entscheidung kam, würde er Luke vernichten, ja. Er konnte es sich nicht mehr leisten, sich zurückzuhalten, wie früher einmal.

»Ergründe deine Gefühle, Vater. Du kannst das nicht tun. Ich spüre den Konflikt in dir. Laß deinen Haß fahren.«

Aber Vader haßte niemanden; er verfolgte nur sein Ziel etwas wahllos.

»Irgendeiner hat dich mit törichten Ideen vollgestopft, mein Junge. Der Kaiser wird dir die wahre Natur der Kraft zeigen. Er ist jetzt dein Herr.«

Vader winkte einen Trupp abseits stehender Sturmsoldaten herbei, während er Lukes Lichtsäbel abschaltete. Die Soldaten kamen heran. Luke und der Schwarze Lord sahen einander einen langen, forschenden Augenblick an. Kurz vor dem Eintreffen des Sturmtrupps sagte Vader: »Für mich ist es zu spät, mein Sohn.«

»Dann ist mein Vater wirklich tot«, erwiderte Luke. Was sollte ihn dann noch hindern, den Bösen zu töten, der vor ihm stand? fragte er sich.

Nichts, vielleicht.

Die gigantische Rebellenflotte schwebte im Weltraum, bereit zum Angriff. Sie war Hunderte von Lichtjahren vom Todesstern entfernt, aber hier war alle Zeit nur ein Augenblick, und die tödliche Wirkung eines Angriffs wurde nicht nach der Entfernung, sondern nach der Präzision gemessen.

Schiffe wechselten in der Formation von den Ecken zu den Seiten und verliehen der Armada eine Diamantfacettenanordnung – so, als blähe die Flotte kobragleich ihren Hals.

Die für den Start einer derart exakt geplanten Offensive bei Lichtgeschwindigkeit erforderlichen Berechnungen verlangten die Bezugnahme auf einen festen Punkt, das heißt, fest im Hinblick auf den Punkt des Wiedereintritts aus dem Hyperraum. Der vom Rebellen-Oberbefehl gewählte Punkt war ein kleiner, blauer Planet des Sullust-Systems. Die Armada war jetzt rings um diese tiefblaue Welt angeordnet, die aussah wie ein Drachenauge.

Die »Millennium Falcon« hatte die Außenbereiche der Flotte mehrmals abgeflogen, die endgültigen Positionen überprüft und sich unter dem Flaggschiff an ihren Platz begeben. Die Zeit war gekommen.

Lando saß am Steuer der »Falcon«. Sein Kopilot Nien Nunb neben ihm, ein mausäugiges, hängebackiges Wesen von Sullust, kippte Schalter, kontrollierte Meßangaben und traf letzte Vorbereitungen für den Sprung in den Hyperraum.

Lando stellte seine Funkanlage auf Kampffrequenz. Das letzte Blatt der Nacht, er am Geben, am Tisch Leute, die keinen Einsatz scheuten – sein Lieblingsspiel. Mit trockenem Mund erstattete er Meldung bei Ackbar auf dem Kommandoschiff.

»Admiral, wir sind in Position. Alle Jäger einsatzbereit.«

Ackbars Stimme tönte dünn aus dem Kopfhörer.

»Countdown fortsetzen. Alle Gruppen Angriffskoordinaten einnehmen.«

Lando sah seinen Kopiloten an und grinste kurz.

»Keine Sorge, meine Freunde sind da unten, sie schalten die Abschirmung rechtzeitig ab...« Er wandte sich wieder seinen Instrumenten zu und sagte halblaut: »Oder das wird die kürzeste Offensive aller Zeiten sein.«

»Ghsong Shgodio«, bemerkte der Kopilot.

»Na gut«, knurrte Lando. »Also Achtung.« Er klopfte aufs Instrumentenbrett, um sich Glück zu wünschen, obwohl er zuinnerst glaubte, daß ein guter Spieler sich sein Glück selbst verdankte. Immerhin, das war diesmal Solos Aufgabe, und Han hatte Lando fast nie im Stich gelassen. Nur ein einziges Mal, und das war lange her, in einem fernen Sternsystem.

Diesmal war es anders. Diesmal würden sie dem Glück einen

neuen Namen geben und es Lando nennen. Er lächelte und klopfte noch einmal auf die Instrumententafel... genau richtig.

Auf der Brücke des Kommandoschiffs, des Stern-Kreuzers, blickte Ackbar in die Runde seiner Generäle. Alles war bereit.

»Alle Gruppen an ihren Angriffskoordinaten?« fragte er. Er wußte, daß es so war.

»Bestätigt, Admiral.«

Ackhar blickte durch sein Sichtfenster versonnen auf den Sternenhintergrund, im vielleicht letzten besinnlichen Augenblick, der ihm bleiben würde. Schließlich sagte er über die Kampffrequenz: »Alle Fahrzeuge beginnen Sprung in den Hyperraum auf mein Zeichen. Möge die Kraft mit uns sein.«

Er streckte die Hand nach dem Signalknopf aus.

In der »Falcon« starrte Lando auf den galaktischen Ozean mit demselben Gefühl, einen großen Augenblick zu erleben, aber bedrängt auch von dunklen Vorahnungen. Sie taten etwas, das eine Guerillatruppe niemals tun durfte – den Feind anzunehmen wie eine richtige Armee. Die Imperiums-Streitmacht unterlag im Guerillakrieg gegen die Rebellen immer – es sei denn, sie siegte in einem Entscheidungsschlag. Die Rebellen dagegen waren immer im Vorteil – es sei denn, sie unterlagen bei einem Entscheidungsschlag. Und hier war die gefährlichste aller Möglichkeiten eingetreten. Die Allianz trat offen auf und kämpfte zu den Bedingungen des Imperiums. Wenn die Rebellen in dieser Schlacht unterlagen, war der Krieg verloren.

Plötzlich flammte das Signallicht an der Steuertafel auf. Ackbars Zeichen. Der Angriff war ausgelöst.

Lando zog den Konversionshebel zurück und führte Energie zu. Am Cockpit begannen die Sterne vorbeizuströmen. Die Streifen wurden heller und länger, als die Schiffe der Flotte in großen Schwärmen mit Lichtgeschwindigkeit dahinrasten, zuerst im Schritt mit den Photonen der strahlenden Nachbarsterne, dann durch die Verkrümmung hinein in den Hyperraum – im Aufblitzen eines Muons verschwunden.

Der blaue Kristallplanet schwebte wieder allein im Weltraum, blind in die Leere starrend.

Die Kampfeinheit kauerte hinter einem bewaldeten Hügelkamm mit Blick auf den Imperiums-Außenposten. Leia betrachtete das Gebiet mit einem kleinen Elektronikabtaster.

Auf der Dockrampe der Landeplattform wurden zwei Raumfähren entladen. In der Nähe standen einige Gehkolosse. Soldaten standen herum oder halfen bei Bauarbeiten, sicherten das Objekt, schleppten Vorräte. Abseits summte der riesige Schildgenerator.

Im Gebüsch auf dem Hügel lagen neben den Rebellen mehrere Ewoks, darunter Wicket, Paploo, Teebo und Warwick. Die anderen blieben hinter der Anhöhe in Deckung.

Leia ließ den Abtaster sinken und huschte zu den anderen zurück.

»Der Eingang ist auf der anderen Seite der Landeplattform. Es wird nicht leicht sein.«

»Ahrck gra rahr hraurauhr«, bestätigte Chewbacca.

»Ach, komm, Chewie.« Han sah den Wookie ein wenig gequält an. »Wir sind schon in viel stärker bewachte Gebäude eingedrungen…«

»Frauhr rahgh rahrahraff vrawgh gr«, gab Chewie mit einer wegwerfenden Geste zurück.

Han dachte kurz nach.

»Na, die Gewürzgewölbe von Gargon, etwa.«

»Krahgrhauf.« Chewbacca schüttelte den Kopf.

»Natürlich habe ich recht – wenn ich mich nur erinnern könnte, wie ich das gemacht habe…« Han kratzte sich am Kopf und grübelte.

Pabloo begann plötzlich schrill zu schnattern und deutete mit dem Finger. Er sagte gurgelnd etwas zu Wicket.

»Was sagt er, Threepio?« fragte Leia.

Der goldene Droid wechselte einige knappe Worte mit Pabloo, dann sah Wicket Leia mit einem hoffnungsvollen Blick an.

Threepio wandte sich an die Prinzessin.

»Offenbar kennt Wicket einen Hintereingang zu dieser Anlage.«

Han merkte auf.

»Hintereingang? Das ist es! So haben wir es damals gemacht!«

Vier Imperiums-Soldaten bewachten den Eingang zu dem Bunker, der weit hinter dem Hauptkomplex des Schildgenerators halb aus dem Boden ragte. Ihre Raketenroller waren in der Nähe abgestellt.

Im Dickicht dahinter lagen die Rebellen.

»Grr, rauhf rrrhl brhnnnh«, sagte Chewbacca gedehnt.

»Du hast recht, Chewie«, bestätigte Solo. »Die paar Bewacher erledigen wir leichter als einen Bantha.«

»Es braucht nur einen, um Alarm zu schlagen«, warnte Leia.

Han grinste ein wenig überheblich.

»Dann müssen wir eben ganz leise sein. Wenn Luke uns Vader vom Hals halten kann, wie du behauptet hast, daß er es tun will, kann das nicht so schlimm werden. Wir müssen eben die Wachen schnell und lautlos ausschalten...«

Threepio flüsterte mit Teebo und Pabloo, um ihnen Problem und Ziel zu erklären. Die Ewoks plapperten einen Augenblick wild durcheinander, dann sprang Paploo auf und hetzte durch das Unterholz.

Leia warf einen Blick auf das Instrument an ihrem Handgelenk.

»Die Zeit läuft uns davon. Die Flotte ist schon im Hyperraum.«

Threepio stellte Teebo eine kurze Frage und erhielt eine kurze Antwort.

»O je«, sagte Threepio und wollte aufstehen, um in die Lichtung am Bunker hinunterzublicken.

»Unten bleiben!« fauchte Solo.

»Was ist, Threepio?« fragte Leia scharf.

»Ich fürchte, unser kleiner Begleiter ist da hinuntergegangen und hat was Unüberlegtes vor.« Der Droid hoffte nur, daß man die Schuld nicht ihm anlasten würde.

»Wovon redest du?« Leias Stimme hatte einen Anflug von Furcht.

»O nein. Da!«

Paploo war durch das Gebüsch hinuntergeklettert zu der Stelle, wo die Schnellräder der Soldaten standen. Mit Entsetzen und der Erkenntnis des Unausweichlichen sahen die Rebellen die kleine Pelzkugel sich auf eines der Räder schwingen und wahllos Schalter betätigen. Bevor irgend jemand etwas unternehmen konnte, brüllten die Raketenmotoren auf. Die vier Soldaten blickten erstaunt hinüber. Pabloo grinste wie ein Verrückter und spielte weiter an den Schaltern herum.

Leia hielt sich den Kopf.

»O nein, nein, nein.«

Chewie bluffte. Han nickte.

»Soviel für unseren Überraschungsangriff.«

Die Soldaten rannten auf Paploo zu, gerade als die Kupplung einrastete und der kleine Teddybär in den Wald geschnellt wurde. Er hatte alle Mühe, sich mit seinen kurzen Pfoten an der Lenkstange überhaupt festzuhalten. Drei der Wachen sprangen auf ihre Fahrzeuge und fegten hinter dem rasenden Ewok her. Der vierte Soldat blieb auf seinem Posten am Bunkereingang.

Leia war hocherfreut, obwohl sie es kaum zu fassen vermochte.

»Nicht schlecht für ein Wollknäuel«, sagte Han bewundernd. Er nickte Chewie zu. Die beiden huschten hinunter zum Bunker.

Inzwischen segelte Paploo zwischen den Bäumen dahin, mehr vom Glück als von seinen Lenkkünsten begünstigt. Er fuhr, was die Möglichkeiten des Raketenflitzers anging, verhältnismäßig langsam, dies aber im Zeitgefühl der Ewoks. Paploo war ganz schwindelig vom Rausch der Geschwindigkeit und Erregung. Es war schreckenerregend und begeisternd zugleich. Er würde von dieser Fahrt bis zum Ende seines Lebens berichten, seine Kinder würden ihren Kindern davon erzählen, und mit jeder Generation würde die Geschwindigkeit zunehmen.

Zunächst aber tauchten die Imperiums-Soldaten schon hinter ihm auf. Als sie einen Augenblick später mit Laserblitzen auf ihn zu feuern begannen, kam er zu dem Schluß, daß er endlich genug hatte. Als er um den nächsten Baum herumfuhr und sie ihn gerade nicht sehen konnten, packte er eine Liane und schwang sich hinauf in die Äste. Einige Sekunden später schossen die Soldaten unter ihm vorbei, ganz auf die wilde Jagd eingeschworen. Er kicherte heftig.

Am Bunker war inzwischen der letzte Wachtposten unschädlich gemacht. Überwältigt von Chewbacca, seiner Uniform beraubt, wurde er von zwei anderen Angehörigen des Trupps in den

Wald geschleppt. Die anderen kauerten stumm im Halbkreis um den Eingang.

Han stand an der Tür und verglich den entwendeten Code mit den Ziffern an der Steuertafel des Bunkers. Ohne Hast drückte er eine Reihe von Knöpfen. Lautlos ging die Tür auf.

Leia spähte hinein. Keine Spur von Leben. Sie winkte den anderen und betrat den Bunker. Han und Chewie folgten ihr auf den Fersen. Bald drängte sich die ganze Einheit im leeren Stahlkorridor zusammen. Zurückgeblieben war nur ein Posten, der die Uniform des bewußtlosen Imperiums-Soldaten trug. Han drückte wieder eine Reihe von Knöpfen an der Innentafel. Die Tür schloß sich wieder.

Leia dachte kurz an Luke. Hoffentlich konnte er Vader wenigstens so lange aufhalten, daß sie diesen Schildgenerator zerstören konnten; noch sehnlicher wünschte sie sich, daß er eine solche Konfrontation ganz würde vermeiden können. Sie fürchtete, Vader werde sich als der Stärkere der beiden erweisen.

Sie führte die anderen lautlos durch den dunklen, niedrigen Tunnel.

Vaders Raumfähre setzte in der Dockbucht des Todessterns auf wie ein schwarzer, flügelloser Aasvogel, ein Alptraum-Insekt. Luke und der Schwarze Lord traten, begleitet von einer kleinen Eskorte Sturmsoldaten, aus dem klaffenden Maul und gingen mit schnellen Schritten durch das Riesengewölbe zum Turmaufzug des Kaisers.

Dort wurden sie erwartet von kaiserlichen Gardisten, die, bestrahlt von karmesinroten Leuchten, zu beiden Seiten des Schachtes standen. Sie eröffneten die Aufzugtür. Luke trat vor.

In seinem Gehirn arbeitete es fieberhaft. Man brachte ihn jetzt zum Kaiser. Zum Kaiser persönlich! Wenn er sich nur hätte konzentrieren, seine Gedanken hätte ordnen können, um zu erkennen, was er zu tun hatte – und es zu tun.

Aber ein brausendes Geräusch erfüllte seinen Kopf, wie ein unterirdischer Wind.

Er hoffte, daß Leia den Ablenkschirm rasch abschalten und den

Todesstern zerstören würde – jetzt, während sie alle drei hier waren. Bevor irgend etwas anderes geschah. Je näher Luke dem Kaiser kam, desto mehr mochte geschehen. Ein schwarzer Sturm tobte in ihm. Er wollte den Kaiser töten, aber wie dann weiter? Vader gegenübertreten? Was würde sein Vater tun? Und wie, wenn Luke sich zuerst seinem Vater stellte, sich ihm stellte und – und vernichtete. Der Gedanke war gleichzeitig abstoßend und zwingend. Vader vernichten – und wie dann weiter? Zum ersten Mal sah Luke undeutlich sich selbst auf der Leiche seines Vaters stehen, die gleißende Macht seines Vaters in Händen, zur Rechten des Kaisers sitzend.

Er preßte die Augen zusammen vor diesem Gedanken, aber er hinterließ kalten Schweiß auf seiner Stirn, so, als hätte ihn dort die Hand des Todes gestreift und ihre Spur hinterlassen.

Die Aufzugtür öffnete sich. Luke und Vader betraten allein den Thronsaal, gingen durch die unbeleuchtete Vorkammer, die Gittertreppe hinauf, blieben vor dem Thron stehen: Vater und Sohn, Seite an Seite, beide in Schwarz, der eine maskiert, der andere ungeschützt vor dem Blick des bösartigen Kaisers.

Vader verbeugte sich vor seinem Gebieter. Der Kaiser gebot ihm aufzustehen. Der Schwarze Lord gehorchte.

»Willkommen, junger Skywalker.« Der Böse lächelte freundlich. »Ich habe dich erwartet.«

Luke blickte ohne Scheu auf die gebeugte, verhüllte Gestalt. Das Lächeln des Kaisers wurde noch sanfter, noch väterlicher. Er sah Lukes Handschellen.

»Die brauchst du nicht mehr«, fügte er hoheitsvoll hinzu und bewegte den Finger kaum merklich in die Richtung von Lukes Handgelenken. Die Handschellen lösten sich einfach ab und fielen klirrend auf den Boden.

Luke starrte seine Hände an, die jetzt frei waren, die nach dem Hals des Kaisers greifen und die Luftröhre im Nu zerquetschen konnten...

Dabei wirkte der Kaiser sanft. Hatte er Luke nicht eben befreit? Aber Luke wußte, wie verschlagen er war. Laß dich von Äußerlichkeiten nicht täuschen, hatte Ben ihm eingeprägt. Der Kaiser war unbewaffnet. Trotzdem konnte er zuschlagen. War nicht Aggression aber ein Teil der dunklen Seite? Mußte er sie nicht um jeden Preis meiden? Oder konnte er die Dunkelheit mit Überlegung nutzen und sie dann wieder von sich abwenden? Er starrte seine befreiten Hände an... er hätte jetzt mit allem ein Ende machen können – könnte er das wirklich? Er hatte volle Freiheit der Wahl, und doch vermochte er nicht zu wählen. Freie Wahl, das Schwert mit den zwei Schneiden. Er konnte den Kaiser töten, er konnte sich den Argumenten des Kaisers beugen. Er konnte Vader töten... und er konnte sogar selbst Vader werden. Wieder verhöhnte ihn der Gedanke wie ein irrer Clown, bis er ihn in einen schwarzen Winkel seines Gehirns verdrängte.

Der Kaiser saß lächelnd vor ihm. Der Augenblick war voller Möglichkeiten...

Der Augenblick verging. Er tat nichts.

»Sag mir, junger Skywalker«, begann der Kaiser, als er sah, daß Lukes erstes Ringen abgetan war. »Wer hat bis jetzt deine Ausbildung in der Hand gehabt?« Das Lächeln war dünn.

Luke schwieg. Er hatte nicht vor, irgend etwas preiszugeben.

»Oh, ich weiß, daß es anfangs Obi-Wan Kenobi war«, fuhr der verruchte Herrscher fort und rieb die Finger aneinander, als versuche er sich zu erinnern. Dann dehnten sich seine Lippen höhnisch. »Mit dem Talent, das Obi-Wan Kenobi für die Ausbildung zum Jedi besaß, sind wir natürlich vertraut.« Er nickte höflich in Vaders Richtung, um Obi-Wans früheren Vorzugsschüler zu bezeichnen. Vader blieb regungslos.

Luke verkrampfte sich vor Wut über die Entwürdigung Bens durch den Kaiser, obschon das für den Kaiser Lob war. Und er erregte sich noch mehr, weil der Kaiser beinahe recht hatte. Trotzdem versuchte er, den Zorn unter Kontrolle zu bringen, der dem böse gesinnten Kaiser so zu gefallen schien.

Palpatine bemerkte die Gefühlsspiegelungen auf Lukes Gesicht und lachte leise.

»Bei deiner frühen Ausbildung bist du also dem Weg deines Vaters gefolgt, wie es scheint. Aber leider ist Obi-Wan jetzt tot, soviel ich weiß; sein älterer Schüler hier hat dafür gesorgt –« Wieder eine Handbewegung zu Vader. »Sag mir also, junger Skywalker – wer hat danach deine Ausbildung übernommen?«

Wieder lachte er dieses schneidende Lächeln. Luke blieb stumm, bemüht, seine Beherrschung wiederzufinden.

Der Kaiser trommelte mit den Fingern auf die Armlehne des Throns und versank in Gedanken.

»Es gab da einen. Yoda. Einen gealterten Meister-Jedi... Ah, ich sehe an deinem Gesicht, daß ich eine Saite berührt habe, eine klingende noch dazu. Also Yoda.«

Luke war wütend auf sich selbst, weil er ungewollt so viel preisgegeben hatte. Zorn und Selbstzweifel erfüllten ihn. Er rang um seine Beherrschung. Er wollte alles sehen und nichts zeigen; nur sein.

»Dieser Yoda«, murmelte der Kaiser versonnen. »Lebt er noch?«

Luke konzentrierte sich auf die Leere des Weltraums hinter dem Fenster, vor dem der Kaiserthron stand. Die tiefe Leere, wo nichts war. Nichts. Er füllte sein Denken mit diesem schwarzen Nichts. Undurchsichtig, bis auf das gelegentliche Flackern von Sternenlicht, das durch den Äther rann.

»Ah«, rief Kaiser Palpatine. »Er lebt nicht mehr. Sehr gut, junger Skywalker, du hättest mir das beinah verborgen. Aber das konntest du nicht. Und du kannst es nicht. Deine tiefsten Zuckungen sind für mich erkennbar. Das Innerste deiner Seele. Das ist meine erste Lektion für dich.« Er strahlte.

Luke ließ den Kopf hängen – aber nur kurz. In der Schwäche fand er neue Kraft. So hatten Ben und Yoda ihn belehrt: Wenn du angegriffen wirst, falle. Laß dich von der Gewalt des Gegners schütteln, wie starker Wind das Gras zu Boden drückt. Mit der Zeit wird er seine Kraft verausgaben, und du wirst immer noch aufrecht stehen.

Der Kaiser spähte listig in Lukes Gesicht.

»Ich bin sicher, Yoda hat dir beigebracht, die Kraft mit großer Geschicklichkeit zu gebrauchen.«

Der Hohn tat seine Wirkung. Luke schoß das Blut ins Gesicht, seine Muskeln spannten sich.

Er sah, daß der Kaiser sich genießerisch die Lippen leckte und aus tiefer Kehle lachte, aus der Tiefe seiner Seele.

Luke stutzte, denn er sah noch etwas anderes, etwas, das er im Kaiser vorher noch nie bemerkt hatte: Furcht.

Luke entdeckte Furcht im Kaiser – Furcht vor Luke. Furcht vor Lukes Macht, Furcht, diese Macht könnte gegen ihn – den Kaiser – ebenso gewendet werden, wie Vader sie gegen Obi-Wan Kenobi eingesetzt hatte. Luke sah diese Furcht im Kaiser und wußte, daß sich die Chancen ein wenig verändert hatten. Er hatte das Innerste des Kaisers gesehen.

Luke stand aufrecht, in äußerster Ruhe. Er starrte in die Kapuze des herrscherlichen Bösen hinein.

Palpatine sagte einige Augenblicke nichts, erwiderte den Blick des jungen Jedi, schätzte seine Stärken und Schwächen ab. Endlich lehnte er sich zurück, zufrieden mit der ersten Begegnung.

»Ich freue mich darauf, deine Ausbildung abzuschließen, junger Skywalker. Mit der Zeit wirst du mich deinen Herrn nennen.«

Zum ersten Mal fühlte Luke sich stark genug zum Sprechen.

»Ihr irrt Euch sehr. Ihr werdet mich nicht bekehren wie meinen Vater.«

»Nein, mein junger Jedi.« Der Kaiser beugte sich vor und sah ihn hämisch an. »Du wirst feststellen, daß du es bist, der sich irrt... in vielen Dingen.«

Palpatine stand plötzlich auf, kam von seinem Thron herunter, trat nah vor Luke hin und starrte boshaft in die Augen des Jungen. Endlich sah Luke das ganze Gesicht in der Kapuze: Augen, eingesunken wie Grabgewölbe; das Fleisch verkommen unter Haut, verwittert von heftigen Stürmen, gezeichnet vom Unheil; das Grinsen eines Totenschädels; der Atem Fäulnis.

Vader streckte dem Kaiser eine behandschuhte Hand mit Lukes Lichtsäbel hin. Der Kaiser ergriff ihn mit aufkeimender Befriedigung und ging mit ihm hinüber zu dem riesigen Rundfenster. Der Todesstern hatte sich langsam gedreht, so daß der Mond jetzt am gewölbten Fensterrand sichtbar war.

Palpatine blickte auf Endor und wieder auf den Lichtsäbel in seiner Hand.

»Ah, ja, eine Jedi-Waffe. Ganz wie bei deinem Vater.« Er sah Luke an. »Inzwischen muß dir klargeworden sein, daß dein Vater der dunklen Seite niemals abspenstig gemacht werden kann. So wird es mit dir ebenfalls sein.«

»Niemals. Bald werde ich sterben, und ihr mit mir.« Luke war jetzt überzeugt davon. Er gestattete sich den Luxus einer Prahlerei.

Der Kaiser lachte ein übles Lachen.

»Vielleicht meinst du den bevorstehenden Angriff deiner Rebellenflotte.« Luke wurde einen Augenblick lang schwindlig, dann faßte er sich. Der Kaiser sprach weiter. »Ich versichere dir, wir sind hier vor deinen Freunden ganz sicher.«

Vader ging auf den Kaiser zu, blieb an seiner Seite stehen und sah Luke an.

Luke fühlte sich bedrängt.

»Eure Vermessenheit ist Eure Schwäche«, forderte er sie heraus.

»Dein Zutrauen zu deinen Freunden ist deine Sache.« Der Kaiser begann zu lächeln, aber dann bogen sich seine Mundwinkel herab, und er wurde zornig. »Alles, was sich abgespielt hat, ist genau nach meinen Plänen verlaufen. Deine Freunde da oben auf dem Zufluchts-Mond – sie tappen in eine Falle, wie eure Rebellenflotte auch!«

Lukes Gesicht zuckte deutlich. Der Kaiser sah es und begann zu wüten.

»Ich war es, der zugelassen hat, daß die Allianz erfuhr, wo sich der Schildgenerator befindet. Er ist völlig sicher vor eurer armseligen kleinen Bande – eine ganze Legion meiner Truppen erwartet sie dort.«

Lukes Augen zuckten vom Kaiser zu Vader und von ihm zum Lichtsäbel in den Händen des Kaisers. Sein Gehirn erzitterte vor den Alternativen; schlagartig war alles wieder außer Kontrolle. Er konnte auf nichts zählen als auf sich selbst. Und sich hatte er nur unzulänglich im Griff.

Der Kaiser sprach unbeirrt weiter.

»Ich fürchte, der Ablenkschirm wird vollständig in Betrieb sein, wenn eure Flotte erscheint. Und das ist erst der Beginn meiner

Überraschung. Ich will sie dir natürlich nicht vorzeitig verderben.«

Von Lukes Standpunkt aus wurde die Lage immer unübersichtlicher. Niederlage um Niederlage häufte man auf sein Haupt. Es schien kein Ende zu geben für die abscheulichen Verbrechen, die Palpatine gegen die Galaxis auszuführen vermochte. Langsam und unmerklich hob Luke die Hand in Richtung des Lichtsäbels.

Der Kaiser sagte: »Von hier aus, Skywalker junior, wirst du die endgültige Vernichtung der Allianz und damit das Ende eurer bedeutungslosen Rebellion verfolgen.«

Luke wand sich in Qualen. Er hob die Hand höher. Es kam ihm zum Bewußtsein, daß Palpatine und Vader ihn beobachteten. Er ließ die Hand sinken, drängte seinen Zorn zurück, versuchte seine innere Ruhe wiederzufinden, forschte nach seinem eigenen Zentrum, um zu sehen, was es war, das er tun mußte.

Der Kaiser lächelte spöttisch. Er hielt Luke den Lichtsäbel hin.

»Den willst du, nicht wahr? Der Haß quillt jetzt in dir auf. Nun gut, nimm deine Jedi-Waffe. Gib deinem Zorn nach. Mit jedem Augenblick, der vergeht, machst du dich mehr zu meinem Diener.«

Sein schnarrendes Gelächter hallte von den Wänden zurück wie Wüstenwind. Vader starrte Luke unverwandt an.

Luke versuchte seine Qual zu verbergen.

»Nein, niemals.« Verzweifelt dachte er an Ben und Yoda. Sie waren jetzt Teil der Kraft, ein Teil der Energie, die sie formte. War es möglich, daß sie den Blick des Kaisers durch ihre Gegenwart verzerrten. Niemand ist unfehlbar, hatte Ben ihm erklärt – der Kaiser konnte gewiß nicht alles sehen, nicht jede Zukunft kennen, jede Realität verbiegen, um seine Gier zu befriedigen. Ben, dachte Luke, wenn ich je deine Führung gebraucht habe, dann jetzt. Welchen Weg kann ich gehen, daß er mich nicht in den Untergang führt?

Wie zur Antwort grinste der Kaiser hämisch und legte den Lichtsäbel auf den Steuersessel bei Lukes Hand.

»Es ist unausweichlich«, sagte der Kaiser leise.«Es ist dein Schicksal. Du bist jetzt wie dein Vater… mein.«

Luke war sich noch nie so verloren vorgekommen.

Han, Chewie, Leia und ein Dutzend Nahkampfspezialisten gingen durch die Labyrinthkorridore der Stelle entgegen, wo auf dem gestohlenen Grundriß der Schildgenerator-Raum eingezeichnet war. Gelbe Lampen erhellten die niedrigen Deckenträger, warfen an jeder Kreuzung lange Schatten. Bei den ersten drei Biegungen blieb alles still; sie sahen weder Wachen noch Techniker.

Am vierten Querkorridor hielten sechs Angehörige der Imperiums-Sturmtruppe aufmerksam Wache.

Es gab keine Möglichkeit, unbemerkt an ihnen vorbeizukommen; man mußte dort vorbei. Han und Leia sahen einander an und zogen die Schultern hoch. Es blieb nichts anderes übrig als der Kampf.

Mit gezückten Pistolen stürzten sie in den Eingang. Die Wachen duckten sich auf der Stelle, beinahe so, als hätten sie mit einem Angriff gerechnet, und erwiderten das Feuer. Ein Sperrfeuer von Laserblitzen folgte, vom Boden und von den Deckenträgern abprallend. Zwei Sturmsoldaten wurden auf der Stelle getroffen, ein dritter verlor seine Waffe. Eingeklemmt hinter einer Kühlkonsole, konnte er nicht viel anderes tun, als in Deckung zu bleiben.

Zwei andere Soldaten standen jedoch hinter der Tür eines Notausgangs und schossen jeden nieder, der durchbrechen wollte. Vier Rebellen gingen zu Boden. Die Wachen waren praktisch unangreifbar hinter ihrer Panzerplatte – aber sie hatten nicht mit einem Wookie gerechnet.

Chewbacca stürmte die Tür und riß sie auf zwei Männer des Sturmtrupps hinab. Sie wurden zerquetscht.

Leia schoß den sechsten Soldaten nieder, als er aufstand, um auf Chewie zu zielen. Der Soldat, der unter der Kühlanlage gekauert hatte, ergriff plötzlich die Flucht, um Hilfe zu holen. Han hetzte ihm mit langen Schritten nach und riß ihn mit einem Hechtsprung nieder. Er war bewußtlos.

Sie überprüften sich gegenseitig, zählten ihre Verluste. Nicht allzu tragisch – aber es war sehr laut zugegangen. Sie würden sich beeilen müssen, bevor Großalarm gegeben wurde. Das Energiezentrum, das den Schildgenerator steuerte, lag ganz in der Nähe. Und eine zweite Chance würde es nicht geben.

Die Rebellenflotte brach mit ungeheurem Brüllen aus dem Hyperraum hervor. Zwischen gleißenden Lichtstreifen erschien Geschwader um Geschwader und fegte dem Todesstern und seinem Begleitmond entgegen, die nicht weit entfernt leuchtend schwebten. Bald danach raste die ganze Marine ihrem Ziel entgegen, voran die »Millennium Falcon«.

Lando machte sich sofort Sorgen, als sie aus dem Hyperraum kamen. Er warf einen Blick auf seinen Sichtschirm, schaltete die Polarität um, befragte den Computer.

Der Kopilot war ebenfalls betroffen.

»Shng ahsi gngnohsh. Dshy lyhs!«

»Aber wie kann das sein?« fragte Lando. »Wir müssen irgendeine Anzeige erhalten, ob die Abschirmung steht oder nicht.« Wer versuchte hier wen zu täuschen?

Nien Nunb zeigte kopfschüttelnd auf die Steuertafel.

»Dshmbd.«

»Störsender? Wie können sie unseren Empfang stören, wenn sie nicht wissen, daß wir... kommen?«

Er schnitt eine Grimasse vor dem heranrasenden Todesstern, als ihm die Bedeutung seiner Worte aufging. Es war also doch kein Überraschungsangriff. Es war ein Spinnennetz.

Er drückte auf die Taste seiner Funkanlage.

»Angriff abbrechen! Die Abschirmung steht noch!«

Die Stimme von Führer Rot schrie aus dem Kopfhörer: »Ich habe keine Anzeige! Sind Sie sicher?«

»Haltmachen!« befahl Lando. »Alles haltmachen!«

Er zog das Raumschiff scharf nach links, gefolgt von den Jägern im Geschwader Rot.

Manche schafften es nicht. Drei X-Flügler an den Flanken streiften die unsichtbare Abschirmung, gerieten außer Kontrolle und gingen an der Schildwölbung in Flammen auf. Keiner der anderen blickte sich um.

Auf der Brücke des Rebellen-Sternkreuzers gellten Alarmanlagen, flammten Lampen, plärrten Hupen, als der gigantische Raumkreuzer blitzartig umgepolt wurde. Man versuchte, den Kurs rechtzeitig zu ändern, um einen Zusammenprall mit dem Schutzschild zu vermeiden. Offiziere hetzten von Kampfstationen zu Navigationsanlagen; durch die Sichtfenster konnte man andere Schiffe der Flotte sehen, die in verschiedene Richtungen davonstoben, manche beschleunigend, andere abbremsend.

Admiral Ackbar sprach drängend, aber ruhig in das Mikrophon. »Ausweichen. Gruppe Grün, Kurs auf Wartesektor. MG 7 Gruppe Blau –«

Ein Mon Calamari-Lotse auf der anderen Brückenseite rief Ackbar erregt zu: »Admiral, gegnerische Schiffe bei Sektor RT 23 und PB 4.«

Auf dem großen Sichtschirm in der Mitte wurde es lebendig. Nicht nur der Todesstern und der grüne Mond dahinter schwebten einsam im Raum. Die riesige Imperiumsflotte erschien. Sie kam in enger Formation in zwei gewaltigen Flankenwellen hinter Endor hervor – auf dem Weg, die Rebellenflotte von zwei Seiten wie mit den Scheren eines tödlichen Skorpions einzuschließen.

Und der Schutzschild versperrte der Allianz den Weg nach vorn. Die Flotte konnte nicht ausweichen.

Die Stimme eines Jagdpiloten tönte aus dem Lautsprecher.

»Jäger greifen an! Es geht los!«

Der Angriff begann. Der Kampf wurde aufgenommen.

Zuerst Spurjäger. Sie waren viel schneller als die mächtigen Imperiumskreuzer und hatten deshalb als erste Feindberührung mit den Rebellen. Es kam zu heftigen Zweikämpfen im Weltraum, dessen Schwärze bald von rubinroten Explosionen erhellt wurde.

Ein Adjutant kam auf Ackbar zu.

»Wir haben die vordere Abschirmung verstärkt, Admiral.«

»Gut. Doppelte Energie auf die Batterien, und –«

Der Sternkreuzer wurde plötzlich von thermonuklearem Feuerwerk vor dem Beobachtungsfenster geschüttelt.

»Geschwader Gold schwer getroffen!« rief ein Offizier, der auf die Brücke getaumelt kam.

»Deckung geben!« befahl Ackbar. »Wir müssen Zeit gewinnen!« Er sprach wieder in das Mikrophon, als die nächste Erschütterung den Kreuzer durchlief. »Alle Schiffe auf Position bleiben! Warten Sie meinen Umkehrbefehl ab!«

Für Lando und seine Angriffsgeschwader war es jedoch viel zu spät, diesem Befehl noch Folge zu leisten. Sie waren dem Rudel schon weit voraus und liefen der Imperiumsflotte geradewegs in die Arme.

Wedge Antilles, Landos alter Freund aus dem ersten Feldzug, führte die X-Flügler, von der die »Falcon« begleitet wurde. Als sie sich den Kaiserlichen näherten, tönte seine Stimme aus dem Kopfhörer, ruhig und beherrscht.

»X-Flügler Angriffszustand.«

Die Flügel breiteten sich aus wie zartes Libellengewebe, um Energie und Manövrierfähigkeit zu steigern.

»Alle Flügler melden«, sagte Lando.

»Führer Rot in Bereitschaft«, erwiderte Wedge.

»Führer Grün in Bereitschaft.«

»Führer Blau in Bereitschaft.«

»Führer Grau...«

Die letzte Mitteilung wurde unterbrochen von einem aufscheinenden Feuerwerk, das das Geschwader Grau völlig vernichtete.

»Da kommen sie«, sagte Wedge.

»Erhöhen auf Angriffsgeschwindigkeit«, befahl Lando. »Das Feuer von unseren Kreuzern ablenken, solange es geht.«

»Verstanden, Führer Gold«, gab Wedge zurück. »Wir gehen auf Punkt Drei quer zur Achse –«

»Zwei im Anflug bei zwanzig Grad –«, meldete jemand.

»Ich sehe sie«, sagte Wedge. »Ab nach links, ich übernehme den ersten.«

»Aufpassen, Wedge. Drei von oben.«

»Ja, ich –«

»Bin schon darauf, Führer Rot.«

»Es sind zu viele –«

»Sie sind unter starkem Beschuß. Ausweichen –«

»Rot Vier, Vorsicht!«

»Bin getroffen!«

Der X-Flügler wurde funkensprühend hinausgeschleudert durch das Sternenfeld, ohne Antrieb, fort in die Leere.

»Sie haben einen dranhängen, Vorsicht!« schrie Rot Sechs Wedge zu.

»Bei mir negativ, wo ist er?«

»Rot Sechs, eine Staffel Jäger durchgebrochen –«

»Sie sind auf dem Weg zur Lazarettfregatte! Hinterher!«

»Ja, los«, bekräftigte Lando. »Ich greife an. Vier Ziele bei drei Komma fünf. Gebt mir Deckung!«

»Schon hinter Ihnen, Führer Gold. Rot Zwei, Rot Drei, anschließen –«

»Festhalten, da hinten.«

»Formation einnehmen, Gruppe Blau.«

»Gut getroffen, Rot Zwei.«

»Nicht schlecht«, sagte Lando. »Die drei anderen kassiere ich...«

Calrissian zog die »Falcon« in einen Überschlag, während seine Besatzung mit den Bodengeschützen auf die Gegner feuerte. Zwei wurden direkt getroffen, der dritte seitlich gestreift, so daß der Spurjäger in seine eigene Staffel hineingeschleudert wurde. Am Himmel wimmelte es davon, aber die »Falcon« war um die Hälfte schneller als alles andere, was hier flog.

Binnen Minuten war der Kampfbereich ein diffuser roter Leuchtschein, durchsetzt von Rauchwolken, gleißenden Feuerkugeln, wirbelnden Funkenschauern, stürzenden Wracks, grollenden Implosionen, stechenden Lichtpfeilen, rotierenden Geräten, eiserstarrten Leichen, schwarzen Schächten, elektronischen Stürmen.

Ein düster-grandioses Schauspiel. Und erst der Anfang.

Nien Nunb sagte mit kehliger Stimme etwas zu Lando.

»Du hast recht.« Der Pilot zog die Brauen zusammen. »Nur ihre Jäger greifen an. Worauf warten die Sternzerstörer?« Offenbar wollte der Kaiser die Rebellen veranlassen, Immobilien zu erwerben, die er gar nicht zu verkaufen gedachte.

»Dshng shng«, warnte der Kopilot, als die nächste Staffel Spurjäger von oben herabschoß.

»Schon gesehen. Jetzt stecken wir mittendrin.« Er warf einen zweiten Blick auf Endor. Der Mond schwebte friedlich auf seiner rechten Seite. »Los, Han, alter Freund, laß mich nicht im Stich.«

Han drückte auf den Knopf an seinem Armbandgerät und zog den Kopf ein. Die Stahlbetontür zum zentralen Kontrollraum zerplatzte in geschmolzene Stücke. Die Rebelleneinheit stürmte durch die klaffende Öffnung.

Die Sturmtruppe im Inneren schien völlig überrascht zu sein. Einige Soldaten wurden von den Teilen der explodierenden Tür verletzt, die übrigen glotzten fassungslos, als die Rebellen mit gezückten Waffen hereinstürmten. Han war der erste, gefolgt von Leia; Chewie übernahm die Nachhut.

Sie trieben die Soldaten in eine Ecke des Bunkers. Drei Rebellen bewachten sie dort, drei weitere stellten sich an die Ausgänge. Die übrigen legten die Sprengladungen.

Leia betrachtete einen der Sichtschirme am Steuerstand.

»Schnell, Han, schau! Die Flotte wird angegriffen!«

Solo blickte auf den Schirm.

»Verdammt! Solange die Abschirmung hält, stehen sie mit dem Rücken zur Wand!«

»Das ist richtig«, tönte eine Stimme. »Wie ihr auch.«

Han und Leia fuhren herum und sahen Dutzende von Waffen auf sich gerichtet. In den Wandungen des Bunkers hatte sich eine ganze Legion von Sturmtrupps versteckt. Binnen weniger Augenblicke waren die Rebellen umzingelt. Es gab keinen Fluchtweg, die Gegner waren zu viele.

Immer mehr Soldaten des Imperiums stürmten herein. Die betäubten Kommandos wurden entwaffnet.

Han, Chewie und Leia wechselten hilflose, hoffnungslose Blicke. Sie waren die letzte Chance für die Rebellion gewesen.

Sie waren gescheitert.

In einiger Entfernung vom Hauptkampfgebiet, ungefährdet in der Mitte der Imperiumsflotte schwebend, befand sich das Flaggschiff, der Super-Sternzerstörer. Auf der Brücke beobachtete Admiral Piett den Kampf durch das riesige Fenster – neugierig, als verfolge er eine imposante Vorführung oder lasse sich unterhalten.

Zwei Flottenkapitäne standen in ehrerbietigem Schweigen hinter ihm, auch sie dabei, die elegant entworfenen Pläne ihres Kaisers kennenzulernen.

»Die Flotte soll hier anhalten«, befahl Admiral Piett.

Der erste Kapitän eilte hinaus, um die Anweisung weiterzugeben. Der zweite trat ans Fenster neben den Admiral.

»Wir greifen nicht an?«

Piett verzog spöttisch den Mund.

»Ich habe meine Anweisungen vom Kaiser selbst. Er hat sich für diesen Rebellenabschaum etwas ganz Besonderes einfallen lassen.« Er betonte das drittletzte Wort und schwieg einen Augenblick, damit der neugierige Kapitän es genießen konnte. »Wir hindern sie lediglich an der Flucht.«

Der Kaiser, Lord Vader und Luke verfolgten die Raumschlacht vom sicheren Thronsaal im Todesstern aus.

Das Chaos herrschte. Lautlose, kristallene Explosionen, umgeben von grünen, violetten oder magentaroten Strahlenkränzen. Wilde, brutale Luftkämpfe. Anmutig dahinschwebende Zackengebilde aus zerschmolzenem Stahl; Eiszapfengeflechte, die Blut gewesen sein mochten.

Luke sah entsetzt, daß wieder ein Rebellenschiff an den unsichtbaren Ablenkschirm prallte und in einer gewaltigen Explosion auseinanderflog.

Vader beobachtete Luke. Sein Junge war stark, viel stärker, als er erwartet hatte. Und noch formbar. Noch nicht verloren – weder an die kränkliche, schwache Seite der Kraft, die um alles flehen mußte, was sie erhielt, noch an den Kaiser, der Luke mit Grund fürchtete.

Es blieb noch immer Zeit, sich Luke selbst zu holen – ihn wieder zu sich zu nehmen. Sich mit ihm in dunkler Majestät zusammenzutun. Gemeinsam die Galaxis zu beherrschen. Es würde nur Geduld und ein wenig Zauberei erfordern, Luke die kostbaren

Befriedigungen des dunklen Weges zu zeigen und ihn dem furchtsamen Griff des Kaisers zu entreißen.

Vader wußte, daß Luke sie auch gesehen hatte, die Furcht des Kaisers. Er war ein kluger Junge, sein Luke. Vader lächelte grimmig vor sich hin. Der Sohn seines Vaters.

Der Kaiser unterbrach Vaders Gedankengang mit einer glucksenden Bemerkung zu Luke.

»Wie du sehen kannst, mein junger Lehrling, ist der Ablenkschirm an seinem Platz. Deine Freunde sind gescheitert! Und nun...« Er hob die dürre Hand zur Betonung über den Kopf. »Sei Zeuge der Macht dieser voll bewaffneten und einsatzfähigen Kampfstation.« Er ging zur Funkanlage und sagte mit heiserem Flüstern wie zu einer Geliebten: »Feuer frei nach Wunsch, Kommandeur.«

Entsetzt, von düsterem Vorauswissen erfüllt, blickte Luke hinaus über die Oberfläche des Todessterns auf die Weltraumschlacht und die Masse der Rebellenschiffe dahinter.

Unten in den Tiefen des Todessterns erteilte Kommandeur Jerjerrod einen Befehl. Er gab ihn mit gemischten Gefühlen, weil er die endgültige Vernichtung der Rebellen bedeutete – also ein Ende des Kriegszustandes, den Jerjerrod mehr genossen hatte als alles andere. Aber das Zweitschönste nach dem Krieg war für Jerjerrod totale Vernichtung; der Befehl kam also mit einem gewissen Bedauern, begleitet aber auch von einem Nervenkitzel.

Auf Jerjerrods Anweisung hin betätigte ein Lotse einen Schalter. Eine Steuertafel begann hell zu blinken. Zwei gepanzerte Imperiums-Soldaten drückten eine Reihe von Knöpfen. Ein dikker Lichtstrahl drang pulsierend aus einem langen, massiv abgesicherten Schacht. Auf der Oberfläche der fertigen Hälfte des Todessterns begann eine riesige Laserantenne zu leuchten.

Luke sah in ohnmächtigem Entsetzen zu, als der unfaßbar mächtige Laserstrahl aus der Mündung des Todessterns abgestrahlt wurde. Er berührte, nur ganz kurz, einen der Rebellensternkreuzer, die sich mitten im Kampfgetümmel befanden. Und im nächsten Augenblick war der Kreuzer eine Lichtwolke.

In Staub verwandelt. Zerlegt in seine elementarsten Partikel, in einem einzigen Aufscheinen.

Im betäubenden Griff der Verzweiflung, die absolute Leere im Herzen, funkelten Lukes Augen auf – denn er sah wieder seinen Lichtsäbel unbeachtet auf dem Thron liegen. Und in diesem düsteren, lastenden Augenblick war die dunkle Seite ganz bei ihm.

8

Admiral Ackbar stand ungläubig auf seiner Brücke und starrte durch das Fenster auf die Stelle, wo noch einen Augenblick zuvor der Rebellen-Kreuzer »Liberty« auf Distanz am heftigsten Kampf teilgenommen hatte. Nun war da nichts mehr. Nur leerer Weltraum, durchsetzt von dünnem Staub, der im Licht der fernen Explosionen funkelte. Ackbar blieb stumm.

Rings um ihn herrschte Wirrwarr. Hektische Lotsen versuchten nach wie vor die »Liberty« zu erreichen, während Flottenkapitäne vom Bildschirm zum Sichtfenster liefen, schrien, Anweisungen gaben, Unsinniges verlangten.

Ein Adjutant gab Ackbar das Funkgerät. General Calrissians Stimme meldete sich.

»Zentrale Eins, hier Führer Gold. Der Schuß kam vom Todesstern! Wiederhole, der Todesstern ist einsatzfähig!«

»Wir haben es gesehen«, erwiderte Ackbar müde. »Alle Schiffe bereit zum Rückzug.«

»Ich gebe nicht auf! Ich fliehe nicht!« schrie Lando. Er hatte einen weiten Weg zurückgelegt, um bei diesem Spiel dabeizusein.

»Wir haben keine Wahl, General Calrissian. Unsere Kreuzer können einer Feuerkraft dieser Größenordnung nicht widerstehen!«

»Sie bekommen keine zweite Chance mehr, Admiral. Han schaltet den Schutzschild ab – wir müssen ihm mehr Zeit lassen. Auf zu den Sternzerstörern!«

Ackbar schaute sich um. Eine gewaltige Treffersalve erschütterte das Schiff und ließ wächsernes Licht am Fenster vorbeihuschen. Calrissian hatte recht. Eine zweite Chance würde es nicht geben. Entweder jetzt – oder nie.

Er wandte sich an seinen Ersten Flottenkapitän.

»Die Flotte soll vorrücken.«

»Ja, Sir.« Der Mann zögerte. »Sir, wir haben gegen diese Sternzerstörer wenig Aussicht. Ihre Reichweite ist größer, sie haben die stärkeren Waffen.«

»Ich weiß«, sagte Ackbar leise.

Der Kapitän ging. Ein Adjutant trat heran.

»Die Vorhut hat Berührung mit der Imperiumsflotte, Sir.«

»Konzentrieren Sie das Feuer auf die Energiegeneratoren. Wenn wir ihre Abschirmungen ausschalten können, haben unsere Jäger vielleicht eine Chance gegen sie.«

Das Schiff wurde von einer neuen Explosion durchgeschüttelt – ein Laserblitz hatte einen der Heck-Kreiselstabilisatoren getroffen.

»Hilfsabschirmung verstärken!« schrie jemand.

Das Kampfgetöse wurde noch lauter.

Auf der anderen Seite des Fensters im Thronsaal wurde die Rebellenflotte im lautlosen Vakuum des Weltraums dezimiert, während man im Innern nur das Glucksen des Kaisers hören konnte. Lukes Absturz in die Verzweiflung setzte sich fort, als der Laserstrahl des Todessterns ein Raumschiff nach dem anderen vernichtete.

Der Kaiser zischte durch die Zähne.

»Eure Flotte ist verloren – und deine Freunde auf dem Mond werden nicht überleben...« Er drückte einen Funkverbindungsknopf an der Armlehne des Throns und sagte mit Befriedigung in das Gerät: »Kommandeur Jerjerrod, sollte es den Rebellen gelingen, den Schildgenerator in die Luft zu sprengen, richten Sie diese Kampfstation auf Endor und zerstören Sie den Mond.«

»Ja, Majestät«, tönte die Stimme aus dem Empfänger, »aber wir haben mehrere Bataillone stationiert auf –«

»Sie zerstören ihn!« Das Flüstern des Kaisers war endgültiger als ein Schrei.

»Ja, Majestät.«

Palpatine wandte sich wieder an Luke. Er wurde von Lachen geschüttelt, der andere von Empörung.

»Es gibt keinen Ausweg, mein junger Freund. Die Allianz wird sterben – wie deine Freunde.«

Lukes Gesicht war verzerrt und spiegelte sein Inneres wider. Vader beobachtete ihn so sorgfältig wie der Kaiser. Der Lichtsäbel auf seinem Platz begann zu beben. Die Hand des jungen Jedi zitterte, seine Zähne knirschten aufeinander.

Der Kaiser lächelte.

»Gut. Ich kann deinen Zorn spüren. Ich bin unbewaffnet – nimm deinen Säbel. Stoß mich nieder mit deinem ganzen Haß, und deine Reise auf die dunkle Seite wird abgeschlossen sein.« Er lachte und lachte.

Luke konnte nicht länger widerstehen. Der Lichtsäbel klirrte Augenblicke lang auf dem Thron, dann flog er in seine Hand, von der Kraft angetrieben. Er zündete ihn im nächsten Augenblick und ließ ihn mit voller Wucht auf den Schädel des Kaisers niedersausen.

In diesem Augenblick blitzte Vaders Klinge auf und fing Lukes Waffe zwei Zentimeter über dem Kopf des Kaisers ab. Funken flogen wie in der Stahlschmiede und beleuchteten Palpatines Grinsen mit einem höllischen Feuer.

Luke sprang zurück und stellte sich mit erhobenem Lichtsäbel seinem Vater. Vader nahm Kampfstellung ein, die Waffe ausgestreckt.

Han, Leia, Chewbacca und die restlichen Rebellen wurden von ihren Bewachern aus dem Bunker geführt. Der Anblick, der sie empfing, unterschied sich von dem früheren erheblich. Die grüne Lichtung war voller Imperiums-Truppen.

Hunderte von Soldaten, weiß und schwarz gepanzert. Manche standen einfach herum, andere betrachteten die Szene aus der Höhe ihrer zweibeinigen Gehmaschinen, wieder andere lehnten an ihren Raketenrädern. Wenn die Lage schon im Bunker hoffnungslos erschienen war, sah sie jetzt noch schlimmer aus.

Han und Leia drehten sich im Übermaß ihrer Empfindungen zueinander. Alles, worum sie gerungen, alles, was sie erträumt hatten – dahin. Trotzdem hatten sie für eine kurze Weile noch sich selbst. Sie waren aus den Weiten einer Wüste seelischer Einsamkeit zueinandergekommen. Han hatte Liebe nie gekannt, so sehr war er in sich selbst vertieft gewesen; Leia hatte Liebe nie gekannt, so tief verwickelt war sie in gesellschaftliche Umwälzungen, so bestrebt, die ganze Menschheit in die Arme zu schließen. Und irgendwo zwischen seiner verbohrten Zuneigung für den einen und ihrer glühenden Hingabe an alle hatten sie einen schattigen Ort gefunden, wo zwei beisammen kauern, wachsen, sich sogar erhoben fühlen konnten.

Aber auch das wurde jetzt abgeschnitten. Das Ende schien nah zu sein. Es gab so vieles zu sagen, daß sie kein Wort über die Lippen brachten. Statt dessen fanden sich nur ihre Hände, sprachen in diesen letzten Minuten des Beisammenseins ihre Finger zueinander.

In diesem Augenblick kamen Threepio und Artoo gemächlich in die Lichtung. Sie pfiffen und plapperten aufeinander ein. Sie blieben wie angewurzelt stehen, als sie sahen, was aus der Lichtung geworden war… und fanden plötzlich alle Augen auf sich gerichtet.

»O je«, wimmerte Threepio. Im nächsten Augenblick waren er und Artoo herumgefahren und in den Wald zurückgestürzt, den sie eben verlassen hatten. Sechs Männer des Sturmtrupps nahmen die Verfolgung auf.

Die Imperiumssoldaten sahen die beiden Droiden zwanzig Meter im Wald gerade noch hinter einem großen Baum verschwinden. Sie stürzten den Robotern nach. Als sie um den Baum herumkamen, standen Artoo und Threepio ruhig da, um sich gefangennehmen zu lassen. Die Soldaten wollten zupacken. Sie waren zu langsam.

Fünfzehn Ewoks sprangen von den überhängenden Ästen herab und überwältigten die Soldaten rasch mit Steinbrocken und Knüppeln. Teebo, der in einem anderen Baum hockte, hob daraufhin ein Widderhorn an den Mund und ließ drei langgezogene Töne hören. Das war das Angriffssignal für die Ewoks.

Zu Hunderten stürmten sie von allen Seiten auf die Lichtung und warfen sich mit unermüdlichem Eifer der Macht der Imperiumsarmee entgegen. Die Szene löste sich im völligen Chaos auf. Sturmtruppler feuerten mit ihren Laserpistolen auf die Pelzwesen und töteten oder verwundeten viele – um im nächsten Augenblick von Dutzenden überrannt zu werden. Raketenrad-Späher jagten quietschende Ewoks in den Wald – und wurden von Steinsalven aus den Bäumen von ihren Fahrzeugen gerissen.

In den ersten wirren Augenblicken der Schlacht hechtete Chewie ins Laubwerk, während Han und Leia sich in den Bogen des Bunkereingangs zu Boden warfen. Explosionen ringsumher hinderten sie am Entkommen; die Bunkertür war wieder geschlossen und abgesperrt.

Han gab den gestohlenen Code in die Tasten ein, aber diesmal ging die Tür nicht auf. Sie war sofort nach ihrer Gefangennahme umprogrammiert worden.

Leia reckte sich nach einer am Boden liegenden Laserpistole, die knapp außer Reichweite war, aber ohne Erfolg. Aus allen Richtungen kamen Laserblitze.

»Wir brauchen Artoo«, schrie sie.

Han nickte, zog sein Funkgerät heraus, gab die Ruffolge für den kleinen Droiden ein und griff nach der Waffe, die Leia nicht erreichen konnte, während ringsum der Kampf weitertobte.

Artoo und Threepio kauerten hinter einem Baumstamm, als Artoo den Ruf auffing. Er gab plötzlich einen erregten Pfiff von sich und fegte zum Kampfgelände.

»Artoo!« schrie ihm Threepio nach. »Wohin läufst du? Warte auf mich!« Beinahe außer sich, raste der goldene Droid seinem besten Freund nach.

Überall über den Droiden surrten Schnellräder. Die Fahrer feuerten auf die Ewoks, die, von Laserblitzen angesengt, nur noch wilder wurden. Die kleinen Teddybären hingen an den Trauben der Gehkolosse, behinderten die Beine mit Lianenfesseln oder beschädigten die Gelenkmechanismen, indem sie Steine und Zweige in die Scharniere schoben. Sie hieben Späher dadurch von ihren Raketenflitzern, daß sie Ranken in Kehlenhöhe zwischen Bäumen spannten. Sie schleuderten Felsbrocken, sprangen von Bäumen herab, durchbohrten mit Speeren, fesselten mit Netzen. Sie waren überall.

Zu Dutzenden scharten sie sich hinter Chewbacca, der im Lauf der vergangenen Nacht eine große Zuneigung zu ihnen gefaßt hatte. Er war ihr Maskottchen geworden, er betrachtete sie als seine kleinen Vettern. So kamen sie einander mit besonderer Wildheit zu Hilfe. Chewie schleuderte Soldaten links und rechts, ein mit Grund zum Berserker gewordener Wookie, sobald er sah, daß sie seinen kleinen Freunden etwas taten. Die Ewoks ihrerseits bildeten aufopferungsvolle Kader, um Chewbacca zu folgen und sich auf alle Soldaten zu werfen, die ihn zu überwältigen drohten.

Es war ein wilder, sonderbarer Kampf.

Artoo und Threepio erreichten endlich den Bunkereingang. Han und Leia gaben Deckung mit Laserwaffen, die sie sich endlich hatten beschaffen können. Artoo eilte zum Terminal, steckte seinen Computerarm hinein und begann abzutasten. Bevor er jedoch auch nur die Wettercodes berechnet hatte, zerfetzte eine Laserexplosion den Eingang, riß Artoos Kabelarm heraus und schleuderte ihn zu Boden.

Sein Kopf begann zu schwelen, seine Dichtungen leckten. Auf einmal sprangen alle Fächer auf, alle Düsen spritzten oder rauchten, alle Räder wirbelten – und erstarrten. Threepio stürzte zu seinem verwundeten Kameraden, während Han sich den Bunkerterminal ansah.

»Vielleicht kann ich das Ding kurzschließen«, murmelte Solo.

Inzwischen hatten die Ewoks am anderen Ende des Geländes ein primitives Katapult errichtet. Sie feuerten einen großen Felsblock auf eine der Gehmaschinen ab. Der Koloß erbebte heftig, stürzte aber nicht um. Er drehte ab und stakte mit feuernden Laserkanonen auf das Katapult zu. Die Ewoks stoben auseinander. Als die Gehmaschine noch drei Meter entfernt war, hackten die Ewoks ein dickes Gewirr von Halteranken durch. Zwei riesige

Baumstämme krachten auf den Kriegskoloß herab und setzten ihn endgültig außer Gefecht.

Die nächste Phase des Angriffs begann. Ewoks mit flugdrachenartigen Hanggleitern aus Tierhäuten begannen Felsbrocken auf die Sturmtruppen abzuwerfen oder Sturzflugattacken mit Speeren zu unternehmen. Teebo, der Anführer, wurde bei der ersten Salve von Laserfeuer am Flügel getroffen und stürzte auf eine knorrige Wurzel hinunter. Eine angreifende Gehmaschine wollte ihn zerstampfen, aber Wicket fegte gerade noch rechtzeitig herunter und riß Teebo weg. Als er der Gehmaschine auswich, prallte er jedoch mit einem dahinrasenden Raketenrad zusammen, und sie wurden alle miteinander ins Dickicht geschleudert.

So ging das weiter. Die Zahl der Opfer stieg.

Hoch oben am Himmel ging es nicht anders zu. Tausend tödliche Zweikämpfe und Geschützduelle waren gleichzeitig im Gange, während der Laserstrahl des Todessterns die Rebellenschiffe methodisch zertrümmerte.

In der »Millennium Falcon« steuerte Lando wie ein Besessener durch einen Hinderniskurs der riesigen, schwebenden Imperiumssternzerstörer, tauschte Laserblitze mit ihnen, wich Flakgeschossen aus, fegte Spurjägern davon.

Verzweifelt schrie er vor dem Hintergrund unaufhörlicher Explosionen in sein Mikrophon Admiral Ackbar auf dem Kommandoschiff der Allianz an: »Näher ran, sage ich! Fliegt so nah hin, wie es geht und feuert aus nächster Nähe auf die Sternzerstörer – dann kann der Todesstern nicht auf uns schießen, ohne seine eigenen Schiffe zu vernichten!«

»Aber zwischen Großschiffen wie ihren Zerstörern und unseren Zerstörern ist noch nie ein Nahkampf gewagt worden!« Ackbar erregte sich über das Undenkbare – aber ihr Spielraum war fast ausgeschöpft.

»Fein!« schrie Lando, während er über den Zerstörer hinwegfegte. »Dann erfinden wir eben eine neue Art der Kriegführung!«

»Wir wissen nichts von der Taktik eines solchen Vorgehens!« protestierte Ackbar.

»Wir wissen soviel wie die anderen!« brüllte Lando. »Und sie werden denken, wir wüßten mehr!« Beim letzten Blatt zu bluffen war stets gefährlich, aber wenn man sein ganzes Geld im Pott hatte, war es manchmal die einzige Möglichkeit zu gewinnen. Lando spielte niemals auf Verlust.

»Aus einer solchen Nähe halten wir uns gegen Sternzerstörer nicht lange.« Ackbars Resignation war unverkennbar.

»Wir halten uns länger als gegen den Todesstern und nehmen vielleicht ein paar von denen mit!« rief Lando. Eine seiner Bugkanonen wurde mit einem Ruck weggerissen. Er ließ die »Falcon« wegtrudeln und fegte um die Unterseite des Leviathans herum.

Da sie nur noch wenig zu verlieren hatten, beschloß Ackbar, Calrissians Vorschlag zu folgen. In den folgenden Minuten rückten Dutzende von Rebellenkreuzern, astronomisch gesehen, nah an die Sternzerstörer heran – und die Giganten begannen wie Panzer im Nahkampf aufeinander loszufeuern, während Hunderte winziger Jäger über ihre Oberflächen fegten und sich zwischen Laserblitzen hindurchschlängelten, um einander zu verfolgen.

Langsam umkreisten sich Luke und Vader. Den Lichtsäbel hoch über dem Kopf, bereitete Luke seinen Angriff aus der klassischen Grundhaltung vor; der Schwarze Lord hatte sich in der klassischen Antwort seitlich aufgestellt. Ohne Vorwarnung ließ Luke seine Klinge niedersausen. Als Vader parieren wollte, täuschte Luke geschickt und stieß von unten zu. Vader parierte erneut und ließ seine Waffe vom Anprall gegen Lukes Kehle zucken… aber Luke erwiderte den Nachstoß und trat zurück. Die ersten Stöße, ausgetauscht ohne Verletzung. Wieder umkreisten sie sich.

Vader war beeindruckt von Lukes Schnelligkeit. Er freute sich sogar. Beinahe schade, daß er noch nicht zulassen konnte, den Kaiser von Luke töten zu lassen. Seelisch war Luke darauf noch nicht vorbereitet. Noch bestand die Gefahr, daß Luke zu seinen Freunden zurückkehren würde, wenn er den Kaiser jetzt umbrachte. Er brauchte vorher gründlichere Ausbildung, erteilt von Vader und Palpatine, bevor er fähig war, seinen Platz zu Vaders Rechten einzunehmen und mit ihm die Galaxis zu beherrschen.

So mußte Vader dem Jungen über Perioden wie diese hinweghelfen und ihn daran hindern, daß er Schaden am falschen – oder zur Unzeit am richtigen Ort anrichtete.

Bevor Vader seine Gedanken jedoch weiter ordnen konnte, griff Luke erneut an, diesmal aggressiver. Er rückte in einer Folge heftiger Attacken vor, die jeweils mit lautem Knacken von Vaders leuchtendem Säbel abgewehrt wurden. Der Schwarze Lord wich bei jedem Stoß einen Schritt zurück und fuhr einmal herum, um seinen Schneidestrahl tückisch hochzuziehen, aber Luke wehrte ab und trieb Vader wieder zurück. Der Lord der Sith verlor auf den Stufen das Gleichgewicht und stürzte auf die Knie.

Luke stand über ihm, oben auf der Treppe, berauscht von der eigenen Macht. Es lag jetzt in seinen Händen, er wußte es; er konnte Vader besiegen. Nimm seine Waffe, nimm sein Leben. Nimm seinen Platz neben dem Kaiser ein. Ja, sogar das. Diesmal vergrub Luke den Gedanken nicht; er sonnte sich darin. Er genoß ihn, er spürte, wie er ihm zu Kopf stieg. Er ließ ihn fiebern, diesen Gedanken, er erfüllte ihn mit einer Lust, die alles andere zu überwältigen schien.

Er besaß die Macht; die Entscheidung lag bei ihm.

Dann kam ein anderer Gedanke, langsam und zwingend. Er konnte auch den Kaiser vernichten. Sie beide beseitigen und die Galaxis beherrschen. Rächen und erobern.

Es war ein tiefer, bedeutsamer Augenblick für Luke. Schwindelerregend. Aber er verlor nicht die Besinnung, er zuckte nicht zurück.

Er trat einen Schritt vor.

Zum ersten Mal tauchte in Vaders Bewußtsein der Gedanke auf, sein Sohn könnte ihn besiegen. Er war verblüfft von der Stärke, die Luke seit ihrem letzten Duell in der Wolkenstadt erworben hatte –, ganz zu schweigen von dem Gefühl für den rechten Stoß zur rechten Zeit. Das kam unerwartet und war unwillkommen. Vader spürte, wie Demütigung auf die erste Reaktion, Überraschtsein, und die zweite, Furcht, folgte. Dann verwandelte die Demütigung sich in hellen Zorn. Und er wollte Rache.

Diese Dinge wurden in allen Facetten widergespiegelt von dem jungen Jedi, der über ihm aufragte. Der Kaiser, der freudig zuschaute, sah das und stachelte Luke an, in seiner Dunkelheit zu schwelgen.

»Nutz deine aggressiven Gefühle, mein Junge! Ja! Laß dich vom Haß durchströmen! Sei eins damit, laß dich davon tragen!«

Luke stockte einen Augenblick, dann begriff er, was vorging. Er geriet erneut in Verwirrung. Was wollte er? Was sollte er tun? Sein kurzes Triumphgefühl, der vorbeihuschende Augenblick schwarzer Klarheit – fort auf einmal, weggeschwemmt von Unentschlossenheit, nur noch verschleiertes Rätsel. Kaltes Erwachen aus leidenschaftlichem Buhlen.

Er trat einen Schritt zurück, senkte den Säbel, erschlaffte, versuchte den Haß aus seinem Ich zu vertreiben.

In diesem Augenblick griff Vader an. Er stürmte die Treppe hinauf und zwang Luke, abwehrend zurückzuweichen. Er hielt die Klinge des Jungen mit seiner eigenen fest, aber Luke löste sich und sprang auf eine hochgelegene Bühne. Vader seinerseits sprang über das Geländer auf den Boden unter dieser Plattform.

»Ich kämpfe nicht mit dir, Vater«, sagte Luke.

»Es ist unklug von dir, in der Abwehr nachzulassen«, warnte Vader. Sein Zorn war vielschichtig geworden. Er wollte nicht siegen, wenn der Junge im Kampf nicht alles gab. Aber wenn Siegen bedeutete, daß er einen Jungen töten mußte, der nicht kämpfen wollte... dann konnte er auch das tun. Aber Luke mußte sich über die Konsequenzen im klaren sein. Er wollte Luke verdeutlichen, daß es hier nicht länger um ein Spiel ging. Hier herrschte die Dunkelheit.

Luke hörte aber etwas anderes.

»Deine Gedanken verraten dich, Vater. Ich spüre das Gute in dir... den Konflikt. Du konntest dich vorher nicht überwinden, mich zu töten –, und du wirst mich auch jetzt nicht vernichten.« Luke konnte sich erinnern, daß Vader ihn sogar schon zweimal hätte töten können und es nicht getan hatte. Beim Luftkampf über dem ersten Todesstern und später beim Lichtsäbelduell auf Bespin. Er dachte kurz an Leia und daran, daß auch sie schon in den Klauen Vaders gewesen war, daß er sie sogar gefoltert hatte – ohne sie jedoch zu töten. Es peinigte ihn, an ihre Qual zu denken, aber diesen Gedanken schob er rasch beiseite. Für ihn stand fest, was so oft undeutlich gewesen war: Es gab noch eine gute Seite an seinem Vater.

Die Anschuldigung versetzte Vader in Raserei. Er konnte von diesem Kind vieles hinnehmen, aber das ging zu weit. Er mußte dem Jungen eine Lehre erteilen, die er nie vergessen oder bei deren Bewältigung er sterben würde.

»Noch einmal, du unterschätzt die Macht der dunklen Seite...«

Vader schleuderte seine schillernde Klinge. Sie durchtrennte die Aufhängung der Bühne, auf der Luke stand, machte kehrt und flog in Vaders Hand zurück. Luke stürzte zu Boden und rollte sich blitzschnell unter die schräge Plattform. Im Schatten des dunklen Überhangs war er nicht zu sehen. Vader lief wie eine Raubkatze auf und ab und suchte nach dem Jungen, aber in die Schatten des Überhangs wollte er nicht treten.

»Du kannst dich nicht ewig verstecken, Luke.«

»Du mußt hereinkommen und mich holen«, erwiderte die körperlose Stimme.

»So leicht mache ich es dir nicht.« Vader spürte, daß seine Absichten in diesem Konflikt immer zweideutiger wurden; die Reinheit des Bösen in ihm wurde kompromittiert. Der Junge war in der Tat geschickt – Vader begriff, daß er von nun an mit äußerster Vorsicht zu Werke gehen mußte.

»Ich will keinen Vorteil, Vater. Ich kämpfe nicht gegen dich. Da – nimm meine Waffe.« Luke wußte sehr genau, daß dies das Ende sein konnte. So sei es, dachte er. Er wollte die Dunkelheit nicht mit Dunkelheit bekämpfen. Vielleicht würde es doch Leia überlassen bleiben, den Kampf ohne ihn weiterzuführen. Vielleicht fand sie einen Weg, den er nicht kannte; vielleicht erreichte sie das Ziel. Er sah nur noch zwei Wege. Der eine führte in die Dunkelheit, der andere nicht.

Luke legte den Lichtsäbel auf den Boden und rollte ihn hinaus zu Vader. Er blieb auf halbem Weg zwischen ihnen liegen. Der Schwarze Lord streckte die Hand aus. Lukes Lichtsäbel flog hinein. Er hängte ihn an den Gürtel und betrat unsicher den schattendunklen Überhang.

Er nahm Empfindungen Lukes auf, neue Unterströmungen des Zweifels. Bedauern, Reue, Verzicht. Qual. Aber nicht direkt bezogen auf Vader. Auf andere, auf... Endor. Ah, das war es... der Mond, wo seine Freunde in Kürze sterben würden. Luke würde eines bald lernen: Auf der dunklen Seite sah es mit den Freundschaften anders aus. Völlig anders.

»Überlaß dich der dunklen Seite, Luke«, flehte er. »Nur so kannst du deine Freunde retten. Ja, deine Gedanken verraten dich, mein Sohn. Deine Gefühle für sie sind stark, vor allem für...«

Vader verstummte. Er spürte etwas.

Luke zog sich tiefer in den Schatten zurück. Er versuchte sich zu verstecken, aber was in seinem Denken war, ließ sich nicht verbergen – Leia litt Qualen. Ihre Agonie drang zu ihm, und sein Inneres schrie mit ihr auf. Er versuchte das fernzuhalten, es zum Schweigen zu bringen, aber der Schrei war laut, und er konnte ihn nicht unterdrücken, nicht auf sich beruhen lassen, mußte ihn zu sich nehmen, ihm Trost spenden.

Vaders Bewußtsein drang in diesen privaten Ort ein.

»Nein!« schrie Luke auf.

Vader war fassungslos.

»Schwester? Schwester!« brüllte er. »Deine Gefühle haben jetzt auch sie verraten... Zwillinge!« schrie er triumphierend. »Obi-Wan war weise, sie zu verstecken, aber jetzt ist sein Scheitern endgültig.« Sein Lächeln war Luke deutlich, durch die Maske hindurch, durch die Schatten, durch alle Reiche der Dunkelheit. »Wenn du nicht zur dunklen Seite gehen willst, wird sie es vielleicht tun.«

Das war für Luke das Unerträgliche. Leia, die letzte Hoffnung! Wenn Vader seine irren, wilden Gelüste auf sie richtete...

»Niemals!« schrie er. Sein Lichtsäbel flog von Vaders Gürtel in seine Hand und wurde im Flug gezündet.

Er stürzte sich mit nie gekannter Wildheit auf seinen Vater. Die beiden kämpften verbissen. Von ihren Strahlungswaffen sprühten Funken. Bald zeigte sich, daß der Vorteil ganz auf Lukes Seite lag und er ihn nutzte. Sie standen Leib an Leib, die Arme mit den Säbeln ineinander verschlungen. Als Luke Vader zurückstieß, um Platz zu gewinnen, prallte der Schwarze Lord mit dem Kopf an einen Deckenträger. Er taumelte noch weiter zurück, aus der niedrigen Enge hinaus. Luke verfolgte ihn erbarmungslos.

Stoß um Stoß trieb Luke Vader vor sich her – zurück auf die Brücke über dem riesigen, scheinbar endlosen Schacht zum Energiekern. Die Stöße von Lukes Lichtsäbel schüttelten Vader wie Anklagen, wie Schreie, wie Haßgeschosse.

Der Schwarze Lord wurde auf die Knie gezwungen. Er hob die Klinge, um den Ansturm abzuwehren – und Luke schlug Vaders rechte Hand am Gelenk durch.

Die Hand rutschte klirrend davon, Metall, Drähte, elektronische Schaltungen – Vaders Lichtsäbel fiel hinab über die Brücke in den Schacht, um spurlos zu verschwinden.

Luke starrte auf die zuckende, abgetrennte Kunsthand seines Vaters – dann auf seine eigene im schwarzen Handschuh, und er begriff plötzlich, wie ähnlich er seinem Vater geworden war, dem Mann, den er haßte.

Zitternd stand er vor Vader, die Spitze der leuchtenden Klinge an der Kehle des Schwarzen Lords. Er wollte dieses Wesen der Dunkelheit vernichten, dieses Ding, das einmal sein Vater gewesen, das... er war.

Plötzlich stand der Kaiser vor ihnen, gierig starrend, glucksend vor unbeherrschbarer, freudiger Erregung.

»Gut! Töte ihn! Dein Haß hat dich mächtig gemacht! Erfülle dein Schicksal und nimm den Platz deines Vaters an meiner Seite ein!«

Luke starrte seinen Vater an, dann den Kaiser, wieder seinen Vater. Das war Dunkelheit – und es war die Dunkelheit, die er haßte. Nicht seinen Vater, nicht einmal den Kaiser. Die Dunkelheit in ihnen. In ihnen und in sich selbst.

Und zerstören konnte man die Dunkelheit nur dann, wenn man sich von ihr lossagte. Für immer und ewig. Er richtete sich plötzlich auf und traf die Entscheidung, für die sein ganzes Leben Vorbereitung gewesen war.

Er schleuderte seinen Lichtsäbel von sich.

»Niemals! Nie werde ich zur dunklen Seite überlaufen! Du bist gescheitert, Palpatine. Ich bin ein Jedi, wie mein Vater es vor mir gewesen ist.«

Die Freude des Kaisers verwandelte sich in dumpfe Wut.

»So sei es, Jedi. Wenn du nicht zu bekehren bist, mußt du vernichtet werden.«

Palpatine hob seine Spinnenarme und richtete sie auf Luke. Blendendweiße Energieblitze strahlten aus seinen Fingern, fegten wie Zauberblitze durch den Raum und durch den Körper des Jungen, um Erdung zu suchen. Der junge Jedi wurde in tiefste Verwirrung und Agonie gestürzt – von solcher Macht, von solcher Verderbtheit der Kraft hatte er nichts gewußt.

Aber wenn dies durch die Kraft entstand, konnte es durch die Kraft auch abgewehrt werden. Luke hob die Arme, um die Blitze abzulenken. Am Anfang gelang ihm das. Die Blitzschläge prallten von ihm ab und landeten harmlos an den Wänden. Bald kamen die Stöße jedoch so schnell und heftig, daß sie ihn überfluteten und durchzuckten und er vor ihnen nur erschlaffen konnte, sich vor Schmerzen aufbäumte, ihm die Knie einknickten, die Kräfte ihn verließen.

Vader kroch wie ein verwundetes Tier zu seinem Kaiser.

Auf Endor ging die Schlacht um den Bunker weiter. Die Sturmtruppen feuerten mit modernsten Waffen auf die Ewoks, während die wuscheligen kleinen Krieger mit Knüppeln auf die Soldaten einhieben, Gehmaschinen mit gestapelten Baumstämmen und Stolperlianen kippten, Raketenräder mit Rankenseilen und Netzfallen einfingen.

Sie ließen Bäume auf ihre Gegner stürzen. Sie hoben Gruben aus, die sie mit Zweigen bedeckten, und lockten die Gehkolosse dann auf ihre Fährten, bis die plumpen Panzergebilde in die Gruben stürzten.

Sie lösten Erdrutsche aus. Sie errichteten an einem nahen kleinen Fluß einen Damm und öffneten die Schleusen, um eine große Schar Soldaten und zwei Gehmaschinen fortzuspülen. Sie traten in

Massen auf und stoben wieder auseinander. Sie sprangen von hohen Ästen auf Gehmaschinen hinunter und goßen siedendes Echsenöl aus Beuteln in die Schießscharten. Sie gebrauchten Messer und Speere und Schleudern und stießen gellend-unheimliches Kriegsgeschrei aus, um den Feind zu verwirren und zu erschrekken. Sie waren Gegner ohne Furcht.

Ihr Beispiel machte sogar Chewie noch kühner, als er das von Natur schon war. An Lianen zu schwingen und Köpfe aneinanderzuhauen, machte ihm so viel Spaß, daß er beinahe seine Laserpistole vergaß.

Er schwang sich einmal auf das Dach einer Gehmaschine, Teebo und Wicket auf seinem Rücken. Sie landeten polternd auf dem schwankenden Gerät und machten solchen Krach, als sie sich zu halten versuchten, daß einer der Soldaten im Inneren die Oberluke öffnete, um hinauszuschauen. Bevor er seine Waffe abfeuern konnte, riß Chewie ihn heraus und schleuderte ihn auf den Boden hinunter. Wicket und Teebo sprangen sofort durch die Luke hinein, um den anderen Soldaten zu überwältigen.

Imperiums-Gehmaschinen steuerten die Ewoks ganz ähnlich wie Raketenräder – ungeschickt, aber mit Begeisterung. Chewie wurde oben mehrmals beinahe abgeworfen, aber selbst sein zorniges Hinunterblaffen ins Cockpit schien nicht viel zu bewirken. Die Ewoks kicherten, quietschten und prallten mit dem nächsten Raketenflitzer zusammen.

Chewie stieg hinunter ins Innere. Er brauchte einen halbe Minute, um sich mit der Steuerung vertraut zu machen – die Technologie des Imperiums war zum größten Teil normiert. Dann bewegte er den Koloß methodisch und der Reihe nach auf die anderen Maschinen zu, deren Insassen nichts ahnten. Er zerschoß sie alle. Als die riesigen Kriegsmaschinen in Flammen aufgingen, faßten die Ewoks neuen Mut. Sie scharten sich hinter Chewies Koloß zusammen. Der Wookie führte die Wende herbei.

Inzwischen arbeitete Han verzweifelt an der Steuertafel. Jedesmal, wenn er einen Anschluß neu herstellte, sprühten Funken, aber die Tür ging nicht auf. Leia kauerte an seinem Rücken, feuerte mit der Laserpistole und gab ihm Deckung.

Er winkte sie zu sich.

»Hilf mir. Ich glaube, ich hab's. Halt das fest.« Er gab ihr einen der Drähte. Sie steckte die Waffe ein, griff nach dem Draht und hielt ihn fest, während er zwei andere von der gegenüberliegenden Seite der Tafel herüberholte.

»Dann mal los«, sagte er.

Aus den drei Drähten stoben Funken; der Anschluß war hergestellt. Es gab einen lauten, dumpfen Knall, als eine zweite Tür vor der ersten heruntersauste und die unüberwindliche Barriere verdoppelte.

»Großartig. Jetzt müssen wir durch zwei Türen hindurch«, murmelte Leia.

In diesem Augenblick wurde sie von einem Laserblitz am Arm getroffen und zu Boden geworfen.

Han stürzte zu ihr.

»Leia, nein!« schrie er, während er versuchte, das Blut zu stillen.

»Prinzessin Leia, um Himmels willen!« ächzte Threepio.

»Es ist nicht schlimm.« Sie schüttelte den Kopf. »Es ist nur –«

»Halt!« schrie eine Stimme. »Eine Bewegung, und ihr seid beide tot!«

Sie erstarrten und hoben die Köpfe. Zwei Imperiums-Soldaten standen vor ihnen, die Waffen auf sie gerichtet.

»Aufstehen«, befahl einer von ihnen. »Mit erhobenen Händen.«

Han und Leia sahen einander an, blickten sich tief in die Augen, schwammen dort einen zeitlosen Augenblick lang in den Tiefen ihrer Seelen, in dem alles gefühlt, begriffen, berührt, geteilt wurde.

Solos Blick wurde von Leias Halfter angezogen – sie hatte unbemerkt ihre Waffe herausgezogen und hielt sie bereit. Die Soldaten konnten das nicht sehen, weil Han vor Leia stand und sie halb verdeckte.

Er hatte begriffen und blickte wieder in ihre Augen. Mit einem letzten zärtlichen Lächeln flüsterte er: »Ich liebe dich.«

»Ich weiß«, erwiderte sie schlicht.

Dann war der Augenblick vorbei, und auf ein unausgesprochenes Signal warf Han sich zur Seite, während Leia auf die Soldaten feuerte.

Die Luft war durchzuckt von Laserfeuer – glitzernder orange-rötlicher Dunst wie ein Elektronensturm durchwehte die Umgebung, durchzuckt von grellen Flammen.

Als der Rauch sich verzogen hatte, kam ein riesiger Gehkoloß heran und blieb vor ihm stehen. Han hob den Kopf und sah die Laserkanonen direkt auf sein Gesicht gerichtet. Er hob die Arme und trat zögernd einen Schritt vor. Er wußte selbst nicht genau, was er tun sollte.

»Bleib, wo du bist«, sagte er leise zu Leia und schätzte im stillen die Entfernung bis zur Gehmaschine ab.

Plötzlich öffnete sich die Luke im Dach der Gehmaschine, und Chewbacca steckte mit einem einschmeichelnden Lächeln den Kopf heraus.

»Ahr Rahr!« knurrte der Wookie.

Solo hätte ihn am liebsten abgeküßt.

»Chewie! Komm herunter! Sie ist verwundet!« Er wollte hin, um seinen Partner zu begrüßen, und blieb plötzlich stehen. »Nein, warte. Mir fällt etwas ein.«

9

Die beiden Weltraum-Armadas standen einander wie ihre Entsprechungen einer anderen Zeit und Galaxis zu Wasser gegenüber, Schiff an Schiff, und tauschten Breitseiten aus nächster Nähe.

Heroische, manchmal selbstmörderische Manöver kennzeichneten den Tag. Ein Rebellenkreuzer, das Heck grell beleuchtet von lodernden Bränden und dumpfen Explosionen, schleppte sich zur Berührung mit einem Imperiums-Zerstörer, bevor er auseinanderflog und den Gegner mit in den Tod nahm. Frachtschiffe, beladen mit Sprengstoffen, wurden auf Kollisionskurs mit fliegenden Festungen geschickt, während die Besatzungen die Schiffe verließen und einem ungewissen Schicksal entgegensahen.

Lando, Wedge, Führer Blau und Geschwader Grün griffen an, um einen der größeren Zerstörer auszuschalten – die Kommunikationszentrale des Imperiums. Es war schon durch direkten Beschuß des inzwischen zerstörten Rebellenkreuzers angeschlagen, aber die Schäden konnten noch behoben werden. Die Rebellen mußten also angreifen, solange die Verwundbarkeit bestand.

Landos Staffel flog sehr tief an, so daß der Zerstörer seine größeren Geschütze nicht einsetzen konnte. Die Jäger blieben außerdem unsichtbar, bis sie direkt im Blickfeld des Gegners auftauchten.

»Bugablenkung verstärken«, gab Lando an seine Gruppe durch. »Wir rücken vor.«

»Bin schon dabei«, sagte Wedge. »Gruppe anschließen.«

Sie fegten im Sturzflug senkrecht zur Hauptachse des Imperiums-Zerstörers hinab, weil solche Anflüge schwer zu verfolgen waren. Fünfzehn Meter über der Oberfläche rissen sie die Maschinen in einem Winkel von neunzig Grad hoch und rasten über die graublaue Metalloberfläche, während ihnen aus allen Öffnungen Laserfeuer entgegenschlug.

»Angriffsanflug auf den Haupt-Energiebaum«, sagte Lando.

»Verstanden«, erwiderte Führer Grün. »In Position.«

»Die Frontbatterien meiden«, warnte Führer Blau.

»Sperrfeuerzone.«

»Ich bin in Schußweite.«

»Links vom Turm schwere Schäden«, stellte Wedge fest. »Auf diese Seite konzentrieren.«

»Bin dabei.«

Führer Grün wurde getroffen.

»Verliere Energie!«

»Wegziehen, sonst ist es aus!«

Führer Grün zog die Maschine wie eine Rakete hinab und hinein in die Frontbatterien des Zerstörers. Ungeheure Explosionen erschütterten den Steuerbordbug.

»Danke«, sagte Führer Blau leise vor dem Flammeninferno.

»Das ist die Bresche für uns!« schrie Wedge. »Zieht rüber. Die Energiereaktoren sind gleich hinter der Frachtbucht.«

»Mir nach!« rief Lando und zog die »Falcon« so steil in die Kurve, daß das entsetzte Reaktorpersonal völlig überrascht war. Wedge und Blau folgten. Sie gaben ihr Bestes.

»Direkter Treffer!« schrie Lando.

»Es geht los!«

»Hochziehen, hochziehen!«

Sie rissen die Maschinen steil hoch, als der Zerstörer von einer Folge immer heftigerer Explosionen geschüttelt wurde, bis er aussah wie ein kleiner Stern. Führer Blau wurde von der Druckwelle erfaßt und wie von einer Riesenfaust an ein kleineres Imperiumsschiff geschleudert, das mit dem Jäger zusammen explodierte. Lando und Wedge entkamen.

Auf dem Kommandoschiff der Rebellen war die Brücke von Rauch erfüllt, Schreie gellten.

Ackbar erreichte Calrissian über Funk.

»Die Störsender sind ausgefallen. Wir haben eine Anzeige für den Schutzschild.«

»Besteht er noch?« fragte Lando mit verzweifelter Hoffnung.

»Ich fürchte ja. General Solos Einheit scheint es nicht geschafft zu haben.«

»Bis sie unser letztes Schiff zerstört haben, besteht noch immer Hoffnung«, gab Lando zurück. Han würde nicht scheitern. Er durfte es nicht – sie mußten um jeden Preis den Todesstern zerstören.

Auf dem Todesstern verlor Luke unter den Blitzen des Kaisers beinahe das Bewußtsein. Bis zum Unerträglichen gepeinigt, erfaßt von einer Schwäche, die ihm das Lebensmark aussaugte, hoffte er nur noch darauf, sich der Leere, der er entgegenschwebte, ganz überlassen zu können.

Der Kaiser blickte lächelnd auf den seiner Kraft beraubten jungen Jedi hinunter, während Vader sich neben seinem Gebieter bemühte aufzustehen.

»Junger Narr!« fuhr Palpatine Luke an. »Das ist das Ende, verstehst du? Deine kindlichen Fähigkeiten bedeuten nichts gegen die Macht des Dunklen. Du hast für deinen Mangel an Weitblick einen Preis bezahlt. Jetzt wirst du ihn ganz entrichten, Skywalker. Du wirst sterben!«

Er lachte ein irres Lachen, und obwohl Luke es nicht für möglich gehalten hätte, verstärkte sich die Heftigkeit der aus den kaiserlichen Fingern entspringenden Blitzschläge noch. Sie kreischten durch den Saal, die mörderische Grellheit der Blitze war überwältigend.

Lukes Körper stockte, erschlaffte, sank unter dem unbarmherzigen Beschuß endlich zusammen. Er bewegte sich nicht mehr, schien nun völlig leblos zu sein. Der Kaiser ließ ein bösartiges Fauchen hören.

In diesem Augenblick sprang Vader auf und packte den Kaiser von hinten, drehte Palpatine die Arme auf den Rücken. Schwächer, als er je gewesen, war Vader die letzten Minuten regungslos liegengeblieben und hatte alles, was noch in ihm war, auf diese eine, letzte Handlung vereinigt – das einzige, was noch möglich war, das letzte, wenn er scheiterte. Ohne Rücksicht auf seine Qualen, seine Scham und seine Schwäche, ohne den knochenzermalmenden Lärm in seinem Schädel zu beachten, konzentrierte er alles auf seinen Willen, das im Kaiser verkörperte Böse zu besiegen.

Palpatine wand sich im Griff von Vaders Umklammerung, während seine Hände noch immer Blitze bösartiger Kraft in alle Richtungen versprühten. Durch sein wildes Zucken fetzten die Lichtstöße im Saal herum und trafen Vader. Der Schwarze Lord stürzte erneut zu Boden, elektrische Ströme rasten knisternd über seinen Helm, seinen Umhang, in sein Herz.

Vader wankte mit seiner Last auf die Mitte der Brücke über dem schwarzen Abgrund, der zum Energiekern führte. Er hob den winselnden Despoten hoch über seinen Kopf und schleuderte ihn mit einer letzten Krampfzuckung hinab in den Schlund.

Palpatines Körper, der immer noch Blitze spie, flog, sich wild überschlagend, in die Leere und prallte im Sturz an den Schachtwänden ab. Endlich verschwand er; dann konnte man tief unten im Kern eine dumpfe Explosion hören. Ein Luftstoß fauchte aus dem Schacht in den Thronsaal.

Der Wind zerrte an Lord Vaders Umhang, als er zum Loch wankte und zusammenbrach, bemüht, seinem Herrn zu folgen. Luke kroch zu seinem Vater und zog den Schwarzen Lord vom Abgrund zurück auf sicheren Grund.

Sie lagen beide am Boden, ineinander verschlungen, zu schwach, um sich zu rühren, zu bewegt, um sprechen zu können.

Im Inneren des Bunkers auf Endor verfolgten Imperiums-Überwacher auf dem großen Bildschirm die Schlacht mit den Ewoks. Das Bild wies zwar starke Störungen auf, aber man konnte doch erkennen, daß die Kampftätigkeit nachließ. Es wurde auch Zeit, wie man fand, da seinerzeit behauptet worden war, bei den Mondbewohnern hier handele es sich um friedliche und harmlose Geschöpfe.

Die Störsignale schienen zuzunehmen – vermutlich wieder ein Antennenschaden durch Kampfhandlungen –, als auf dem Schirm plötzlich ein Gehkoloß-Pilot erschien und aufgeregt winkte.

»Es ist vorbei, Kommandeur! Die Rebellen sind geschlagen und flüchten zusammen mit den Bärenwesen in den Wald. Wir brauchen Verstärkung, damit wir die Verfolgung fortsetzen können!«

Die Bunkerinsassen jubelten. Der Ablenkschirm war gerettet.

»Haupttür öffnen!« befahl der Kommandeur. »Drei Abteilungen zum Einsatz.«

Die Bunkertür ging auf, die Imperiumstruppen stürmten hinaus und sahen sich im nächsten Augenblick von Rebellen und Ewoks umzingelt, die blutbedeckt und bösartig wirkten. Die Sturmtruppen ergaben sich ohne Gegenwehr.

Han, Chewie und fünf Kameraden stürmten mit den Sprengladungen in den Bunker. Sie brachten die Zeitzünder an elf strategischen Punkten in und um den Energiegenerator an, dann stürzten sie hinaus, so schnell sie konnten.

Leia, die noch immer große Schmerzen hatte, lag geschützt im weiter entfernten Gebüsch. Sie schrie den Ewoks zu, sie sollten ihre Gefangenen auf der anderen Seite der Lichtung zusammentreiben, fern vom Bunker, als Han und Chewie heraushetzten und Deckung suchten. Im nächsten Augenblick flog der Bunker in die Luft.

Es war ein spektakulärer Anblick. Explosion um Explosion jagte eine Feuerwand hundert Meter in die Luft und erzeugte eine

Druckwelle, die alle umwarf und die Vegetation rund um die Lichtung versengte.

Der Bunker war gesprengt.

Ein Kapitän lief auf Admiral Ackbar zu und rief mit bebender Stimme: »Sir, die Abschirmung um den Todesstern ist ausgefallen!«

Ackbar blickte auf den Bildschirm; das Elektronennetz war verschwunden. Mond und Todesstern schwebten ungeschützt im schwarzen, leeren Weltraum.

»Sie haben es geschafft«, flüsterte Ackbar.

Er stürzte zur Funkanlage und schrie in den Vielfrequenzkanal.

»Alle Jäger Angriffe auf Hauptreaktor des Todessterns erneuern. Die Abschirmung ist ausgefallen. Wiederhole: Die Abschirmung ist ausgefallen!«

Landos Stimme wurde laut.

»Ich sehe es. Wir sind unterwegs. Gruppe Rot! Gruppe Gold! Staffel Blau! Alle Jäger mir nach!« Gut gemacht, Han! dachte er. Jetzt bin ich dran.

Die »Falcon« schoß hinab zur Oberfläche des Todessterns, gefolgt von Schwärmen Rebellen-Jägern, dahinter massiert, aber noch wirr durcheinander, Imperiums-Spurjäger – während drei Sternkreuzer der Rebellen auf den Super-Sternzerstörer des Imperiums zuflogen, Vaders Flaggschiff, das Probleme mit der Steuerung zu haben schien.

Lando und die erste Welle X-Flügler rasten zum unfertigen Teil des Todessterns und huschten in geringer Höhe über die Wölbung der fertigen Hälfte.

»Tief unten bleiben, bis wir am unausgebauten Teil sind«, wies Wedge seine Staffel an. Überflüssigerweise, wie seine Leute meinten.

»Eine Staffel Feindmaschinen –«

»Geschwader Blau«, rief Lando. »Ziehen Sie die Spurjäger von uns ab –«

»Ich werde tun, was ich kann.«

»Ich empfange Störsignale... der Todesstern setzt seine Störsender ein...«

»Neue Feindmaschinen bei zehn Uhr –«

»Da ist der Aufbau«, rief Lando. »Achtet auf den Schacht des Hauptreaktors.«

Er bog scharf hinab zur unfertigen Hälfte und schlängelte sich wild hindurch zwischen hochragenden Stahlträgern, halbfertigen Türmen, Labyrinthkanälen, Gerüsten, einzelnen Flutscheinwerfern. Die Flugabwehr war hier bei weitem nicht so gut ausgebaut. Man hatte sich ganz auf den Ablenkschild verlassen. Aus diesem Grund waren die Hauptprobleme für die Rebellen das Stahlgerüst vor und die Imperiums-Jagdmaschinen hinter ihnen.

»Ich sehe es, das Energie-Kanalsystem«, funkte Wedge. »Ich greife an.«

»Ich seh's auch«, bestätigte Lando. »Dann mal los.«

»Leicht wird das nicht werden –«

Über einen Turm hinweg, unter einer Brücke hindurch – und plötzlich flogen sie mit Höchstgeschwindigkeit in einen tiefen Schacht, der für drei Jäger Tragfläche an Tragfläche kaum breit genug war. Außerdem war er auf der ganzen Strecke durchzogen von zahllosen Zuführungsschächten und -tunnels, Abzweigungen und Höhlen ohne Ausgang, und, als sei das noch nicht genug, gespickt mit einer erschreckenden Anzahl von Hindernissen im Schacht selbst: Maschinenanlagen, Konstruktionselemente, Stromkabel, Schwebetreppen, Halbwände, Bauschutt.

Zwanzig Rebellenmaschinen fegten in den Energieschacht hinein, gefolgt von der doppelten Anzahl Spurjäger. Zwei X-Flügler gingen verloren, als sie gegen einen Kran krachten.

Die Jagd war eröffnet.

»Wohin fliegen wir, Führer Gold?« schrie Wedge fröhlich. Ein Laserblitz zischte über ihm an den Schacht und übersprühte seine Kanzel mit Funken.

»Einpeilen auf die stärkste Energiequelle«, empfahl Lando. »Das sollte der Generator sein.«

»Staffel Rot, aufpassen – der Platz könnte uns schlagartig ausgehen.«

Sie zogen die Formation auseinander zu Einzel- und Doppelreihe, als sich herauszustellen begann, daß der Schacht nicht nur zahlreiche Wandöffnungen und herausragende Hindernisse aufwies, sondern bei jeder Biegung auch noch enger wurde.

Spurjäger trafen wieder eine Rebellenmaschine, die in Flammen aufging. Kurz danach fetzte ein Spurjäger an ein Hindernis, was zum gleichen Ergebnis führte.

»Ich habe Anzeige für ein großes Schachthindernis«, teilte Lando mit.

»Eben erfaßt. Wird das gehen?«

»Eng wird es auf jeden Fall.«

Es wurde eng. Eine Hitzemauer, die drei Viertel des Tunnels versperrte, wobei der Schacht ein wenig abknickte, so daß etwas mehr Platz blieb. Lando mußte die »Falcon« um 360 Grad drehen, während er hinaufstieg, hinabfiel und beschleunigte. Zum Glück waren die X- und Y-Flügler nicht ganz so breit. Trotzdem schafften es zwei von ihnen an der Unterseite nicht. Die kleineren Spurjäger rückten näher.

Plötzlich Schnee und Rauschen auf allen Bildschirmen.

»Mein Radar ist weg!« schrie Wedge.

»Tempo herabsetzen«, sagte Lando. »Energiestörung von großem Ausmaß.«

»Auf Sichtabtastung schalten.«

»Bei diesem Tempo nutzlos – wir müssen fast blind fliegen.«

Zwei blinde X-Flügler prallten an die Wandung, als der Schacht wieder enger wurde. Ein dritter wurde von den aufholenden Imperiumsjägern zerschossen.

»Führer Grün!« rief Lando.

»Verstanden, Führer Gold.«

»Trennen und zur Oberfläche zurückfliegen. Zentrale Eins hat eben einen Jäger verlangt, außerdem ziehen Sie vielleicht Verfolger ab.«

Führer Grün und seine Begleitmaschine lösten sich aus dem Energieschacht und rasten hinauf zur Kreuzerschlacht. Ein Spurjäger folgte ihnen, unaufhörlich feuernd.

Ackbars Stimme meldete sich über Funk.

»Der Todesstern dreht sich von der Flotte weg. Es hat den Anschein, daß er Endor vernichten will.«

»Wie lange, bis er in Position ist?« fragte Lando.

»Null Komma drei.«

»Das reicht nicht! Die Zeit wird uns zu knapp!«

Wedge fuhr dazwischen.

»Der Schacht auch.«

In diesem Augenblick scharrte die »Falcon« durch eine noch engere Öffnung und beschädigte ihren Hilfsantrieb.

»Das war zu knapp«, murmelte Calrissian.

»Gdshng dsn«, erwiderte der Kopilot und nickte.

Ackbar starrte mit weit aufgerissenen Augen auf das Beobachtungsfenster. Er blickte hinunter auf das Deck des Super-Sternzerstörers, nur Meilen entfernt. Am ganzen Heck loderten Brände, das Imperiums-Kriegsschiff hatte starke Schlagseite.

»Wir haben ihre Bugabschirmung ausgeschaltet«, sagte Ackbar in das Funkgerät. »Auf die Brücke feuern.«

Staffel Grün schoß im Tiefflug vom Todesstern herauf unter den Zerstörer.

»Helfen gern aus, Zentrale Eins«, rief Führer Grün.

»Feuern Protonentorpedos«, meldete sein Begleiter.

Die Brücke wurde getroffen. Das Ergebnis war ein Farbenkaleidoskop. Eine rasend schnelle Kettenreaktion wurde im mittleren Drittel des Zerstörers ausgelöst und sprang von Energiestation zu Energiestation in einem gleißenden Regenbogen von Explosionen über, die das Schiff im rechten Winkel knickten und es wie ein Glücksrad zum Todesstern hinauswirbeln ließen.

Die erste Brückenexplosion riß Führer Grün mit, der nachfolgende unkontrollierte Taumelflug erfaßte zehn weitere Jäger, zwei Kreuzer und ein Munitionsschiff. Bis das ganze flammende Gebilde endlich an den Todesstern prallte, war die Wucht so groß, daß die Kampfstation tatsächlich erschüttert wurde. Es kam zu Explosionen und Donnergetöse im inneren Netzwerk von Reaktoren, Munitionslagern und Hallen.

Zum ersten Mal bebte der Todesstern. Der Zusammenprall mit dem explodierenden Zerstörer war erst der Anfang. Das führte zum Zusammenbruch mehrerer Systeme, dann zu Reaktorschmelzvorgängen, dann zu Panik unter der Besatzung, zur Aufgabe von Stationen, zu weiteren Defekten und allgemeinem Chaos.

Rauch war überall, aus allen Richtungen zugleich klang Donnergrollen, die Leute liefen wild durcheinander. Elektrische Feuer, Dampfexplosionen, Druckabfall in Kabinen, Unterbrechung von Kommandoketten. Dazu anhaltende Bombardierung durch Rebellenkreuzer, wo man erkannt hatte, daß der Feind angeschlagen war. Die herrschende Hysterie breitete sich immer weiter aus.

Denn der Kaiser war tot. Das zentrale, mächtige Böse, die Bindekraft des Imperiums, war dahin, und wenn die dunkle Seite so zerfiel, sich so zersetzte, war dies der Erfolg.

Verwirrung.

Verzweiflung.

Nackte Angst.

Mitten in diesem Tumult war es Luke auf irgendeine Weise gelungen, die große Dockbucht zu erreichen. Er versuchte das schwere Gewicht seines immer mehr verfallenden Vaters zu einer Raumfähre zu schleppen. Auf halbem Weg ließ ihn seine Kraft jedoch im Stich, und er brach unter der Belastung zusammen.

Langsam raffte er sich wieder auf. Wie ein Automat stemmte er seinen Vater auf die Schulter und wankte zu einer der verbliebenen Fähren.

Luke legte seinen Vater auf den Boden, um ein letztes Mal seine Kräfte zusammenzunehmen, als ringsum die Explosionen heftiger wurden. Funken fauchten durch die Deckenträger, eine der Wände sackte zusammen, durch einen klaffenden Riß quoll Rauch. Der Boden bebte.

Vader winkte Luke zu sich heran.

»Luke, hilf mir, die Maske abzunehmen.«

Luke schüttelte den Kopf.

»Dann stirbst du.«

Die Stimme des Schwarzen Lords klang erschöpft.

»Das ist nicht mehr aufzuhalten. Ich will dir nur einmal ohne sie gegenübertreten. Laß dich mit meinen eigenen Augen ansehen.«

Luke hatte Angst davor. Er fürchtete sich, seinen Vater so zu sehen, wie er wirklich war. Fürchtete sich, erkennen zu müssen, welche Person so in die Dunkelheit geraten sein konnte – dieselbe Person, die Luke und Leia das Leben gegeben hatte. Er fürchtete sich, den Anakin Skywalker kennenzulernen, der im Inneren von Darth Vader lebte.

Auch Vader hatte Angst – Angst davor, sich seinem Sohn zu zeigen, die Panzermaske abzunehmen, die so lange zwischen ihnen gewesen war. Die schwarze, gepanzerte Maske, die allein ihn in den letzten zwanzig Jahren am Leben gehalten hatte. Sie war seine Stimme gewesen und sein Atem, seine Unsichtbarkeit – sein Schild gegen jede Berührung mit den Menschen. Aber nun wollte er sie abnehmen, um noch einmal seinen Sohn zu sehen, bevor er starb.

Gemeinsam hoben sie den schweren Helm von Vaders Kopf – im Maskenteil ein kompliziertes Atemgerat, dessen Anschlüsse ebenso abgelöst werden mußten wie die von Sprechmodulator und Bildschirmanlage. Aber als die Maske endlich entfernt und beiseite gelegt war, blickte Luke in das Gesicht seines Vaters.

Es war das traurige, gütige Gesicht eines alten Mannes. Kahlköpfig, bartlos, mit einer riesigen Narbe von der Stirn bis hinab zum Hinterkopf, hatte er tiefliegende, schwarze Augen, und seine Haut war kreideweiß, weil sie zwei Jahrzehnte lang die Sonne nicht gesehen hatte. Der alte Mann lächelte schwach; an seinen Augenwinkeln glitzerten Tränen. Sekundenlang war er Ben nicht unähnlich.

Es war ein Gesicht voller Bedeutungen, das Luke nie wieder aus dem Sinn gehen sollte. Vor allem Bedauern sah er. Und Scham. Man konnte sehen, wie Erinnerungen vorbeihuschten... Erinnerungen an gute Zeiten. An Schrecklichkeiten. Und an Liebe.

Es war ein Gesicht, das ein Leben lang die Welt nicht berührt hatte. Lukes Leben lang. Er sah die Nasenflügel zucken, als sie ein erstes Mal zögernd die Luft einsogen, den Geruch. Er sah, wie der Kopf sich unmerklich zur Seite neigte, um zu lauschen – das erste

Mal ohne elektronische Hörverstärkung. Luke spürte einen Stich der Reue, weil sein Vater nichts hörte als Explosionen, nichts roch als ätzende Feuerwolken. Aber es war Wirklichkeit. Greifbar, ungefiltert.

Er sah, daß die alten Augen sich auf ihn richteten. Tränen brannten auf Lukes Gesicht, fielen auf die Lippen seines Vater. Sein Vater lächelte bei dem Geschmack.

Es war ein Gesicht, das sich zwanzig Jahre lang selbst nicht gesehen hatte.

Vader sah seinen Sohn weinen und wußte, daß es das Grauenhafte seines Gesichts sein mußte, was die Tränen hervorrief.

Für Augenblicke verstärkte sich Vaders Qual. Zu seinen Verbrechen fügte sich Schuldbewußtsein wegen der vermeintlichen Abscheulichkeit seiner Züge. Aber dann fiel ihm ein, wie er früher ausgesehen hatte – großartig und auffallend, mit einem Ausdruck, der Unbesiegbarkeit verriet und das ganze Leben leicht nahm. Ja, so hatte er einmal ausgesehen.

Und diese Erinnerung führte eine Welle anderer Erinnerungen mit, an Brüderlichkeit und Heimat. An seine geliebte Frau. An die Freiheit der Weltraumtiefen. An Obi-Wan.

Obi-Wan, sein Freund. Was war aus dieser Freundschaft geworden! Herumgedreht, er wußte nicht wie – aber doch geimpft mit irgendeiner Gleichgültigkeit, die schwärte, bis ... halt. Das waren Erinnerungen, von denen er nichts wissen wollte, nicht jetzt. Erinnerungen wie glühende Lava, an seinem Rücken hinaufkriechend ... nein.

Dieser Junge hatte ihn aus der Tiefe gerettet – hier und jetzt mit dieser Tat. Dieser Junge war gut.

Der Junge war gut, und es war sein Junge – also mußte auch in ihm Gutes sein. Er lächelte seinen Sohn an und empfand Zuneigung, zum ersten Mal. Und zum ersten Mal seit vielen, vielen Jahren konnte er auch mit sich selbst leben.

Plötzlich roch er etwas – er blähte die Nasenflügel, schnupperte noch einmal. Wildblumen waren das. In der Blüte. Es mußte Frühling sein.

Und da war ein Donner – er legte den Kopf schief und lauschte angestrengt. Ja, Frühlingsgewitter vor Frühlingsregen. Damit die Blumen blühten.

Ja, da... er spürte einen Regentropfen auf den Lippen. Er leckte den kleinen Tropfen ab... aber halt, das war kein Süßwasser, es war salzig, eine... Träne.

Er richtete den Blick wieder auf Luke und sah seinen Sohn weinen. Ja, das war es, er schmeckte das Leid seines Jungen – weil er so grauenhaft aussah, weil er so grauenhaft war.

Aber er wollte für Luke alles gutmachen, er wollte Luke erklären, daß er in Wirklichkeit gar nicht so häßlich war, nicht tief innerlich, nicht ganz und gar. Mit einem kleinen, beschwichtigenden Lächeln schüttelte er den Kopf und wischte das häßliche Wesen fort, das sein Sohn sah.

»Leuchtende Wesen sind wir, Luke – nicht nur plumpe Materie.«

Luke schüttelte auch den Kopf, um seinem Vater zu sagen, daß es gut war, um die Scham des alten Mannes fortzuscheuchen, ihm zu sagen, daß nichts mehr von Bedeutung sei – aber er konnte nicht sprechen.

Vader begann wieder zu sprechen, noch schwächer, kaum vernehmbar.

»Geh, mein Sohn. Laß mich allein.«

Luke fand seine Stimme wieder.

»Nein. Du kommst mit mir. Ich lasse dich nicht hier. Ich werde dich retten.«

»Das hast du schon getan, Luke«, flüsterte er. Er wünschte sich kurz, Yoda kennengelernt zu haben, um dem alten Jedi für das zu danken, was er Luke beigebracht hatte... aber vielleicht würde er bald bei Yoda sein, in der ätherischen Einheit der Kraft. Und bei Obi-Wan.

»Vater, ich lasse dich nicht allein«, bekräftigte Luke. Schwerste Explosionen erschütterten die Dockbucht, rissen eine ganze Wand nieder, spalteten die Decke. Aus einer Gasdüse in der Nähe schoß ein blauer Flammenstrom. Unmittelbar unter ihm begann der Boden zu schmelzen.

Vader zog Luke nah heran und sagte ihm ins Ohr: »Luke, du

hast recht gehabt... auch bei mir... Sag das deiner Schwester... du hast recht gehabt.«

Damit schloß er die Augen, und Darth Vader – Anakin Skywalker – starb.

Eine ungeheure Explosion zerfetzte die Rückseite der Bucht und verwandelte sie in ein Flammenmeer. Luke wurde zu Boden geworfen. Langsam stand er wieder auf und stolperte wie ein Automat zu einer der letzten verbliebenen Raumfähren.

Die »Millennium Falcon« fegte weiter in irrem Slalom durch das Labyrinth von Energiekanälen und rückte langsam dem Zentrum der Riesenkugel näher – dem Hauptreaktor. Die Rebellenkreuzer bombardierten unaufhörlich das offenliegende, unfertige Gerüst des Todessterns. Jeder Treffer rief ein heftiges Zittern in der gigantischen Kampfstation hervor und löste im Inneren eine neue Folge von Katastrophen aus.

Kommandeur Jerjerrod saß brütend im Kontrollraum des Todessterns und beobachtete, wie rings um ihn alles zerfiel. Die Hälfte seiner Besatzung war tot, verwundet oder davongelaufen – wo die Leute Zuflucht zu finden erhofften, war unklar. Eigentlich Wahnsinn, dachte er. Die übrigen liefen hilflos herum oder wüteten gegen die feindlichen Schiffe, feuerten wahllos in die Gegend, schrien Befehle oder konzentrierten sich verzweifelt auf irgendeine bestimmte Aufgabe, als sei darin Rettung zu finden. Oder sie saßen einfach da und brüteten vor sich hin, wie Jerjerrod es tat.

Er vermochte nicht zu ergründen, worauf die Katastrophe zurückzuführen war. Er hatte Geduld gezeigt und treu gedient, hatte hart durchgegriffen. Er war der Kommandeur der größten je erbauten Kampfstation. Er haßte die Rebellenallianz jetzt wie ein Kind, ohne Rücksicht. Einmal hatte er sie geliebt – als den kleinen Jungen, den er drangsalieren, als das hilflose Tierchen, das er quälen konnte. Aber der Junge war groß geworden, er konnte sich wehren. Er hatte seine Fesseln zerrissen.

Jerjerrod haßte ihn jetzt.

Aber nun schien er nur noch wenig tun zu können. Außer natürlich, den Mond Endor zu zerstören. Dazu war er immer noch imstande. Es war eine kleine Sache, eigentlich nur eine Geste, etwas Grünes und Lebendes zu vernichten, ganz ohne Grund, nur aus Lust an der Zerstörung. Eine Kleinigkeit, aber tief befriedigend.

Ein Adjutant stürzte heran.

»Die Rebellenflotte rückt an, Sir.«

»Die ganze Feuerkraft auf diesen Sektor richten«, erwiderte er zerstreut. Eine Konsole an der Rückwand ging in Flammen auf.

»Die Jäger im Gerüstaufbau entziehen sich unserem Abwehrsystem, Kommandeur. Sollten wir nicht –«

»Sektoren 304 und 308 fluten. Das müßte sie aufhalten.« Er zog die Brauen hoch.

Das ergab wenig Sinn für den Adjutanten, der sich überlegte, was mit dem Kommandeur vorgehen mochte.

»Welcher Rotationsfaktor für die Feuereinpeilung auf Endor?«

Der Adjutant zog den Computerschirm zu Rate.

»Null Komma zwei zur Zielangabe Mond, Sir. Kommandeur, die Flotte –«

»Rotation beschleunigen, bis Mond in Reichweite, dann auf mein Zeichen feuern.«

»Ja, Sir.« Der Adjutant kippte eine Reihe von Schalthebeln. »Rotation beschleunigt, Sir. Null Komma eins zur Zielangabe Mond, Sir. Sechzig Sekunden bis zur Einpeilung. Sir, leben Sie wohl, Sir.« Der Adjutant salutierte, drückte Jerjerrod den Auslöseschalter in die Hand, als wieder eine Explosion den Raum erschütterte, und rannte zur Tür hinaus.

Jerjerrod lächelte ruhig und blickte auf den Bildschirm. Endor trat schon aus dem Schatten des Todesstern. Er streichelte den Zündschalter in seiner Hand. Null Komma null fünf bis Zielangabe Mond. Im Nebenraum Schreie.

Noch dreißig Sekunden bis zur Zündung.

Lando flog auf den Reaktorkernschacht zu. Sonst gab es nur noch Wedge, unmittelbar vor ihm, und seinen Staffelbegleiter gleich hinter ihm. Mehrere Spurjäger folgten immer noch.

Der Schacht mit seinen Windungen konnte hier nebeneinander

kaum zwei Jäger aufnehmen. Bei der Geschwindigkeit, die Lando erreichte, kam alle fünf oder zehn Sekunden eine Biegung im Tunnel. Wieder explodierte ein Imperiums-Jäger an der Wandung, ein zweiter schoß Landos Begleitmaschine ab.

Dann waren es nur noch zwei.

Landos Heckschützen sorgten dafür, daß die verbliebenen Spurjäger in der Enge hin und her tanzen mußten, bis endlich der Reaktorhauptschacht auftauchte. Sie hatten noch nie einen derart gewaltigen Reaktor gesehen.

»Ist zu groß, Führer Gold«, schrie Wedge. »Meine Protonentorpedos schlagen ihm nicht mal 'ne Beule.«

»Übernehmen Sie den Energieregulator am Nordturm«, befahl Lando. »Ich kümmere mich um den Hauptreaktor. Wir haben Raketen mit Aufschlagzündern. Die müßten reichen. Wenn ich sie aber einmal abgefeuert habe, bleibt uns nicht mehr viel Zeit, von hier wegzukommen.«

»Ich bin schon unterwegs«, sagte Wedge.

Er feuerte seine Torpedos mit einem Corellaner-Kampfschrei, traf beide Seiten des Nordturms und fegte wild davon.

Die »Falcon« wartete drei gefährliche Sekunden länger, dann wurden die Aufschlagraketen mit lautem Brüllen abgefeuert. Eine Sekunde lang war der Blitz zu grell, als daß zu erkennen gewesen wäre, was geschehen war. Dann ging der Reaktor durch.

»Direkter Treffer!« schrie Lando. »Jetzt kommt das Schwierige.«

Der Schacht brach über ihm bereits zusammen und erzeugte eine Tunnelwirkung. Die »Falcon« zwängte sich durch die zukkende Öffnung, kämpfte sich durch Flammenwände und rukkende Schächte, immer knapp vor der unaufhörlichen Kette von Explosionen.

Wedge fetzte knapp unter Lichtgeschwindigkeit aus dem Stahlgerüst, fegte um die Vorderseite von Endor herum und hinaus in die Weltraumtiefe, wo er in weitem Bogen langsamer wurde, bevor er zur Zuflucht des Mondes zurückkehrte.

Einen Augenblick später entkam Luke in einer destabilisierten Imperiums-Raumfähre aus der Dockbucht, gerade in dem Augenblick, als dort alles in die Luft flog. Sein schwankendes Raumschiff flog ebenfalls zur grünen Zuflucht in naher Entfernung.

Und schließlich schoß, wie vom Flammenozean ausgespuckt, die »Millennium Falcon« auf Endor zu, nur Sekunden, bevor der Todesstern wie eine Supernova grell verglühte.

Han verband Leias Wunde am Arm in einer Farnlichtung, als der Todesstern zerbarst. Der Anblick zog die Aufmerksamkeit aller auf sich, wo sie auch sein mochten, Ewoks, Rebellen, gefangene Angehörige der Sturmtruppen, dieses letzte, unbeschreibliche Aufflammen der Selbstzerstörung, sengendes Gleißen am Abendhimmel. Die Rebellen jubelten.

Leia berührte Solos Wange. Er beugte sich vor und küßte sie, dann setzte er sich auf den Boden. Er sah, daß sie zum Himmel hinaufstarrte.

»He«, sagte er. »Ich wette, Luke ist noch weggekommen, bevor das Ding auseinanderflog.«

Sie nickte.

»So ist es. Ich fühle es.« Die lebende Gegenwart ihres Bruders berührte sie durch die Kraft. Sie griff hinaus, um zu antworten, um Luke zu versichern, daß alles gut sei. Alles war gut.

Han betrachtete sie mit tiefer, unsagbarer Liebe. Sie war eine besondere Frau. Eine Prinzessin nicht nur dem Titel nach, sondern aus dem Herzen heraus. Ihre innere Kraft erstaunte ihn immer wieder. Einst hatte er alles bekommen, was er gewollt hatte, einfach, weil er es gewollt hatte. Jetzt wollte er alles für sie. Sie sollte haben, was ihr Herz begehrte. Und was sie wollte, war Luke, daran ließ sich nicht zweifeln.

»Du hängst wirklich an ihm, nicht wahr?«

Sie nickte und suchte den Himmel ab. Er war am Leben, Luke war am Leben. Und der andere – der Schwarze Lord – war tot.

»Also, hör mal«, fuhr Han fort. »Ich verstehe das. Wenn er zurückkommt, will ich dir nicht im Weg stehen…«

Sie sah ihn mit zusammengekniffenen Augen an, als ihr plötzlich aufging, daß sie aneinander vorbeiredeten.

»Was meinst du damit?« sagte sie. Dann ging ihr auf, worauf er hinauswollte. »O nein. Nein«, sagte sie lachend. »So ist das ganz und gar nicht – Luke ist mein Bruder.«

Han war der Reihe nach betäubt, verlegen und hochgestimmt. Dann war alles nur um so schöner.

Er nahm sie in die Arme, preßte sie an sich, ließ sie wieder in den Farn sinken…, aber er achtete sorgsam auf ihren verletzten Arm, als er sich unter dem verblassenden Leuchten des lodernden Todessterns zu ihr legte.

Luke stand in einer Waldlichtung vor einem großen Haufen Baumstämmen und Ästen. Auf dem Scheiterhaufen lag still und in langen Gewändern der leblose Körper Darth Vaders. Luke führte eine Fackel an das Holz.

Als die Flammen die Leiche einhüllten, stieg Rauch aus den Maskenschlitzen, wie ein schwarzer Geist, der endlich befreit war. Luke starrte voll Trauer auf den lodernden Scheiterhaufen. Stumm sprach er sein letztes Lebewohl. Er allein hatte an den kleinen Hauch von Menschlichkeit in seinem Vater geglaubt. Diese Erlösung stieg zusammen mit diesen Flammen in die Nacht hinauf.

Luke folgte den glühenden Spänen bei ihrem Weg in die Nacht mit dem Blick. In seinen Augen vermischten sie sich mit dem Feuerwerk, das die Rebellen zur Feier ihres Sieges abbrannten. Und dieses vermischte sich mit den Freudenfeuern in den Wäldern und dem Ewok-Dorf – Feuer der Begeisterung, der Befriedigung, des Triumphs. Er konnte die Trommeln dröhnen hören, die Musik den Feuerschein durchziehen, den Jubel der vereinigten Tapferen. Lukes Jubel war stumm, als er in die Flammen seines Sieges und seines Verlusts starrte.

In der Mitte des Ewok-Dorfplatzes loderte ein großes Freudenfeuer zur Feier dieser Nacht. Rebellen und Ewoks jubelten gemeinsam im warmen Feuerschein des kühlen Abends – sie sangen, tanzten und lachten in der gemeinsamen Sprache der Befreiung. Sogar Teebo und Artoo hatten sich versöhnt und vollführten ein kleines Tänzchen, während die anderen im Takt der Musik dazu klatschten. Threepio, dessen herrscherliche Tage in diesem Dorf vorbei waren, begnügte sich damit, in der Nähe des wirbelnden kleinen Droiden zu sitzen, der im ganzen Universum sein bester Freund war. Er dankte dem Schöpfer, daß Captain Solo Artoo wieder hatte reparieren können, ganz zu schweigen von Prinzessin Leia. Für jemand ganz ohne protokollarische Vorzüge hatte Solo auch seine guten Seiten. Und er dankte seinem Schöpfer dafür, daß dieser grauenhafte Krieg zu Ende war.

Die Gefangenen waren in Fähren zu den Überresten der Imperiumsflotte geschickt worden – das hatten alles die Leute in den Rebellenkreuzern übernommen. Irgendwo da oben. Der Todesstern war ausgebrannt.

Han, Leia und Chewbacca standen in einiger Entfernung von dem fröhlichen Treiben. Sie warteten, ohne zu sprechen. Ab und zu blickten sie auf den Weg, der ins Dorf führte.

Bis endlich ihre Geduld belohnt wurde. Luke und Lando stolperten erschöpft, aber glücklich aus der Dunkelheit ins Licht. Die Freunde stürzten ihnen entgegen. Sie umarmten sich, jubelten, sprangen umher, fielen hin und kauerten endlich beieinander, noch immer sprachlos, zufrieden, die Nähe der anderen zu spüren.

Die wuscheligen Ewoks feierten wild und laut weit in die Nacht hinein, während die kleine Gruppe tapferer Abenteurer zuschaute.

Einen kurzen Augenblick lang, als Luke ins Freudenfeuer starrte, glaubte er dort Gesichter tanzen zu sehen – Yoda, Ben, sein Vater auch? Er löste sich von seinen Begleitern, um zu erfahren, was die Gesichter sagten, aber sie waren vergänglich und sprachen nur zu den Flammenschatten, bevor sie wieder verschwanden.

Luke war kurze Zeit traurig, aber dann griff Leia nach seiner Hand und zog ihn wieder an ihre Seite und zu den anderen, zurück in ihren Kreis voll Wärme, Kameradschaft und Liebe.

Das Imperium war tot. Lang lebe die Allianz.